情归太行

何世国 贺淑幸 著

山西人民出版社

图书在版编目（CIP）数据

情归太行 / 何世国，贺淑幸著. -- 太原：山西人
民出版社，2023.12
　ISBN 978-7-203-13144-1

　Ⅰ. ①情… Ⅱ. ①何… ②贺… Ⅲ. ①中国文学－当
代文学－作品综合集 Ⅳ. ①I217.1

中国国家版本馆 CIP 数据核字(2023)第 237082 号

情归太行

著　　者：何世国　　贺淑幸
责任编辑：孙　茜
复　　审：贾　娟
终　　审：梁晋华
装帧设计：元诗歌文化

出 版 者：山西出版传媒集团·山西人民出版社
地　　址：太原市建设南路 21 号
邮　　编：030012
发行营销：0351 - 4922220　4955996　4956039　4922127 (传真)
天猫官网：https://sxrmcbs.tmall.com　电话：0351 - 4922159
E-mail ：sxskcb@163.com　发行部
　　　　　sxskcb@126.com　总编室
网　　址：www.sxskcb.com

经 销 者：山西出版传媒集团·山西人民出版社
承 印 厂：三河市中晟雅豪印务有限公司

开　　本：890mm×1240mm　　　1/32
印　　张：9.625
字　　数：300 千字
版　　次：2023 年 12 月　第 1 版
印　　次：2023 年 12 月　第 1 次印刷
书　　号：ISBN 978-7-203-13144-1
定　　价：89.50 元

序一：故乡亲情入书来

韩　达

　　与何世国、贺淑幸夫妇因文认识已久，但是真正的交往不是很多。正是由于这种原因，我在平时比较留心他们发表在各种媒体上的作品，上至省市级报刊、"学习强国"平台，下至他们创办的微信公众号《郊城漫笔》《怀川夜语》。其内容丰富，题材广泛，从乡村地名的考证，到诸多人文历史的考察、演义，再到全域旅游的宣传……是何世国作品的主要内容和写作重点，而贺淑幸的作品，则多以风景散文与亲情散文为主。

　　每每读完他们的作品，总有一种敬意涌上心头，我惊异这对年逾花甲的夫妇，何以拥有如此饱满的创作热情与旺盛精力？

　　何世国夫妇并不是专业作家，退休之前，二人均为从事文字工作的机关干部。起初他们的写作纯粹是出于对文学的热爱。用他们的话说，从没有想过通过文学作品在客观上达到什么目的，而社会却给予了他们慷慨而又公正的回报。几年来，因为他们孜孜不倦的探索与追求，昔日名不见经传、闭塞偏僻的山村，现在村民们走上了富裕道路；因为他们连篇累牍的文字，让一位几乎被岁月遗忘了的烈士，再次回归民众的视野；因为他们坚持不懈地宣传，让山区农民滞销的水果销售到消费者手中……

　　地处南太行脚下的丹河岸边是二人美丽的故乡。几年来，何世国夫妇的足迹，踏遍了这里的每一个乡村，对每一个乡村的村名由来、历史演变、人文掌故、文物建筑、古树名木，他们不仅能够说出子丑寅卯来，而且都用图文并茂的文学手法诉诸笔端，传播给大众。

像许多作家一样，故乡是何世国夫妇文学创作的母题。从小生于斯长于斯的作者，对故乡的山水风物有着天然的钟爱与痴迷，书写它们，犹如回到了自幼成长的领地和对一切都充满了好奇的童年。何世国的山村系列散文，充分抒发了自己对于故乡往事的感怀眷恋，以及对消逝的村落、建筑、远去岁月的追忆与呼唤。作品中有记忆、感慨、忧伤、唏嘘与叹息。尽管作者的文字是温和而又委婉的，少有激烈与偏执的情绪，但是有心的读者不难发现，作者字里行间隐忍的机锋和深沉的幽怨。

《竹乡趣话》《岁月沧桑话郊城》等系列关于乡村与怀旧题材的选择，无不透露着作者的精神记忆和一种渴望"返乡"的心理情结。尤其是关于人文历史的挖掘，山村变故的文字，声色俱全，让人读来如亲临其境，深感在经历了数十年农村城镇化的生活变迁之后，乡村正在经历的"阵痛"，各种矛盾冲突跃然纸上，同时也能让读者感受到作者对于社会命运的思考。

相对于何世国的作品，贺淑幸的散文题材涉猎范围主要在游记和亲情领域。去年十月一个周末的午后，我和作者夫妇在太行山深处一个山村相聚，曾就文学创作进行过短暂的交流。时值深秋，雨后的山村如水洗般清丽而幽静。通往桃园的山路旁，晶莹的水珠在草叶上聚银散玉般滚动，野山枣树枝头摇曳着累累果实，似在炫耀无人采摘的孤傲，熟透的柿子红在树梢……原始的山野处处都可以入画，让我心中燃起创作的冲动。

然而碍于身边的琐事，以及每天不得不应酬的俗务，我迟迟没有把那天的感觉变成文字。这段时隔半年的经历，如今能够相对完整地回忆并倒叙于纸上，得益于作者夫妇那天温馨的陪伴，以及他们对文学的真诚与执着。两天后，他们便将那次山村之行写成散文奉献给了读者，笔下有人，有物，有事，充满了人间烟火，就像他们写过的《秋游靳家岭》《风光旖旎三渡湾》《清秋岭上蜜桃红》《走进干柴洼》等，充满了对生活在故乡这片土地上的人们的至爱深情。

"感人心者，莫先乎情"。与其他文体相比，散文是距离作者的本心最近的文体，既是作者真情实感的流露与审美情趣的坦诚，更是人生境界的展示。古今中外的散文名篇，之所以能流传千载，首先在于为文者秉承真情实感——为情而设文，而非为文而造情。如韩愈的《祭十二郎》、沈复的《浮生六记》、李密的《陈情表》等名作，无不是以情动人的散文名篇。

贺淑幸的《在歌声中感悟孝道》《清明节思忆》《父爱如山》等关于亲情的文字，应该说是写得较为成功的作品。在这些篇幅不长、为数不多的作品中，她用朴素的文字写出了对父母、亲人的深情，以及对童年少年的美好追忆，让一个已为人母的女儿对父母的赤子之情跃然纸上。这正是她的文字打动读者的原因，以至于她的散文《父爱如山》能获得"全国十大最美孝亲作品奖"也在人们预料之中。

作为一种能情感表达相对直接的文体，散文是作家心声的真切诉说和个性的真诚袒露。而写好一篇作品的前提，就是忠实于自己的感受与思考。如果现实生活之中没有真正触动我们的东西，没有经过我们深刻体会过的人事，匆忙动笔，是写作散文之大忌。

反观"全民写作"的当下，那些充斥在各种媒体的文字，又有多少是作者发自肺腑、如鲠在喉的心声？更遑论在对生活的直面中，用生动的方式和艺术的形式，正确表达自己的价值诉求，讲述对生活的理解和希望。大众化的写作，对于一个正在崛起、并大步走向复兴的文学是件幸事。然而多数文字无法向文学靠拢，尽管也会有少部分可能向"文学"转化，但是难免要经历炼狱般的考验。

何世国、贺淑幸夫妇的前面还有长长的路，或许这条创作之路没有那么平坦，这就需要他们加倍努力，以惊人的毅力走下去。我相信，他们是不会回头的。

韩 达

2020 年春于焦作

韩达：1956 年生，河南沁阳人，中国作家协会会员，河南省作家协会副主席，焦作市作家协会原主席。代表作有社科专著《人类的情绪》，长篇小说《传道红尘》《菩提树》，散文集《守望理想》《心上的风景》等。

序二：夕阳晚霞红似火

薄玉平

我与世国、淑幸贤伉俪是多年老友。因他们年长我几岁，所以一向以兄、嫂礼称。我与世国兄曾在一个工厂上班，又一起因知青下乡共同工作生活三年有余。后来走向不同工作岗位，但彼此间始终保持联络。

世国兄勤勉敬业、吃苦耐劳的工作态度，孜孜不倦、锲而不舍的学习精神，都令我极为敬佩。我认为，以世国兄目前所掌握的广博、庞杂而又系统的各类知识体系而言，虽无法与国内外知名专家学者媲美，但客观地平心而论，其在文学创作、摄影、文物收藏、地方史志研究等相关专业领域，均有一定造诣。这样的专业储备和知识积累得益于其数十年如一日兢兢业业、孜孜不倦地刻苦自学的知识积淀。

世国兄下乡期间任青年队会计，不仅掌握了农村财会知识，还对无线电产生了浓厚兴趣。回城工作后他涉猎更加广泛，文学、无线电、摄影、集邮、古币和红色收藏皆能兼之，无论哪方面都很执着，用真力气，下苦功夫，都取得了可圈可点的成绩。摄影功底有目共睹，有大量高质量的照片见于报刊、网络或参展获奖。收藏方面更是业界有名。八十年代他报考了河南电大中文专业学习深造，对文学创作也产生了极大兴趣，常有小说、诗歌、散文、随笔及报告文学等作品见诸报端。后来从工厂调入行政部门，曾担任博爱县作协副主席，现为河南省作协会员、焦作市报告文学分会副会长。

印象中的淑幸女士是一位性格大方、贤淑、文雅、知性、有修养的知识女性。她退休前长期担任单位的办公室主任，经常在各级媒体上发表作品，获得过国家、省、市级的表彰和奖励。思维敏捷，文笔了得，素有才女之名。

但真正让我对淑幸女士有较全面了解的，是在系统拜读了他们两位创办的自媒体"郊城漫笔""怀川夜语"微信公众号之后，诸多文笔优美的诗歌、散文、随笔，随淑幸女士娴熟、优美的文字风格和婉约、细腻的情感，跃然网上。

我尤为钦佩何贺夫妇二人退休之后，没有产生船到码头车到站的念头，没有沉溺于含饴弄孙、安享天伦的传统赋闲养老模式，而是发挥个人特长和余热，退而不休、休而不闲，老有所乐、老有所为。这种模式既是他们过去工作、生活的惯性延续，也是长期从事机关文字工作而养成的强烈社会责任意识和良好的素质修养在二人身上合乎逻辑的自然体现。

两位年近古稀的老人退休后或独行或约友结伴，经常不辞劳苦奔波于山乡，游走于老街旧巷、公园广场，或现身于田间地头、阡陌小径，或寄情于太行山水，或访谈专家乡贤，沉浸于牌匾碑刻、故书方志之中。世国兄对挖掘当地的历史文化、怀商足迹、美食源流、乡俗民情、家乡名人等方面情有独钟，为考证历史并义务宣传全域旅游做了大量工作，为弘扬传统文化付出了极大努力，他的散文、诗歌等作品，只是调剂业余生活的一小部分。

卓有成效的努力也产生了良好的政治、经济和社会效益，二人多次受到市、县有关部门的表彰与肯定。微信平台发表的文字有百余篇见诸报刊，多篇被"学习强国"平台采用。

聚沙成塔，集腋成裘。二人长年累月夜以继日勤奋工作，积累了数百万字的文稿资料，除了发表于新闻媒体、微信公众号、"焦作在线"等自媒体的文章，还有不少文稿仍"藏在深闺人未识"，其中不乏上乘之作，计划分门别类结集出版。

二位知我闲暇之余亦好舞文弄墨写一些文章，便嘱我为他们的文集作序。本人不胜惶恐，又缘于多年友情难以推辞，遂顺水推舟，就自己拜读过的文章谈谈印象感受，一隅之见，万望读者不要见笑。

就诗歌和散文这个类别而言，世国兄与淑幸女士在写作方面，各有侧重、各有特点。在着眼点、聚焦点、写作内容与风格等方面不尽相同，都有不少佳作妙文美篇可圈可点，具有一定的思想性、艺术性、可读性。譬如世国兄怀旧系列的文章《老咸菜》《柿炒面》《昏暗的煤油灯》《老家记忆》，以及类似题材的《吆喝声声》等，真实地描述了在共和国成立之初最艰难的岁月里，充满烟火气息的城镇居民的真实现状与生存环境，以及那个时期广大民众深居陋巷，点油灯、喝糊涂、吃咸菜，却始终充满信心乐观向上的精神风貌。

如《老家记忆·老街》里所描绘的画面："家住县城一条老街/老街不长/装满我童年无忧与晚年乡愁/老街很窄/容不下两辆毛驴车相向而行……""老街清晨在烧鸡豆腐肉丸的叫卖声中起床/忙碌中还有清脆响镲盲人算卦的身影……"

共和国建立之初，我们的家乡还比较落后贫穷，百废待兴。但我们破旧却不破败，落后却不落魄，人穷志不穷，卑微不卑贱。无论城市乡村或老街陋巷，到处都充满勃勃生机和激情奋进的精气神，充满对美好未来生活的无限憧憬和展望。用文字真实地再现广大底层群众当年的生存状态和精神风貌，再现了那个年代人民群众用信念和坚韧支撑着共和国年轻而孱弱的躯体，让现代人知道当年岁月举步维艰，知道今天的幸福来之不易。我们这一代人都是伴随着新生共和国的艰难步履又信心坚定地一路走来，亲身经历了那段艰难困苦却又奋发向上的坎坷岁月，所以对文字中描述的人和事、景和物都耳熟能详，感同身受，读之感觉极为亲切。

还有怀念亲情的《永远的思念》《母亲的月饼》等，那真挚的感情、带血的思念、子欲养而亲不待的刻骨的遗憾，博大无私的殷殷母爱和无限包容的感人亲情，处处飘荡着暖暖的妈妈味道。让人垂涎欲滴的家乡美食在现在看来可能有点寒酸，但依然让人铭心刻骨，让人动心、动情、动容。

世国兄散文、诗歌中的水乡许湾系列、山村果园系列等，篇幅众多，每篇每章，都无不彰显出作者对家乡的山山水水、对家乡的父老乡亲的一片深情，无不饱含着对故乡美好未来的无限期望和憧憬。

如《谷雨山色》一文，作者深情地娓娓述来："古村犹如神秘的仙境，承载着一串串史诗般的故事"。"跌宕的山峦犹如雄伟画卷，在天地间绵延舒展伸向远方。脚下有曲折幽径，眼前是山花烂漫,胸臆间顿觉心旷神怡的舒畅。此刻,即使一介布衣也会平添一股指点江山的冲动,吼一声怀梆老腔,逗乐冷静的大山……我也没有苛求寻找那些动人的历史故事,眼中只有汉高城山谷间自然流出的恢弘国画,还有镶嵌在画中的山花烂漫"。"这是心灵的归属,是爱的彼岸与美的回归,是渴盼多年的梦中期待。满山桃花正开,团团红云如飞霞流瀑,淳朴的山民游走其间除草施肥,像无论魏晋不知有汉的桃花源……"

质朴而又不乏瑰丽的文字描述,酣畅淋漓、直抒胸臆的情感宣泄,把人们带进山花烂漫、五彩斑斓的汉高城,欣赏春满山乡的俏丽容颜,品味勤劳乡民们伴着泥土芬芳在梯田里辛苦耕作。作者其实是充满深情殷殷昭告读者诸君:金秋山野满坡的硕果和遍地沉甸甸的田间作物,并非自然生成、唾手可得,而是饱含着无数农民辛勤的心血汗水。珍惜劳动成果、珍惜农民朋友付出辛苦和劳动,是我们每一个社会成员最基本的良知和责任。

而对于许湾村的系列描写,比如《许湾:丹河峡谷中的璀璨明珠》一文,更直接唤醒了我的思乡之幽情。博爱县是我的第二故乡。少年时代,我常会去离家不远的太行山南麓下伏头、许湾一带浅山区游玩,在丹河河滩游泳、戏水,捕鱼捉虾逮螃蟹。有时会踏上周边的山岭、沟壑,割几捆碧绿柔软的紫荆条,卖给山下编筐人家,或采集些肥美鲜嫩的山韭菜,弥补贫穷年代家中粮蔬的不足。从青年队返城待业的那几年,我更是常常登临村北山头,极目远眺、迎风长啸,纾解宣泄胸中的积郁和块垒。我对那里的山水沟壑、林木峰峦无比熟悉,乃至整个语言、思维及整个生命系统中,无不浸润着那个时代的信息,无不展露着那个区域的特质,全部身心都满满地渗透了山水之乡特有的味道和腔调。

一方水土养一方人。豫北明珠博爱县西北角这块钟灵毓秀、独具特色的山村犹如圣地,在我生命的记忆中烙下印记成为永恒。如今尽管青春已逝韶华不再,但熟悉的山水与乡亲已在我的记忆中牢牢扎根。所以,看到世国兄对丹水湾以及周边村落图文俱佳的景色描绘,便对那片热土充满了向往,倍感亲切,禁不住想携侣重游急切回到她的怀抱。我怀念那里的山水热土,怀念记忆中的同学朋友乡邻，怀念青葱岁月里的纯真稚嫩和青春萌动，更怀念山坡上那氤氲着早春山岚气息的榆钱和清甜芬芳的洋槐花，怀念秋天山坡上晚霞映照的红柿子和青核桃。

而这一切都随着世国兄质朴细腻饱含激情的文字，徐徐铺展次第呈现在我的面前。让我倏忽间又回到从前，梦幻般地神游其中，任陈年旧事老镜头一幅幅切换：夕阳西下、残霞如血，我漫步于垂柳遮荫的丹水河畔，掬一捧清冽甘甜的丹河水，轻啜缓咽那种沁人心脾的清爽，人也若圣水般精神透明，从头到脚打通了窍穴经络，有种忘却一切的安详、静谧和舒坦。

法国美学家巴希在他的《康德美学批判》中说"美实际上只存在于关照的心灵中，存在于当心灵与对象发生共情和共鸣的时候"。在世国兄诸多诗文妙笔生花的表述中，许湾村的灵秀，干柴洼的神奇，南坡沟的深峻，张毛光的故事，汉高城的神秘，都纤毫毕现尽收眼底；东仲水的化石，小黄河的袖珍，小底村的樱桃，玄坛庙的冬桃，月寨路的鲜花，都栩栩如生、活灵活现，绰约多姿的大太行美不胜收。这不仅仅因为博爱县有"太行山下小江南"得天独厚的美景，有上苍恩赐的物华天宝、鬼斧神工，还有全县父老乡亲用心血汗水创造的成果。当然还有更重要的，是世国兄具有发现并欣赏美好事物的一双慧眼，把无限俊美的靓丽河山展示给大家，让我们一起用心灵体验并产生共鸣。

世国兄的诗歌如同文章，涉猎也比较宽泛，有沧桑的回忆，有真挚的故事，也有时代的礼赞和对英雄的歌颂。

而欣赏嫂夫人淑幸女士的诗文，则给人另一种不尽相同的感受。

人们常说：言为心声、文如其人。纵观淑幸女士的诗歌、散文，与我对其基本性格特征的感性认知颇为吻合。换言之，我感知淑幸女士的人品、性格与为人，更多的是拜读其诗文中体现出来的独特个性。用"文如其人"四字来概括淑幸女士的文字恰如其分。其诗其文，与其儒雅随和、温婉大气的性格和为人处世、言谈举止的风格极其吻合。不急不躁，徐徐递进，自然铺陈，缓缓展开。

更深夜静之时，万籁俱寂，细读慢品其诗文，她的散文功底扎实，词汇储备丰富，心思缜密周全，情感丰富细腻，谋篇布局驾轻就熟，遣词造句考究老到，思维清晰活跃，精神世界多姿多彩；意境悠长的美文佳句俯拾皆是，其甘醇浓烈之回味，远胜美酒佳酿。

她的作品以怀念亲人、追忆亲情的内容为多，不难看出她很重感情，有极强的家庭责任感，字里行间处处体现了对家庭、亲人的关爱与深情。现代社会不少人亲情淡漠缺乏责任感，传统观念越来越支离破碎，而她的笔下延续了中华民族的传统美德，弥足珍贵。那些关于亲情的诗文无不饱含着作者对亲情的无限眷恋和思念，无不寄予着作者对家人、对亲人的无尽挚爱和祝福，无不渗透着作者情感的强烈、深厚和真挚。静静读来，总会让人思绪涌动、感慨万千，动情之处更会让人情难自禁，心生酸楚，热泪盈眶。

在《父亲节怀想》一文中，首先映入眼帘的那句："没有父亲的父亲节是一种难以言喻的痛！"没有这种感受的人无法体会那种痛楚和无奈，也断难写出这种难以用言语表达却又不能不借助于语言的切身感受。我一直认为，真正蚀骨铭心的爱，是深沉、恒久、难以用言语表述的。它是永远流淌在当事人心中的疼。作者在文中深情地写道："父亲是一种岁月，一种回忆，他的关爱与教诲更是我一生受用不尽的财富。""物是人非的日子里，除了怀念还是怀念。时常想起全家欢聚其乐融融的场景，怀念父亲看着我们那种温暖宠爱的目光，想起他期盼的眼眸，甚至怀念他陪我们学习时严厉的呵斥与批评，让我一次次沉浸在对谆谆教诲的思念中不能自己。"

在《母爱深深》中，作者如泣如诉地倾吐着对母亲深深的思念。人间至爱是亲情！失去父母的痛是藏在心中永久的痛！当年的肝肠寸断、痛不欲生可能会随着时间流逝而逐渐模糊，如愈合结痂的伤口，但绝不会淡忘，随时会被生活的基因所激活。这种被撕裂的难以忍受的疼，唯有当事人自己才能真实感受得到。而中华民族正是在一代代无尽的亲情与遗憾、无尽的感恩和思念的情愫牵绊中，步履蹒跚地一步步走过来，纵然今天处处是高楼大厦万家灯火繁花似锦，这种人世间的血脉亲情仍然代代永续，万古不朽。

淑幸女士的游记与纪实、抒情性诗文占了较大比重，则另是一番风格，充满了青春活力和生命激情。或写景状物，或抒情明志，或纪实叙事，细读慢品，不乏清新隽美、秀丽莹润的佳作美篇。不难看出作者在创作中倾注了大量时间、精力和心血。如《夜游平江路》《醉美四月天》《风光旖旎三渡湾》《岭上秋色》《东山印象》《品读春天》《清秋如诗》《山里的红樱桃》《秋游靳家岭》等篇章，仅仅浏览一下这些文采飞扬的标题，就能真切地感受到无尽旖旎的景色扑面而来。春天的草长莺飞、桃李争艳，夏天的满目青翠、林草葳蕤，秋天的满山红叶、黍果飘香，冬天的皑皑白雪、兼收并藏。文章字字凝练、句句脱俗，既能感受到作者字斟句酌、反复推敲的良苦用心，又觉察不到刻意修饰的人为痕迹，可谓自然圆润浑然天成，充分显示了作者驾驭文字的纯熟功底和厚重修为。

愁乃秋心拆两半，故尔文人多悲秋。但世国、淑幸贤伉俪诸多描绘秋天的文字，却多是赞美、歌颂和对秋天收获的喜悦，找不到一点悲秋的痕迹。尤其是在淑幸女士诸多文章中更有不少出彩的华美篇章和上乘佳作。在她笔下秋天既是美丽的季节，也是劳动人民企盼的丰收季节。所以作者挚爱秋天，常以非常饱满的热情拥抱歌咏秋天。如其《秋日登山偶拾》组诗及序跋部分："骤雨初晴，秋风送爽。携三五好友，泛舟碧波荡漾的湖面观林泉、峰峦之秀，看三峡旖旎风光与婉约温润之美；听古寺禅语梵音；走玻璃栈道，于惶恐中寻踏云而行的豁然快感；漫步古丹道，揽西峡溪流潺潺；赏靳家岭绚若晚霞的红叶；静观流云飞雨，细数岭上落英……"诸如此类文章由淑幸女士著文，世国兄摄影配图，贤伉俪夫唱妇随珠联璧合，图文并茂相得益彰。如玉温润、如珠圆活的抒情文字，犹如一幅幅山水画卷在面前呈现：云散雨霁、天高气爽之日携侣秋游，宁静的远山，叠翠的峰峦，碧绿的湖水，嫣红的霜叶，茂密的修竹，葳蕤的山林，还有山坡争奇斗艳的累累硕果，绚丽晚霞映衬着满山红叶，如茶如火璀璨瑰丽，遥遥望去艳若二月春花。每每吟咏上佳诗文，赏阅绝美图片，如同身临其境共悦胜景。掩卷遥想，若不是远在异乡，我真想与何贺夫妇一起走走大山，真实体验群山蜿蜒奇峰突兀心旷神怡的感受，熏熏然陶醉其中。细品清丽隽秀、余韵悠远的文字，如饮甘洌山泉，如沐清爽山风，使长期困于都市钢筋水泥建筑中的我们，尽扫极度疲惫身心中充斥的委靡颓唐之戾气，情绪立刻清朗、昂扬、向上。优美的诗文宛若潺潺溪水般徐徐流淌，祖国旖旎秀美的青山绿水在我面前渐次铺展，灵动、鲜活、唯美、栩栩如生，让我如沐春风悄然沉浸其中。

对囿于俗务不可自拔而疲于奔命的上班族而言，"诗和远方"无疑是一种可望而难及的奢侈。现代社会竞争激烈，生活节奏加快，人际关系疏离，多数人身心处于高度疲惫、紧张的亚健康状态。而真正能够治愈人类现代病并使人彻底放松的最有效途径，莫如让自己回归山乡，沉浸于大自然母亲的温暖怀抱，全身心沐浴阳光雨露春华秋实的原始恩泽，无忧无虑地徜徉于田野山峦、林间溪畔，心无旁骛地静下心来彻底放松自我，感受心情之恬淡与静谧、沉敛与安详，真正找回属于自己的初心，焕发生命最原始、最本色、最真实的活力。世国、淑幸夫妇由心底自然生发、流淌出来的优美诗文，也许可以给我们启迪，有助于我们彻底根治现代文明社会所衍生的各种难以治愈的富贵病、职业病等疑难杂症。

很希望自己能退守山乡，跟着文人墨客的笔触寄情于山水之间、感受那种如登山巅、如临湖畔，如沐春风、如浴甘霖般的自由与酣畅，给自己渐趋枯萎蔫缩的魂灵注入生命的源泉，不断汲取鲜活甘冽的营养，消除疲惫、麻木、冷漠、慵懒和萎顿，重新激活、鼓荡、振作起昂扬奋发、积极向上的生活勇气，以全新的精神面貌和乐观的态度直面人生。这也许是诸多充满生活情趣和灵动生命力的游记、散文、诗歌之类隽秀清丽文字的作用和存在的价值吧。

魏文帝曹丕在其《典论·论文》中，称文章是"经国之大业，不朽之盛事"；唐朝大诗人白居易力倡"文为世用"，明确提出"文章合为时而著，歌诗合为事而作"。而清末著名政治家、思想家和诗人黄遵宪21岁就明确提出"我手写我口"的诗歌主张，成为我国近代"诗界革命"的领军人物。世国、淑幸伉俪以这些名言为座右铭，从他们许多经世致用的诗文中，不难看到传统文化血脉传承的印痕与轨迹。文贵真诚！只有发自内心，才能真正打入内心。二位的诗文之所以具有激励、感染、启迪心智、鼓舞人心的精神力量，正是他们"我手写我心"，付出了自己的真挚情感。这才是他们的作品能够获得人们认可的原因。

桃李不言，下自成蹊。世国兄与淑幸女士年逾花甲迫近古稀，但仍然不忘初心深入山区、农村和基层，脚踏实地默默奉献，不遗余力地实地采访、收集整理资料，竭尽所能努力进行宣传，在乡村百姓中拍照片找故事，撰写了大量乡土民俗人文风情等文章，准备分类结集出版，还与人合作拍摄了几部微电影。二人尽自己的微薄之力积极宣传地方传统文化和全域旅游，为乡村振兴做了大量实事，赢得了群众的真心拥戴和赞许，还被许湾等村聘为荣誉村民。他们多年来的辛勤努力能得到社会认可和人们的尊重，自然是情理之中，令人欣慰。相信他们的晚年生活会更充实、更丰富、更加多姿多彩，给人生赋予更积极的意义，也会取得更多的成就感和幸福感。我由衷地为他们的成就感到自豪和高兴。

有人说，人不能延伸生命的长度，但可以增加生命的厚度。也有人说，躯体难以保持不朽，但文字可以。所以有人提出：用文字战胜生命！以文字增加生命的厚度、拓展生命的宽度、延伸生命的长度。也许，正是在这个意义上，古人才会有"文章千古事，得失寸心知"的感慨。世国、淑幸伉俪在这条艰辛的道路上付出了巨大的努力，走出了一串串坚实的足印。由衷地祝愿他们在这条路上继续坚定不移地走下去，越走越辉煌！

世国兄全家皆能文。夫妻二人常有美文佳作见诸报端，女公子何菲、何淼也都能写一手好文章。特别是小女何淼博士，小荷已露尖尖角，早几年就常有大作问世。其行文轻快灵动若行云流水，思路广阔、眼界高远，大气磅礴的文字间，又不乏女性特有的温婉细腻简约清新。若锲而不舍笔耕不辍，将来也会有大成。世国、淑幸、何淼现为河南省作协会员，何菲是焦作市作协会员，堪称书香之家。

希望看到兄嫂更多的好作品。

薄玉平
2020 年仲秋于新乡

薄玉平，1956 年生，河南新乡人，曾任新乡市委党校讲师、河南师范大学讲师。

目　录

何世国文选

第三辑　故乡温情

贺淑幸文选

第四辑 山乡情怀

第五辑　抒写闲情

第七辑　岁月记忆

第一辑

行吟太行

博爱之光

你是华夏版图镶嵌的明珠
钟灵毓秀
承继夏商帝都文化之滥觞
你是大唐武德麾下的一方净土
励精图治
沐浴太行县金山秀水之春阳
你是汴京城外浮烟袅绕的窑火
日精月华
焙烧清化瓷器之豆彩艳丽
你是明清怀商昼夜兼程的步履
驼铃阵阵
敲响豫晋商道繁荣之希望
从郏城到清化
三千年耕耘,三千年荣光

古老的卜昌村
回荡着武王伐纣的马蹄声
厚德之孝敬村
铭记一步一叩头的司马印
金伞山刘自然仙庵
来过执金吾身后的汉武御辇
沁园幽径水竹繁茂
流出文人墨客不羁的狂放
千载寺残碑泣血
镌刻着慈母为徐庶平安祈福
青天河石刻古朴
凿开了北魏丹道蜿蜒崎岖

同义寺菩萨列阵

护佑丰润乡民的代代夙愿

月山寺晨钟暮鼓

砥砺几代君王大志宽广

于府君勒石东魏义桥

光武帝进击射犬叛将

娄子敬期盼大振家声

毛昶熙颐养印月山庄

商古郲，唐太行，宋清化，金月南

丹水百折悠悠，沁河千年泱泱

一位深明大义的将军

举亿万年太行作笔

铺三千年怀川为纸

蘸丹水神韵沁河碧波

将博爱二字刻于版图

钤在被誉为小江南的地方

猎猎皇天殷殷后土

为勤劳忠厚的田园守护者

祈求世代富庶平安

于是，千年古郲才有了新名

40万博爱人用宽厚之情怀

续写绚丽多彩的恢弘篇章

　　注：博爱县商周为古郲国，京畿之地，治所郲城，唐初设太行县，郲城改太行城，宋代改清化镇，金代又称月南城。史料有司马印祭母、汉武帝求道刘自然、徐庶母亲千载寺供奉碑、光武帝于射犬聚大败十万青犊军、北魏苏建领官兵修丹道、东魏于子建领修沁河大桥、毛昶熙建花园颐养天年等记载。隋代寺庙同义寺现存菩萨58尊，月山寺为金代佛教圣地。明清时期怀商兴起，与晋商在清化聚集融合，促成商业繁荣。1927年吉鸿昌从沁阳析出设县，名曰博爱。

4

我的太行

我的太行
是丹河两岸绵延逶迤的巨龙
如一艘亿万年不沉的战舰
承继五千年华夏雄浑
剑指三千里中原航向
护佑一方百姓平安吉祥

我的太行
是刻在悬崖峭壁的大国雄风
用北方汉子宽厚的双肩
扛起民族复兴之重任
吸天地日月之精华
纳春华秋实之辉煌

我的太行
　　忘不了岁月蹉跎
雄鹰巡视万里河山
峻岭凝铸铁壁铜墙
白杨排列御敌岗哨
松柏托举卫国刀枪

于是，我的太行
才有了耕种在坡谷间的勤劳背影
年年岁岁
　　用汗水酿造诗书雅韵
于是，我的太行
才有了依山傍水的石头民居

晨光晚霞
　　　簇拥大槐树下的乡音粗犷
于是，我的太行
迎来了崎岖山道上络绎不绝的商队
春夏秋冬
　　　走出日月轮回的驮铃清脆
于是，我的太行
燃烧起绵延千里的抗日烽火
英雄辈出
　　　谱写威武不屈的民族篇章

其实啊，我的太行
最喜欢用勤劳双手耕耘四季
让春天开出桃花满山的温柔
让夏日带来峰谷葱茏的希望
用金秋洋溢万亩红叶的热烈
用冰雪衬托映红大山的朝阳

啊，我的太行
一次次举起冲动的画笔
抹出错落有致的弯弯梯田
勾勒鳞次栉比的排排石房
摇落秋风吹黄的五谷丰登
描绘枝头累累的桃李芬芳

多美啊，我的太行
踏着全域旅游的徐徐春风
挺直腰杆儿阔步向前
　　　走出月寨路蜂飞蝶舞的画卷
　　　走遍丹水湾山水神韵的仙境
　　　走进探花庄七彩大道的宽阔

走成小底村樱桃浪漫的果香
红了靳家岭红了海棠岭
火了玄坛庙火了南坡岗

看，我的太行
　　冬桃粉，苹果圆
　　山枣甜，柿子黄
看，我的太行
　　白坡白，江岭绿
　　孤山尖，方山方

啊，我的太行
就这样一天天车流穿梭
被来自四面八方的游客
渲染成千山万壑的不朽诗行

注：博爱县地处太行山南麓，山地面积166平方公里，占总面积的34%，最高海拔950米。北仰太行山峰高耸，南望平原沁黄泱泱。博爱山区是著名的红色老区，1929年中共北平市委领导的博爱县第一个党支部——鹿村支部在此成立；1930年中共河南军委策动的"清化兵暴"在博爱起事；1937年共产党领导的道清游击队在柏山诞生；1938年中共博爱县委在柏山、黄塘组建；1943年八路军太行八分区、中共八地委、中共沁博县委、沁博县抗日民主政府，均在博爱山区驻扎，创建并扩大了抗日根据地。

丹水谣

我的丹河
是三晋大地挤出的乳汁
育两岸芸芸众生之赓续
千万年初心不改含辛茹苦
千万年勇往直前步履坎坷

我的丹河
是太行峰峦凝聚的甘露
解世间万物之饥渴
三百里披星戴月昼夜穿行
三百里柔情百结辛勤跋涉

于是，我的丹河朦朦胧胧
被治水的大禹写入《山海经》
"山下多竹，山上多金石
丹水出焉，南注于河"
于是，我的丹河缠缠绵绵
被郦道元写进《水经注》
"丹水又迳二石人山出
晋豫分界，互为犄角"
于是，我的丹河跌跌撞撞
记下了一幕幕兴衰荣辱
羊肠坂，曹操来过
古丹道，商帮走过
剑指中原的北魏官兵
在河东山崖把男身菩萨镌刻
于是，我的丹河潇潇洒洒

涌出万古不朽的经典绝唱
朱载堉滩边垂钓《自逍遥》
李商隐饱蘸河水书《锦瑟》

然而我的丹河也有苦闷
纵有雨季涌动的波涛拍岸
也难抚长平之战 40 万燕赵冤魂
我的丹河也有情仇
纵有万世不竭的暖春清流
也无法濯洗日寇侵华的喋血战火
于是，我的丹河也会再次咆哮
吼成涛涛山洪掀起愤怒
唤两岸松柏举起刀枪
鼓千山万岭连成峰壑
抵御外辱才能家园宁静
黎民翻身才有万家欢乐
哪怕热血再次染红百里波涛
也要让强盗畏惧
　　中华民族不屈的品格

于是啊，我的丹河
就有了村村水磨轰隆隆飞转的故事
　　一方小天地
　　万代续香火
于是啊，我的丹河
就有了阡陌良田编织的五谷丰登
　　初春播希望
　　金秋品山果
天地间流淌乡村振兴的希望
岁月里荡漾钟灵毓秀的清波

丹河啊，我川流不息的母亲河
你终于自豪地舞动千古神韵
一路欢跳南去
日夜诵唱明天的赞歌

注：丹河发源于山西高平丹朱岭，全长 160 公里，经晋城泽州，在博爱县寨豁乡青天河村入豫，至博爱县磨头镇陈庄入沁，润泽博爱、沁阳十里百村数十万亩良田。丹河之名源于公元前 260 年的长平之战，秦将白起诛杀已降的 40 万赵军，鲜血染红了河水。丹河岸边有天井关、碗子城、羊肠坂、古丹道等众多历史古迹，曹操的《苦寒行》写于此，唐代大诗人李商隐生于此，明代大音乐家朱载堉成名于此。抗战期间，这里是八路军太行八分区和太岳军分区的根据地，发生了许多可歌可泣的英雄故事。丹河尾段是博爱与沁阳的界河，雨季山洪暴发汹涌澎湃，但平时风光迤逦温顺清澈，两岸原有 300 盘水磨，日日夜夜为劳动人民创造财富。

老家记忆（组诗 3 首）

一、老院

想家了，在梦中
还是那个充满童年欢笑的老院
父母依然在忙碌
院子很大，有很多树
鸟鹊叽喳燕子呢喃
一群欢乐嬉戏的小伙伴
总打断我开心的记忆
睁开眼枕边泪湿，梦却未醒

老院很近
借梦境再去看看
举目四望却不见你的踪影
宽阔的大街衣着繁华
横亘在昨天与今天之间
凌乱的思絮被来往车辆屡屡阻断
只有马记与海记烧鸡店争宠

伫立路边祈祷
双眼使劲聚焦被隔离栏取代的老屋
迷蒙中那座土房依稀还在
那是我生活几十年的旧居
窗外有清澈甘洌的老井

忽闪的油灯下
母亲的身影若隐若现

又要让我帮她穿针线了
我埋怨母亲
老眼昏花还要缝补
"不缝缝补补你们穿啥"
母亲的斥责让我哑口无声

父亲高大的身影走过来
揭开锅，看看饭没有做好
对着母亲几声吼叫
母亲不作声，我却惶恐
担心父亲会踢我一脚
责骂中反而流露出心疼
几辆汽车从面前呼啸驶过
刹那间倏然梦醒
母亲去了，父亲也悄悄走远
想张口呼唤父母回头
竟然喉咙无语
儿子现在已退休赋闲
有时间帮您穿针线
更想让父亲再踢上几脚
那沉甸甸的爱，我今天才懂

二、老井

老屋门外是眼老井
老井不大
但能洞察世事
常年静静守护着
被老布鞋底磨得铮亮的砌石井台
井壁的青苔脱落了再长
打水的竹钩坏了又换

直到被父亲换成软软的井绳
井水甘甜，酿成我童年咿呀的歌谣
手抓井绳轻轻晃动
桶里就盛满滋润的人生

父亲说　老井在他祖父的祖父之前就有
宁静的水面是祖先睿智的眼
紧盯着子孙们的一言一行
我似信非信
然而每次打水
总要屏神静气张望井底
希冀从那泓古老的泉水中
看到五百年唐宋，五百年明清
还有祖父严肃的目光
母亲无处不在的慈祥
不忍心弄破水面储存的历史
但仍然一手换一手
拔出清澈透亮的光阴

当自来水哗哗流进锅里的时候
孤独的老井挤出干涸的泪
慢慢闭上无奈的眼神
一堆黄土填平了
深藏在井底的记忆
像丢失了数据的磁盘
阻断宋元明清之怀想
井台边不再有洗衣洗菜的笑语欢声
岁月从此被水龙头刷新

老井仓促带走了我的童年
一次次追寻，只在恍惚的梦中

三、老街

家住县城一条老街
老街不长
装满我童年无忧与晚年乡愁
老街很窄
容不下两辆毛驴车相向而行
老街偏僻
没有铺铺相连的板式门店
但老街热闹
总有左邻右舍撑开树荫说笑
站着的是稚嫩
坐着的是老成

午饭时分
大人们蹲在门外端着说不完的故事
从春秋汉唐到民国现代
跌宕的情节
从半汤半菜的饭碗里悄然溢出
杨家将水浒传众好汉混战开封府
关公秦琼诸葛亮将对将兵对兵
无须分辨真假是非
诱人的故事能填饱我的肚子
直到痴迷的眼神
被母亲手中的擀面杖敲醒

老街清晨在烧鸡豆腐肉丸的叫卖声中起床
忙碌中还有清脆响镲盲人算卦的身影
父母没钱让我开荤
但口水不理解无奈的心结
只盼有机会帮爷爷买二两老酒半捧花生米

偷偷克扣一分钱买俩解馋的糖球
接过老酒的爷爷总是笑着
慈祥的脸上说不出是爱还是宽容
每当缺肉少油的饭菜难以下咽
母亲会让我求助邻居
"去对门卖卤鸡家要勺鸡汤吧"
老街，也有割舍不断的亲情

晚风凉爽的夏夜
我和弟弟会拎上一片苇席
在路边铺开无垠的星空
老街爱看蝙蝠飞舞童婴嬉戏
也爱听远处的虫唧蛙鸣
还有蒙眼捉迷藏的小伙伴
碰笑树干撞疼墙壁的呻吟
直到树干吴钩欢声寂静
父亲拧着耳朵拉我回家
在蚊虫嗡嗡的叮咬中
老街和我渐渐入梦

丹水湾情思（组诗 8 首）

一、九峰山

　　许湾村南岭有石虎，北岭有石人，老辈人说有石人镇石虎许湾才平安。

你默默无声神情肃然
在古老的丹道边蜿蜒
　　一仞雄峰壁立，挥挥手
　　让风雨温柔让河水让路
用宽厚的臂膀
拥心爱的人平安入眠

北看连绵大山丝丝缕缕
南望阡陌平原舒舒展展
石人对石虎
你赤胆忠心地呵护
——丹水湾，我的故土
——许家湾，我美丽的家园
万代千秋，千秋万代

二、三家湾

　　许湾有尚、许、高三大户，村民忠厚朴实，因山青水美而特别恋家。过去姑娘们多不愿外嫁，流行三家转亲。

尚家窑，高家滩，许家湾
依山面河而居的祖先

一眼就看中了
河滩里宝贵的石蛋蛋
年年用鹅卵石筑堰垒坝
辈辈用鹅卵石盖房造田
用深邃的目光耕读岁月
把滔滔丹水编成永久的眷恋
播种冬和春的希望
收获夏与秋的饱满

许湾人就这样世世代代
用粗犷的山歌
唤醒沉睡的山谷
让三家联姻的故事延续千年
抬抬头，眼前就是姑姑舅舅
于是，丹水湾才有了
世世代代忠厚淳朴的基因遗传

三、琴槐

许湾村口有三王庙，东配殿墙上原有《自逍遥》全词，传为端清世子朱载堉所写，被收入《郑王词选注》。

六百年沧桑如梦
六百年命运多舛
记忆中，那位逃离王府的老人
　　并未失意
总是翻过山头涉水上岸
背靠你宽厚的槐荫抚琴
时而用涛声拨动缠绵的旋律
时而把碧波写成壁上的灿烂

取一斛许家湾金灿灿的五谷
舀一瓢丹河水奔流的神韵
开心地酿造
春华秋实的米酒甘甜
抿一口香醇
蘸一笔饱墨
在庙墙上酣畅书就
《自逍遥》不朽的诗篇

四、三王庙

　　许湾村三王庙建于明清之际，乾隆年重修，供奉龙王、马王、大王。庙里有一通光绪年碑记，记载了同治年间，村民高腾云被匪兵掳去，高母每天烧香祈祷，结果儿子平安归来，遂动员乡亲捐款，为神仙修建了舞楼。二十世纪四十年代，许湾成为红色抗日根据地。

祈盼春种夏长风调雨顺
祈盼秋收冬藏仓饱囤满
虔诚的香火袅袅升腾
化作山里人世世代代的夙愿

敬龙王主宰风调雨顺
敬大王管好锦绣河山
敬马王啊，呵呵
愿你关切禀报芸芸众生的苦难
那通光绪年的碑记
记载了高母虔诚的跪拜

感恩三王精心护佑
感恩神灵带来洪福齐天

从元明到清民
从战乱到平安
直到后来有人拉翻神像
山里人才大彻大悟
其实，应该感恩的
　　是共产党领导的红色政权

五、瞎龙瓮

许湾村西丹河拐弯处有瞎龙瓮，此处坡上原有大仙庙，留下了很多美丽的传说。

滔滔丹水湍流千年
任肆无忌惮的黑龙
携雨季山洪翻动滚石
撞出了一眼幽深的龙潭
蹀躞大仙怒目圆睁
为降服狂龙在庙廊坡张弓搭箭
然而，法力无边的大禹水工
却没有保住自己的庙堂
那年修筑下山公路
大仙庙一夜间不知所踪

当青天河水库锁住洪流
瞎龙瓮再没有昔日的狂澜
丹水湾像一躯易性的汉子
由雄浑粗壮嬗变为纤细柔软
庆幸还有一丝潺潺清流
将许家湾软绵绵锦裹玉缠
春风化雨庙廊坡
鸭游鹅鸣丹水湾

一叶扁舟上有你欢乐的故事
几根钓竿下有我沉重的思念

六、水磨

　　许湾村原有 36 盘大磨，依靠丹河水动力，日夜加工香末或面粉，现已成为记忆。

石头层层不见山
路程短短走不完
雷声隆隆不下雨
雪花飘飘不觉寒
老辈人依稀还记得
36 盘不用人推驴拉的大磨
每天被丹河清流冲得飞转
悠悠走千年，隆隆转千年
磨出山里人厨房中的柴米油盐

柳树磨，安滩磨
上六盘，下六盘
磨河连着日月乾坤
磨房装满幸福灿烂
直到那一年
清清的丹河断流干涸
水磨在父辈的泪水中
　　无奈停转
村前静无声，村后看不见

七、漫水桥

　　许湾村三面环水一面靠山，原无出路。从该村走出去的温县原县长高天才，利用开山取石的机会，为村里修了一座漫水桥，至今仍在使用。后来发展全域旅游，县乡政府修通了村东南的柏油路。

还记得那年
被父亲高高举过双肩
像走梅花桩的少林武僧
在激流中的跳脚石上攀沿
还记得一群酷暑中戏水的顽童
把河湾戏弄得笑声一片
记得月夜笼罩的蛙声朦胧
记得严冬凝固的冰雪洁白
只是不喜欢雨季咆哮的洪流
总把金童玉女分割两岸

后来，高县长带人修了西桥
全域旅游又连通了东滩
漫水桥让潺潺清流渐渐失忆
涉水过河的前辈已鬓发既白
一辆辆汽车从城里买来幸福
一队队学生把诗句撒落河边
那年雪中，一袭红衣款款婀娜
走出丹水湾多情的浪漫

八、丰碑

共产党员李荫棠是河北省元氏县仙翁寨人，抗战期间受中共沁博县委派遣，来到许湾领导抗战，发动群众打日本斗地主分田地修转山渠，被誉为许湾人的救星。2018年本人挖掘整理了李荫棠的光辉事迹，与焦作影视名人宋宝塘、周党伟等合作，拍摄了红色微电影《永远的党旗》，引起党和政府各级领导重视，许湾也建成为省市红色教育基地。

你是太行山飞来的雄鹰
犀利如剑
你是根据地飘来的党旗
血色烂漫
挥手撑开一片天地
举枪打出红色江山

端炮楼你身先士卒出生入死
斗地主你立场坚定义正词严
危险的时候你喊着我先上
杀敌的时候你高呼让我来
为了让山地变成良田
你带头修建了十里山渠
从于庄、吴窑到下伏头
清清地流在老百姓心间

于是，许湾人牢牢记住了你
李荫棠，你的青春停留在 26 岁
定格在青山绿水之丹水湾
像一座巍峨的丰碑
激励着一代代许湾人
　　永远向前，向前

柏山古韵（组诗 5 首）

一、博爱火种

第一面党旗从这里升起
第一个支部在这里诞生
第一届县委在这里筹建
第一支队伍从这里出征

从日寇蹂躏博爱的那天起
柏山啊，你就是人民握成的铁拳
眼中射出杀敌怒火
胸中迸发抗日威风
道清铁路是咱的家业
岂容小鬼子霸道横行

刘聚奎临危受命
点燃家乡的革命火种
刘甫成党旗下庄严宣誓
成了日本鬼闻风丧胆的英雄
来了张璋来了陆达来了张高峰
共产党人在这里运筹帷幄
让中共博爱县委的帅旗
在太行山村村寨寨迎风飘动
咱英勇善战的游击队员
　　晚上袭道南
　　白天攻道东

二、刘家大院

你其实不是豪宅
是柏山村百家缸窑院的缩影
知晓大义的革命老人刘传周
一辈子干得是捏泥巴的营生

泥巴换来了粗茶淡饭
哺育了刘聚奎的不屈品格
省吃俭用的一枚枚铜板
成为道清游击队的经济支撑
你拥抱张璋张高峰等抗日豪杰
又把刘聚贤培养成革命精英

你呼出隔壁的刘凤鸣、王立凤
还有后院那位在日寇屠刀下
    英勇就义的刘甫成
你是红色革命的摇篮
鼓舞缸窑院的后生们举起刀枪
杀出千锤百炼的柏山红
你把熊熊窑火写成信念
永远跟党走，中国人民必胜

三、福严寺

有人说你法力无边
有人说你延福无限
善男信女诵唱波罗密多心经
用虔诚与慈悲伴你发愿
然而，大慈大悲的观世音菩萨

也未能阻止日寇侵华的铁蹄
你闭目沉思不忍直视
　　强盗们血淋淋的屠刀
　　还有母亲被蹂躏的哭喊

为了让善良的乡亲免遭杀戮
那位热血铮铮的柏山汉子
唤来一批批热血青年
用你的威仪兴办武学堂
让佛祖开光护国刀枪
叫菩萨检验御敌铁拳

后来啊，张璋在这里教书
铺开大博爱抗战的画卷
再后来，张高峰在此轧制火香
把抗日火种撒遍太行峰巅
又来了蒋秀传递情报
一批仁人志士，三届博爱县委
在福严寺东邻皂角树下卧薪尝胆

那年突然闯进来日本强盗
明晃晃的刺刀令人胆寒
蒋秀大娘将敌寇引向西屋
暗示小女儿报信后院
刘甫成掩护张高峰翻墙进庙
又返回迎向强盗大义凛然

福严寺保留的革命火种
终于在太行山呼啦啦点燃
红色柏山主持了正义

让后人永远铭记寺庙的庄严
为了新中国的翻身解放
写下辉煌的历史新篇

四、缸窑

取太行釉土于沟谷
采太行矸石于峰岭
挖太行煤炭于深山
舀太行泉水于洞井
柏山人玩了六百多年泥巴
捏制，成型，装窑，焙烧
烧出了千家万户的缸圔昙瓮

三百座窑炉烈火正旺
三百座窑洞灯光通明
一代代勤劳的手艺人
用青烟袅绕驱动轮盘
从东坡到西山
从宋元到明清

而今科学发展改天换地
缸圔已淡出现代家庭
红红火火的缸窑已成记忆
文化遗产被传新陶瓷厂继承
一伙开拓者挥汗如雨
欢呼“太行山天目瓷”在柏山诞生

五、大渡槽

你在集体经济的时代酝酿

你在风风火火的岁月诞生
八十九根擎天巨柱
举起一代人心中的夙愿
祖先们记忆中的旱柏山
从此将走向林木葳蕤五谷丰登

叮当叮当的锤声欢快
嗨吆嗨吆的号子不停
柏山人凿开乱石压抑的梦想
用战天斗地的壮志和着汗水
在山巅搭建起入云的脚手架
披星戴月昼夜筑梦

不知疲倦的柏山人
命小渡槽为"群英桥"
改天换地的新愚公
称大渡槽叫"东方红"
一桥飞架横跨南北
笑看天河之水清粼粼南流
浇灌"旱柏山"灿烂的黎明

叹兮悲兮
今非昔比物是人非
天河渡槽雄姿安在
何处能寻找哗啦啦的水声

蒋秀大娘

革命的好妈妈
是您用一双小脚
一步步走出来的
从柏山到黄塘
从魏庄到清化
豺狼凶险，山路崎岖
您胸中装着镰刀斧头
以中华女性的名义
与凶残的日本鬼子周旋

这双颤巍巍的小脚
无数次丈量几亩贫瘠的山地
收获并不丰盛的五谷
给穿行在豫晋古道的交通员充饥
小脚勤快
天天往来于窖井之间
挑来一担担盈盈清水
让战友和同志们洗脸洗衣
小脚坚定
从丹河边挑回一包包木粉
帮张大个子轧成火香
换来党组织活动的经费
小脚刚毅
站在鲜艳的党旗下宣誓
为了中华民族不受外辱
永不叛党，忠于人民

那年，道清游击队在许河遇袭
您又用不知疲倦的小脚
跟着刘甫成深夜支援
他挑着杀敌的弹药
您挑着做好的饭菜
送到遥远的东山
给冲出虎口的将士压惊充饥

那年，您和刘甫成大义凛然
屠刀下掩护张高峰突围
刘甫成不幸落入敌手
为了营救患难的战友
您卖掉了家中唯一的耕牛
无私的小脚
就日夜在山地上拉犁耕田

小脚闹革命
小脚斗乾坤
小脚走成革命的摇篮
从小魏庄的窑洞里
走出中华女性顽强不屈的品格
扬起呼啸在山河间的正气浩然

张毛光的红叶

看过靳家岭
羡慕漫山遍野的一片火红
去过海棠岭
欣赏被山道切割的几何图形
但我有些挑剔
不喜欢秋风编织的火色
　　过于张狂
所以我更喜欢张毛光的红叶
如同小家碧玉
深藏在王家山场的背后
　　待字闺中

你靓丽的俊秀有点晚熟
总在秋风萧瑟的霜来之时
才悄悄羞怯登场
霓裳伴晚霞
舞出父亲太行与母亲秋色
　　爱恋的结晶

那抹温柔绚丽的红
被张毛光一遍遍复制
粘贴在所有人的梦中

石磨坊

走走走走
走不完这条没有尽头的路
奶奶的额头
走成一圈又一圈的皱纹
消失在我童年的顽皮之中

转转转转
转不尽这个没有答案的圆
母亲的韶华
转成一声又一声的嘱托
养育我成年伟岸的身影

而今，我老了
石磨也老了
孩子们掀翻了没用的磨盘
像杀一头拉完磨的驴
任它在风雨中老泪纵横

幸存的磨坊
还记得那个
　　有女不嫁张毛光的故事
或许有一天
有人会走进磨坊回味历史
安放焦躁的心情

岭上的希望

——写在谢庄

还记得那年严冬
风雪把山岭吹成荒芜一片
枯草萋萋荆棘丛生
西山坡像失血面孔一样苍白
年轻人外出打工
儿童们进城读书
只剩下无助的老人
守护这块土地的尊严
古老的谢庄走向孤独
还有即将被遗忘的驸马故事

那一年，你来了
脚穿被岁月忘记的解放鞋
手拿被拖拉机抛弃的镢头铁锨
从东洼走到南沟
从北坡爬到西山
摸摸石头窝里的荒草
敲敲山崖边的石板
把脉，听诊，观颜
还有救，西山还有救
于是，破山洞里打开铺盖卷
撬动大山的脊梁
翻开黄土下的春天

樱桃，雪梨，苹果，冬桃
你把鲜果种满西山
让谢庄不再贫瘠

让老村重现欢颜
偏僻的西山啊
伴你度过了十个冬天
才迎来了朱翡玉翠点缀的
　五彩斑斓

注：谢庄位于寨豁山区小岭的中心，中华人民共和国成立前人们依靠农业和挖矿烧硫黄生存，是古怀庆府重要的硫黄产地。近几年村干部带领村民种植樱桃、冬桃、核桃等山果，彻底改变了谢庄的旧面貌。

樱桃岭

用不着春种夏长
用不着秋收冬藏
那年村里来了一位年轻人
抓一把太行山的红土
用睿智的目光
把老村细细打量

土里有生活甜蜜
土里有金子发光
看一看是玉色苍翠
闻一闻如四季果香

铺开一张白纸
绘就小底人致富的蓝图
走进农家小院
东家谈古今，西家论短长
一遍遍诉说让山里人惊讶的樱桃梦
从夕阳西下
聊到黎明的曙光
把千年期盼
　　根植于贫瘠的山梁

于是，被人遗忘的古村
增添了一望无际的满坡翠绿
偏僻的千年古道
　　才结满朱翡玉翠的灿烂希望

太行龟纹石

是岁月的磨痕
还是风雨的侵蚀
你的肌肤不再凝滑
被大手笔的国师
用纵横交错的皱纹
记录亿年沧桑轮回

还有勤劳的祖先
用一往情深的虔诚
跪求河山静好
期待有一天
唤考古学家走近太行
字字句句解读
国泰民丰的天书吉语

郯城漫笔

濯洗心灵青天河

青天河景区因水库而得名，青天河水库因青天河村而得名。这处位于博爱县北部太行山区丹河峡谷中的胜景，是焦作云台山世界地质公园五大景区之一，拥有豫北地区最大、长 7.5 公里、储量 2070 万立方米的绿色水域。出于敬慕与喜爱，我曾经无数次游览青天河，希望用自己的相机和笔，真实记录青天河故事。

一、今世有约

我谓青天河神圣，是因为她不仅有太行山深处高山峡谷的原始与幽静，有天井关与丹河之战两千多年古老不朽的战争故事，有太行八陉之一古丹道的坎坷神奇，还有大山岩隙中一年四季汩汩涌流不断的三姑泉圣水。更重要的是她真实记录了博爱人战天斗地的一段英勇壮举。1966 年，当时的博爱县领导排除来自社会各方面的干扰，组织全县 10 个公社上万名民工开山辟路进军青天河，修筑大型水库，白天开山炸石砌坝，晚上睡窑洞，吃的是大锅饭，挣的是生产队的工分，耗时 17 年之久，累计投入了 637.5 万个劳动力，直到 1983 年大坝竣工。勤劳勇敢的博爱人硬是依靠简单的工具和人力，打造了一个鲜活生动的北方高峡平湖，完成了造福子孙后代的惊天动地壮举。如今气势恢宏的大泉湖山连豫晋，水通河洛，融山水灵秀和人文历史故事于一体，因此心中总觉得她特别神圣。

实在记不清去过多少次青天河，但每次都要用相机镜头顶礼膜拜。尽管这里没有高山雪域的清纯，没有九寨沟青海湖的斑斓，没有三山五岳的神奇，没有云台胜景的气势磅礴，但丝毫不影响我对她的崇拜。

2017 年夏，我独自一人为自己来，期冀把全部身心交给荡气回肠的绿水青山，用山泉圣水濯洗自己的心灵，让相机镜头再次体验青天河的夏日风情。

二、水域味道

踏进景区我没有直接到码头乘船，而是独自步行到水库大坝下游的水电站和丹河铁路独孔桥下，感受七十多米高水库大坝壮观之美。步行到一级电站，回首高耸 70 多米的青天河水库大坝，还是那座山，还是那道坝，但两侧容颜已改，被郁郁葱葱的翠绿重新包装。山崖石缝中伸出的层层灌木枝叶葳蕤，茂密的植被给大坝涂上夏季色彩，有行人在坝上走动，不时用手机朝我的方向拍照。沿坝底公路继续前行，新修的漂流河道曲曲弯弯，纤巧的水鸟在水边觅食，两边翠竹新笋茁壮，河中水草丝丝如带。一只长尾蓝鹊从面前飞过，红嘴白尾让人痴迷；一只小水鸡在岸边守候，看到有人过来便焦躁不安地跑来跑去，但仍不愿意离开它的领地。

沿河道向左转弯东行，北侧丹河水轻柔如丝，南侧白水河水流湍急，我移动脚步寻找最佳点拍下了丹河与白水河交汇的镜头，试图用图片诠释北魏人郦道元在《水经注》中对这两条河流的记载，解读丹、白二水名字中的历史神秘。白水河发源于晋城市北郊，是丹河的一条支流，枯水期仍可与丹河平分秋色。在此交汇的岂止这两条河？还有连接豫晋两省天堑变通途的铁路火车，还有河道两侧一衣带水的山西泽州、河南博爱和沁阳百姓，虽然口语有别但血脉相通。

丹河铁路大桥西侧河岸对面有几坨山顶常见的立土，像大树，又像门柱，下临河水，上接大桥，高几十米。我诧异绵延几十里的大山石峡为何独这里有土，多少次都想蹚过河摸摸到底是不是黄土。这天顺便询问一位清理河道的老师傅，他告诉我，这是古代河流拐弯处常见的地质构造，在远古地球造山时期，到处是滔天洪水，后来太行山河谷深切，奔腾的水流涌向当时的海洋现在的中原，洪水携带泥土在拐弯处形成旋流，泥土渐渐沉积，大水退去后地面显现就成为这个样子。我听得入迷，仿佛看到了远古荒蛮时代的沧桑之变。

大坝下游水域像农村姑娘自然朴素，大坝上游水域则像富家小姐楚楚娇容。随着熙熙攘攘的人流登上游船，荡漾在幽深碧绿的大泉湖中，就像游子投入母亲张开的怀抱，心灵紧贴着清澈湖面，能感受到山水的起伏脉动。鱼群在游船周围开心穿梭，两岸峰峦不时变幻面孔，山水一色，郁郁葱葱，千奇百姿，仪态万方，让人目不暇接。湖边有人在静心垂钓，任凭游船穿梭飞鸟过眼而无动于衷。

又想起了郦道元、徐霞客等古代地质学家，他们当年曾经踏遍激浪波涛与大山空灵，用伟大的足迹记录了祖国的山山水水，为后人留下了一幅幅原始图像。如果他们今天有幸与黎民百姓相伴游览，千年不朽的《徐霞客游记》和《水经注》将会是另一番风景。

游船缓缓驶过天然长城、三娘教子、老石人、围豁、野鸭湾、龙骨坡、骆驼峰、虎头岭、百鸟巢，不时有野鸭从水面惊飞，在高空盘旋，直到优雅的身影慢慢消失在湖面远方。

青天河博大、宽广与厚重，清澈的河水也有灵性，不仅滋养万物润泽生态，也赋予了两岸大山鲜活的生命。山因水秀，水泽山灵，浩渺碧绿的泉水与巍峨大山完美联姻，才是青天河不朽的神韵，才能让无数游人流连忘返为之怦然心动。

三、鸟栖湖上

徒步领略大泉湖风光，凭栏远眺移步换景，面对千姿百态的群峰浮想联翩，也许更有趣。湖边栈道伴碧绿的泉水向前延伸，相对于湖心游船而言，那一幅幅画面更加宁静。这天运气较好，看到栈道上有猕猴出入，像杂技演员，攀着栈道的栏杆悠闲地行走。

随着人流走近吊桥，去东峡与观音峡的游客在此分流。有不少人注目远处的水上娱乐项目和吊桥、索道，犹豫商议下步走向，我却被桥下的水鸭吸引走不动了。一对肥大的水鸭在桥下觅食嬉戏，公鸭蓝绿相间的彩色羽毛在阳光下闪闪发光，母鸭浅褐色的花纹朴素养眼。野鸭不怕人，有人扔水瓶但仍然我行我素，在盛开的睡莲与翠绿蒲草丛中游来游去，不时扎下头捕食鱼虾。青天河的野鸭个个丰满肥大，看样子有四五斤重，却能飞得高远。

继续向观音峡走去。河道中红黄白色的睡莲正在盛开，茂密的芦苇与纤纤蒲草随风飘逸，这里水浅，草丛葳蕤，是野鸭栖息的最佳地段。不远处两只小野鸭在一堆枯草中间钻来钻去觅食，一只大野鸭在远处警戒。

距离观音峡漂流码头不远的木桥上，看到左前方几只野鸭停在芦苇边休息。我兴奋地用长镜头拍下几张野鸭嬉戏的照片。继续环顾四周，突然发现右前方还有一只公鸭，在距离我不到 20 米的石头上栖息梳羽，不时优美地振翅独舞。这天我还抓拍到了飞鸭、小水鸡和树上的长尾蓝鹊，还有一种叫做灰麦秆的鹊鸟，以及几种不知名的小水鸟。青天河宽广的水域成了鸟们的极乐世界。

四、丹道体验

夏季的青天河观音峡别有一番滋味，不时有鸭群从蒲草或芦苇中飞起，有蜻蜓在水边翩翩起舞。河道中一处观景点，一位中年人带几个孩子在河中打水仗，吸引一群游人瞩目欣赏。

沿平整的石板道路继续前行，途经观音峡漂流点尾端，就是北魏古丹道的核心地段，路边天然石壁上镌刻有"古丹道"三个大字。丹道虽然高高低低崎岖难行，但这里却是古代连接豫晋两省的官路，怀庆府通往晋东南的主要通道之一，而且是重要的军事边防要塞，还肩负着商业交流通衢南北的重任。记得老父亲曾对我讲过，他年轻时徒步走丹道去太原买蚕丝，挑着 80 斤重的担子一路走回。景区完好保存了这一段最原始的石阶石壁，可以让游人温故知新，充分体验、回味古老的丹道神韵。

行进在崎岖的石板路上，我仿佛看见了秦赵大军丹河之战的兵戎弓弩，听见了汉魏兵士征战三晋的战马嘶鸣，感受到晋商马帮由此南下的阵阵驼铃声，想起了串串马蹄踏出的不朽故事。丹河水清澈见底千年川流不息，承载了太多的厚重历史；古老的丹道上马帮车队络绎不绝，记录了当年晋商与怀商在清化镇交流融合的精彩篇章；马背上驮着回荡在高山峡谷间不绝于耳的阵阵涛声，勾勒出怀庆府商业经济中心清化镇的无字画卷；两岸悬崖峭壁与丹道石板上铁蹄磨出的岁月印痕，就是壮观历史的最好见证。

走过天然大佛，趁天气晴朗，我再次尝试远拍对面天然大佛胸部的北魏石刻，试图识别石刻中间的男身观音菩萨像和文字。恰好遇到朋友王文新兄，便上前请教当年究竟是谁最早发现这通处于悬崖上的北魏碑刻，古人又是怎样在高空刻石的。王兄乐呵呵告诉我：山顶有路能走到悬崖边，青天河人过去常来这里放羊、打柴，对这座山很熟悉，都知道这里有古碑，称为"红字漏"或"带盖观音"。漏即悬崖，盖指的就是石刻的顶部有一块天然石板像房顶一样伸出，保护了千年石刻免遭雨淋。他还介绍了北魏年间官兵在这里修筑官道因屡屡伤人而求神礼佛的故事。后来请教地质学家，才知道如今悬崖上的石刻当时应位于路边，因河水年年深切才成为悬空一景。

我继续向大水瀑走去。壮观的金身观音像和半圆形石壁镶嵌的佛手映入眼帘。前行就是青天河风景区的尽头大水瀑，一道人为打造的壮丽景观，三米多高的水瀑就像一堵长长的屏障，隔断了河南与山西两省的交往。瀑布上面好像有路，停着一辆小汽车，许多山西游客在瀑布上朝下观望，有几个胆子大的抓着一根绳子，沿左面一条巨大斜石溜了下来。豫晋两省人民世代友好，河南的山与山西的水结缘，他们免费来观赏也无可厚非。

大水瀑后面有通道，但没有路，需要一步步跨过摆在河中的跳脚石，一不小心就会落入浅滩水中，弄湿鞋裤不要紧，但礼佛者如果不小心踩死水中的鱼，也许会心神不安。水瀑内部通道设计宽敞，供养了一排佛龛，游人可以在此烧香许愿。左边是入口，右边是出口，游客们一个个小心翼翼，在激流中的跳脚石上亦步亦趋排队进入。水瀑里哗哗的流水震耳欲聋，凉飕飕的瀑布风带着水珠扑面而来，许多游人在此拍照留念，背景是那挂倾泻而下奔腾如注的水帘，别有一番风情。

五、云烟氤氲

雨后的青天河空气清新，坐在船上，看朵朵白云从山后袅袅升起，徐徐吹来的河道风让人觉得还有点微凉，这天游大泉湖、观音峡心情也比较清爽。未曾料到云腾致雨，从西峡归来时天空突然阴沉，下午游东峡时天气骤变，刚过吊桥和索道站，淅淅沥沥的小雨开始降临，走到母鸡峰时，雨点渐渐稠密。有准备的游人或穿上雨衣或打起雨伞，没有准备的人只能选择和上苍赐予的天水亲密接触，充分享受山雨带来的滋润。在佛耳潭边的凉亭避雨逗留后，我趁着雨小随游人开始返程，刚到吊桥边，便惊诧于眼前出现的景象。

　　宽阔的湖面云烟氤氲，水面冉冉升起薄薄的白雾，近处有座观景桥廊，虽蒙上一层薄薄面纱但依然清晰可辨，远处的青山绿水却虚无缥缈醉眼朦胧，在云雾中闪闪烁烁若隐若现……这是传说中最醉人的人间仙境，是青天河蓝天碧水最神奇的升华，是天地山水与人最完美的结合。我有点激动，赶快用相机拍了几十幅美妙的图景，准备交给喜欢作画的朋友，希望将来能够成就一幅真实的山水画卷。被蒙蒙细雨淋湿的何止青天河？还有青山绿水孕育的万千生灵，还有那些长期被城市焦躁烦热搅扰不安的疲惫游客，还有灼热阳光下枯燥干涩的相机镜头，以及唐代诗人张九龄那首脍炙人口的诗句：日照虹霓似，天清风雨闻。灵山多秀色，空水共氤氲。

　　青天河的美无法用笨拙的语言表达描述，只有用照相机的镜头补充文字缺憾。

　　青天河，真心期待下次与你重逢！

夏游青龙峡散记

青龙峡是国家 5A 级风景名胜区云台山的一个重要部分，位于焦作市北 30 公里的太行山区，天连怀川，地接豫晋，水环太行，美不胜收。

2016 年秋，我陪朋友前往青龙峡，观赏了陪嫁妆村口铁枝银干的千年大椰榆。站在景区栏杆边低头向近八百米落差的深谷望去，四处悬崖峭壁，幽深的谷底一条巨龙连绵逶迤，前不见头后不见尾，能听到游人的笑声却看不见游人的踪影，我第一次感到心灵的震撼，脑海里总有一种莫名其妙的敬畏，包括那动人的青龙传说。

适逢 2017 年初夏，朋友约我参加焦作市作协组织的青龙峡笔会，遥远的山道与数不清的台阶，早已让初次体验的许多同伴畏惧却步，步行进入峡谷，却纷纷选择乘坐缆车返程。唯独我和少数人不愿向峡谷低头，在大汗淋漓中徒步走出七八公里的峡谷。直到疲惫不堪登上曲曲折折的陡峭台阶，我竟然不敢相信自己年过六旬的身体还能来一次征服意志的挑战。真正让我全程体验了隐藏在大山中顽强不屈的五彩斑斓。

一步步走过观景台，近看鸡冠峰，穿过两亲家洞，远望石人山，走下旋转步梯，经过青龙潭、九连瀑、凝翠泉、叠翠谷、金银滩、佛龛峰，数不清的景点在我的脑海中总是呈现一个特色：险。我深深地为青龙峡的险峻神奇所折服。远古时代的造山运动天翻地覆，搬弄出如此奇峰突兀的山脉峰岭，汹涌澎湃的水域深切又冲出了这条幽深的峡谷，抬头低头全是峰峰相连的绝壁陡崖。青龙峡景区独特的地理地貌，不仅让我们真实回味了天地玄黄宇宙洪荒的原始亘古，而且能切身感受大自然带来鬼斧神工的沧桑之变的巨大能量。然而最能让我震撼的还不是雄伟壮丽陡峭笔直的奇峡幽谷，而是无数根植于悬崖石缝中的绿色生命，是它们向昊昊上苍芸芸众生展示的英勇、不屈与顽强。

焦作市作家协会主席韩达老师途中曾经介绍，青龙峡的植被覆盖率达到98%以上，甫听还以为是夸张。大山深处何来绿色全覆盖？当直到深入谷底，才发现我的怀疑不对：这条峡谷虽然尽是悬崖绝壁，但绿色植被竟然根植于狭小的石缝之中，一层层、一片片、一行行长满山崖，处处生机盎然。有落叶灌木，也有长青乔木，松柏、榔榆、橡树、藤蔓与各种灌木相互交织，组成了峡谷中最优美的风景。每处崖壁都连续横亘多条林带，远看如线条笔直，近看如林海荡漾，层层叠叠的绿色是山体平面的N次方，茂盛的植被覆盖率早已超出青龙峡自身面积。

我曾经考察过太行山南麓一线的古代瓷器窑址，很多人说这些窑炉毁于金元战火，而我则认为，无节制砍伐利用而造成的山林缺失，才是当地瓷器制造业因缺水、缺柴而断代的主要原因。而青龙峡林木葳蕤，但由于垂直陡壁山势高险，一般人无法上去砍伐，绿色植被才受到保护，安然生存形成旺盛灌木丛或参天大树。尤其是在别处很少见到的榔榆，专家们称作小叶果榉、山里人称之为铁干银枝的山榆树，在这里却满山遍布，且有的枝干高大粗壮，结实的树根像一条条长须龙髯，缠绕在看不见一点黄土的石缝中。有的甚至把石缝挤得开裂，从坚硬的缝隙中穿过，树干依然昂首向上，笔直挺拔犹如大山之魂，向人们诉说日月轮回春秋永续之歌。

山上的黄栌开花了，绒线般的花蕊在蓝天与阳光辉映下绽放出一团团粉红；一簇簇外缘有黑色勾边的白色小花盛开，韩达说那是中华绣线菊；一种连体红色小果实晶莹剔透在灌木丛中摇摆，卖拐杖的老者告诉我那是"驴妈妈"；一种大叶子的树木枝繁叶茂遍布山谷，韩主席告诉大家那是橡树；还有一种桐树一样的大叶子植物，在没有缝隙的悬崖阴暗面贴石生长，一阵峡谷风吹来，大叶子随风摇曳，却没有丝毫掉下来的迹象；腰枝柔软的藤蔓尽管在风中不断晃来晃去，但仍然直挺挺举着头寻找攀延物，狂风暴雨也摧残不了它们向上的意志。

深深为青龙峡的绿色生命赞叹。青天河景区多黄荆，峰林峡景区多松柏，靳家岭景区多黄栌，而这里除了满山灌木之外还有如此丰富的高大树种，在绿叶丛中出人头地尽显风采。就连悬崖上一层层碧绿也多由高大的榔榆、松柏组成。我越发惊愕，诧异这些生长在悬崖石缝中的绿色生命如何生存？冬季天寒石冻，夏季赤日炎炎，即便是无土栽培也需要岩砾一类的营养介质，但这些绿植确实是在无土的恶劣环境中餐风宿露，仅仅依靠高山岩隙渗水维持茁壮成长，吮日月之精华，吸天地之灵气，顽强生存代代不息，那才是高山仰止的博大情怀。

纵观郁郁葱葱的青龙峡，那么多不同种属的植物在如此恶劣的环境中顽强不屈共生共荣，这不是中华民族弘扬几千年不屈不挠的传统美德吗？

我爱青龙峡的壮观与隽永，更深深感谢那些长期生存在豫晋两省边界高山峡谷中的朴实农民，是他们和他们的祖先不离不弃，世世代代守护着这座大山，才为焦作留下了如此宝贵享用不尽的自然财富。

霞染太行又一秋

很喜欢游走崇山峻岭中的山村，那里不仅有勤劳朴实的热情村民，还有太行深处的金秋红叶。每年十月，漫山遍野的黄栌被秋风吹得含情脉脉，千山万壑一片斑斓，将巍巍大山打扮得如同家乡人婚庆，山川沟谷一改往日默默柔情，变得如酒后李白热烈狂放。

一片火红的青天河靳家岭景区是金秋观赏红叶的最佳地，无数游人禁不住诱惑纷沓而至，或极目远望充满热烈的峰峦，或抬头细品映红脸庞的娇艳。粉的如翡，紫的如霞，绿的如玉。真心感叹大自然的魔法神力，一阵秋风就染红了峰岭山川，让马良神笔自愧弗如。

来自全国各地的观光客在红叶中沉醉。熙熙攘攘的人流潮水般地涌向观景台、九曲回廊、云中亭、索道景观、玻璃栈道和黄栌园，眷顾久违的灿烂晚秋，体验千峰万壑的粗狂豪放，把欢歌笑语洒在万紫千红的树丛中，让心情放飞在风景如画的靳家岭上。

面前有簇簇红云，背后有猎猎队旗，脚下是幽深红谷，四面是壮丽河山。尽管天空水汽给层层山峦披了一层薄薄面纱，但依然能看到碧水荡漾的千年丹河。一条游船劈波斩浪驶过，水面上留下了两条白线。走近天堑岭，才真正体会到红叶与翠柏辉映交融的反差，领略远方连绵起伏的红色林带与白色悬崖的虚实叠加。衣着艳丽的游人在红叶下流连忘返，黄栌坡充盈着姑娘与孩子们的笑声，俨然一幅大师笔下活灵活现的水墨画。

醉了，每个人都醉了，自拍客一不小心就闯进别人的手机画面，摄影师稍不留神就成为拍摄者的侵权对象，主配角在画面中会随时翻转。也许是被火红的山色渲染心绪，被热闹的气氛刺激灵感，一群朗诵者心潮澎湃，以万丈豪情讴歌大太行的斑斓与雄浑，还有歌唱家一展歌喉，把一首首回肠荡气的诗赋，一曲曲悠扬的旋律，洒向河洛，震撼豫晋。忘情的人们或激昂，或悠扬，或委婉，流淌在红叶间的诵声歌韵，完全是一种真情宣泄。

醉了，来往如梭的游客们醉了，有人驻足聆听，有人精心拍照，演绎红叶间发生的故事。然后登上天堑岭高峰看大山神奇，走进黄栌园与红叶合影，拜谒两千多年黄栌树的古老神韵。大山秋色一次次感动：靳家岭，我们来了，千年黄栌可以见证！

秋风染红霞，千岭着紫衣。衣着华丽的姑娘们来了，争相与灿烂红叶媲美；穿旗袍的走秀队来了，借娇艳的红叶提升魅力；搀扶老人的年轻人来了，让红叶陪伴拳拳孝心；推童车的妈妈们来了，用红叶启迪孩子的心灵；脖子上挎着照相机的摄影家来了，寻找灿烂红叶打造的惊艳；一对夫妇在红叶下摆拍，用鲜红标注炽热的情爱。无数文人墨客、画师、摄影家云集靳家岭，参加这场激情隆重的红叶大会。

百丈红绫舞，千尺国画垂。欣赏大太行万山红遍的浩瀚精致，耄耋老人也会激情倍增充满自信。次第染放的红叶如花，如画，人在画中游，花在画中开。那一片片红云在松柏翠绿映衬下团团簇簇，将一座座山峰一道道沟谷装扮得绚丽灿烂。游人不停地用指尖拨动网络，把美好瞬间分享给亲朋好友与家人。

我喜欢分享"红叶王国"里的故事："藏豹岭"是否有金钱豹？"长岭"能不能通到汉高城？"知青村"能否让当年的小青年再来沧桑之变的靳家岭聚会？"环翠谷"下面座座孤立的山峰怎样上去？"群龙聚会"地理景观如何形成？"曲径通幽"数百米落差的高崖如同石砌，崖顶有梦笔生花景观，当年是否发生过惊天动地的故事？更想探索历史故事与地理地质文化，但一走进熙熙攘攘的红叶丛中，所有疑问都会被灿若云霞的主题冲淡。

突然想到了太行山红叶为何雍容华贵。汉魏时期最能体现富贵的颜色是紫衣，皇帝的龙袍就是用挂满红叶的黄栌木染制。隋唐时期紫色御衣为君王独享，且被鉴真大师带到日本，让东瀛天皇效仿华夏一千多年。到了明代，中国皇帝的龙袍改为橙黄色，清代又改为金黄色。唯日本天皇不离不弃，至今参加祭祀活动仍然穿着从中国学来的黄栌染紫御袍，足见红叶出身不凡。

如此厚重的帝王紫基因，难怪它年年总要用厚重的容颜渲染大山的情调，染红人流如织的靳家岭，把炽热的爱恋，洒满钟灵毓秀连绵逶迤的雄浑太行。

岁月沧桑话郪城

博爱县位于河南省西北部，北依太行，与山西晋城为邻。秦时属野王县，汉时属河内郡，唐时曾设太行县，之后长期属河内县，为河内县辖清化镇。1927年，爱国将领吉鸿昌将军根据孙中山先生倡导的民主、平等、博爱精神，取"博爱"二字设县，报请当时主豫的冯玉祥批准，划沁阳丹河之东、沁河以北地区设立了博爱县，治城清化镇。中华人民共和国成立后博爱县曾属新乡地区，现归焦作市所辖。

清化镇历史久远，古为葵城、郪城。经考证，郪城之名源于夏商时期之"葵地"，起源于夏商之际商汤战胜夏桀的古温（时河内县前身野王亦属古温国）之战，商汤以夏桀之名"葵"命名此地以示拥有此战利品。秦代为了区分城池与乡村，在"葵"字右边加"邑"即为"郪城"。

关于郪城的由来，乾隆五十四年《怀庆府志》、道光五年《河内县志》以及《博爱县志》均有相关注解。战国梁惠王元年就有郪城的记载。夏朝属覃怀地，商代属畿内；周属野王邑，战国时先后隶属郑、晋、魏、韩国；秦汉属野王县；东汉至三国属冀州河内郡，两晋属司州河南郡，隋朝属河内县；唐武德三年（620年）设太行县，县治郪城改为太行城，武德四年撤废仍归河内县；宋代定名清化镇，取政通人和教化清明之意；金元至明代又称月南镇，意为中原古刹月山寺南边；民国二年（1913年）河内县更名为沁阳，清化镇归沁阳县辖。民国十六年冯玉祥主豫，吉鸿昌驻军沁阳，在处理许良一带与大新庄汉回民族纠纷时，提议将丹河以东五个乡从沁阳划出，取孙中山先生倡导的"自由、民主、平等、博爱"精神中的"博爱"一词，设置了博爱县，县治为清化镇。1938年日军侵占博爱时曾改为清化县，抗战结束后恢复博爱县。

从郪城到清化，承载了近三千年历史，经历了中国社会由奴隶制社会到封建社会、半殖民地半封建社会、社会主义社会的全过程演变，物产丰饶，名人辈出，不能说不厚重。宋元明清以来的古清化镇也不是一般的乡镇，而是被称为"河北（黄河以北）重镇""河北首镇""河北巨镇"的商业经济大镇，这可以从博物馆藏谢恩墓志、西关清真寺古城楼碑额和清化十街牛王庙碑记上看到。更重要的是，清化镇历代以来多有中央到地方的派出机构，东汉至唐代在此设置司竹监，金代皇家在沁园设置行宫，明清怀庆府在清化设怀粮厅、土税公署，怀商诞生于此，晋商落脚于此，都说明清化地位绝非一般。

清化镇地处豫晋两省交界，北据太行，南濒沁河，是扼守晋东南的重要关隘，也是豫西北重要的军事重镇，历史上战略位置极其重要。从隋唐宋金到元明清，这里多次发生大规模的战役，为兵家必争之地，留下了汉高城、白坡、射犬集、天井关、方山宋寨、南北朱营、崔庄老兵坟等战争痕迹。

清化镇还是黄河以北最大的经济重镇。清化大道、古丹道均从山西泽州直通清化，晋商在这里停留歇脚，凭借水陆交通优势，组织车马商队通衢中南各省；怀商在这里发家，将四大怀药和西南一带的名贵中药经营到全国各地，成为豫商的一支劲旅，在历史上留下了浓重的一笔。清化镇原西城门上有"河北首镇"明代石匾，现收存在西关清真寺内。

清化镇人杰地灵物产丰饶，历史上汉、唐、元、金均备受皇家关注。汉武帝刘彻曾来此地访问；东汉光武帝刘秀派心腹寇恂留守河内，在此种竹制箭筹备军粮；汉明帝刘庄在城西南为女儿刘致建造"沁园"和"白马寺"，成为皇亲国戚的后花园；隋唐在竹坞郡设立"竹监司"；金皇族在此设行宫驻跸。元相耶律楚材在此留下了《过沁园有感》诗文："昔年曾赏沁园春，今日重来迹已陈。水外无心修竹古，雪中含恨瘦梅新。垣颓月榭经兵火，草没诗碑覆劫尘。羞对覃怀昔时月，多情依然照行人。"明代礼部尚书温仁和、王铎，清顺治年礼部左侍郎薛所蕴，乾隆皇帝，还有河南巡抚鄂容安，清代名人曹尔堪、杨思圣等均在此留下了脍炙人口的诗句，讴歌清化镇、月山寺、覃怀竹坞、中道村等美景。由于月山寺香火旺盛，清化镇在元明时期曾叫"月南镇"，至今宁郭村还有"往西月南镇"的明代路碑。

清化古城墙方圆近 10 里，东到八街勒马河（护城河）西岸，西至团结路中段，南在南关小桥口原林业局家属院一线，北在县政府前院门面房下，当初设置有东北、东南、西、北、南五个城门，俗称"五关"。城墙外有宽约20米的护城河，城门口有石桥。城门白天开放夜晚关闭，以防流寇盗贼。

清化城东南门城墙内有兴教寺，寺院不知何时毁弃，仅剩一座七层砖塔，位于七街小南桥南边。六街丁字口有文昌阁，五街、六街交界处有官方祭祀处文庙，文庙南有大戏楼，北门口有城隍庙。每个街道还有自己的寺庙、戏楼或牌坊。其中九街有火神庙、青莲寺（原名石佛堂）、金龙四大王庙（明碑记载为晋商敬河神修建）；七街、十街有古牌坊；二街有汤帝庙、观音堂、始祖庙；三街有关帝庙、药王庙、南北观音堂；西门外西关村有贞节牌坊、十方院道观等。目前仅有青莲寺、大王庙、三街南北观音堂、二街始祖庙、牛王庙村牛王庙等基本完整。

清化镇主街为蝎子状，宋代之前鲜有文字记载当年的繁华，但是2010年前后修建郊城路中段时，曾经在十街（南大街）地下挖出一只高一点六米的宋代石狮，该石狮现安置在新开源公司老厂大门内。还发现了大量的宋金瓷片与唐宋古钱币，证实这里在宋代曾经是瓷器生产与集散地，民用陶瓷多在清化集市交易，商业市场比较繁荣。

清化镇又是当年的怀商之家，多数怀商在这里诞生，在这里开店，从这里出发并走向全国各地。怀商和当地商家，以及来自山西的几百家晋商在清化镇聚集融合，以清化城为中心从事经营活动，在城内东、西、南、北四条主街和阁前街、东门口开店，街上店铺林立，没有空位，全是板闸门，前店后货仓，各类商业活动十分繁荣。这些店铺与仓库、居住共为一体的格局，形成了很多前街通后街的长长过路院，成为清化街一景。青莲寺同治十五年重修清化镇城墙碑记上，记载清化门店捐款出资者近千家。县城还有几十家车马店，专门服务南来北往的晋商马队与外地客人。

繁荣的商业活动与经济发展，为清化城留下了无数人文痕迹，典型的代表有佛塔、庙宇、祠堂、书院、戏楼等，明清豪宅数不胜数。部分院子还有完好的石对联，主大街也有基本完好的临街板闸门店铺。这些古建筑也见证了郊城的变迁。

许湾：丹河峡谷中的璀璨明珠

　　小时候特别向往美丽的丹河，她是博爱人的母亲河，也是博爱与沁阳的界河，一东一西隔河相对。这条潺潺清流发源于山西省高平市赵庄丹朱岭，一路上穿绕山岭沟谷，汇了晋东南的巴公河、东仓河、白水河等多条支流入豫，在博爱县九府庄与沁阳市前陈庄之间出山，至博爱县磨头镇陈庄口入沁。孩提时代曾跟着老师去丹河游泳，亲身体验过那里清澈的河水、飞转的水磨，更羡慕水中无拘无束的鱼虾嬉游。直到有一天再次走进许湾村，才知道山水交融的太行山深处，竟然蕴藏着许多丰富感人的文化故事，让我为之倏然动情，深陷梦萦不能自拔，无数次亲近倾慕眷顾。

　　最喜欢伫立岸边欣赏丹水湾芳容。经吴窑、山里平南下的丹河清流被九峰山阻隔，无奈拐了个大弯向东，此处河道渐宽，至漫水桥西形成一汪碧湖，清澈见底，鸭鹅翩翩，水鸟成群，让人怀疑到了江南水乡。许湾村犹如太行山丹河峡谷一颗耀眼的明珠，依山傍水坐落在丹河北滩，前后有大山，三面皆环水，一排排明清的鹅卵石房屋依河靠山，鳞次栉比，舒适幽静；碧波粼粼的村前河滩有人垂钓，将平静的身心融入不加雕琢的大自然；村北有竹林苗圃，阳春三月，五颜六色的美人梅、海棠、红叶李、鹦鹉玉兰次第盛开，美景如画堪称天堂。村西口有座砖砌的牌坊，上面书写"许湾村"三个大字。牌坊外一棵苍劲繁茂的古槐，几位老人聚集在古树下吃午饭拉家常。那场景犹如五十年前的老电影，充满了古朴的山村味道。

一、瞎龙瓮的故事

　　丹河两岸千百年来流传着许多美丽的故事，其中最精彩的是沁阳山王庄赵新军老师采写的瞎龙瓮的传说，为许湾村增加了几分神秘。

　　传说很早以前，在九峰山下丹河拐弯处，住着一条黑龙一条苍龙，人们在此建二龙庙祈福平安。二龙庙正对许湾村西河对岸的庙廊坡，庙廊坡也有一座庙，供奉大禹的水工大臣堞嵩大仙，人称大仙庙。黑龙性善，行云布雨造福人间；苍龙暴戾，稍不如意便兴风作浪。一次当地人因农忙没有及时供奉，引起苍龙不满，便趁黑龙不在家，鼓动山洪水妖企图冲决庙廊坡，淹毁山王庄怀庆府。堞嵩大仙在此负责守护并治理丹河水患，看到桀骜不驯的苍龙越来越疯狂，便站在庙廊坡上张弓搭箭，射瞎了苍龙一只眼，苍龙疼痛难忍，一头撞到大石头上，钻入水底再也没有出来，从此人们把河水拐弯的位置叫做瞎龙瓮。当地人为了感谢堞嵩大仙，遂集资翻修大仙庙，重塑金身，烧香许愿，祈求永保平安。二十世纪七十年代修建丹河峡谷出山道路，大仙庙被拆掉，但此处仍叫庙廊坡。

实际上瞎龙瓮是每年夏、秋雨季，丹河滔滔巨浪冲出的大石瓮。瓮，原指陶制的盛水盛米容器，肚子大，底部和口部稍小。人们根据其状，把凹肚山势称为石瓮。许湾人都知道，每年秋季山洪暴发，汹涌的波涛会裹着石头滚滚而下，震得河岸咕咚咕咚响。而此处河道狭窄，又是一个直角弯，时间久了，水中巨石把山崖撞出一个大坑，水深达到六七米，因此夏天也无人敢在此游泳。二十世纪丹河丰水期，许湾人多次在此下水救人。村民尚小交告诉我，一次他潜入瓮里抢救一位落水的少年，水下冰凉，几次都没有触及瓮底。

时光如梭斗转星移，丹河上游修建水库后，很难再出现巨大山洪，2021年的山洪是个例外。凶险的瞎龙瓮已被卵石基本填平，但水深仍有三四米。

二、九峰山有诗

九峰山有诗，这座古怀庆府名山，值得山清水秀的丹水湾敬仰吟诵。

站在平原北望，九峰山不过是巍巍太行与黄沁平原之间的一段峰岭，平平淡淡，难称雄奇。但站在丹河峡谷回眸南望，却另是一番风景：群山高峙，翠峰连绵，尤其是正对村庄的那一段，万丈悬崖陡峭壁立，犹如一道坚不可摧的铁壁，守护着美丽的田园。难怪王铎、范照藜等古代文人墨客，每游走于此，都会留下赞叹的诗文。

九峰山东起沁阳市前陈庄，西止盆窑村西，有金、木、水、火、土和天、地、人、神九座山峰连为一脉，故而得名。许湾村对面是人峰，我常伫立小村街头，仰望这道天然屏障的挺拔巍峨，欣赏悬崖上繁茂的林木与生机，但总感到不过瘾。得知山顶有水泥旅游步道，连接天、地、人、神四峰，我遂于春、夏、秋、冬四季五次登上峰顶，极目远眺清清丹河与巍巍群山，辨识三王庙、烈士墓、村委会、大槐树与漫水桥。居高临下的感觉真好，山村如经年不断丹河水溅的一把织布梭，青山环抱玉树缠绵，一览无余映入眼帘。一排新房与一座座老院檐脊相连，老村的瓦房与新村的平房既无缝对连又层次分明。伫立山顶南望，县城、许良镇、沁阳城均尽收眼底，脚下山势平缓的尽头是张坡村，还能看清朱载堉的坟冢。

而让九峰山一举成名的，就是明代著名的天文、地理、音乐、算术学家，十二音平均律的发明者——端清世子朱载堉。他生前看淡荣华富贵，留恋人间凡心，请辞六世郑王爵位，住到张坡甘当黎民百姓，行踪遍及丹河两岸和九峰山。或在河边垂钓，或在山上行医采药。许湾村中最大的老槐树下是他经常光顾的地方。遥想当年，他端坐槐荫下抚琴沽酒，改写了北宋诗人邵康节的散曲《自逍遥》，且谱曲为老百姓吟唱，自由自在好不快活：

茅屋任意自逍遥，山径崎岖宾客少。看的是无名花，听得是百鸟叫，喜的是青山隐隐，好的是绿水滔滔。春花开得早，夏蝉枝头闹，黄叶飘飘秋来了，大雪纷飞冬又到。叹世人，多烦恼，倒不如盖一个温暖窝巢。闲时把琴敲，闷向河边钓，吃一醉，乐陶陶，那滋味何人知晓？做一个大乐仙长生不老。

耕读渔樵，弹琴沽酒，一切富贵名禄皆抛在脑后，无拘无束自由自在地生活，不仅朱老夫子做到了，他还写在墙上，让后来的许湾人也纷纷效仿。中华人民共和国成立以后，许湾村有几十位参加过"三大战争"的老干部、老民兵、复退军人，都甘心情愿回家务农，守着一亩三分地与隆隆飞转的水磨，终老在山清水秀的丹水湾，那种境界，现在有几人能做到？

老教师高天正、朋友耕樵等人，都能把朱载堉这首曲一字不差背下来。他们说此曲原写在三王庙东厢房山墙上，大庙当时是学校，学生们都看过。可惜二十世纪九十年代厢房被拆，诗文今已不存。好在朱载堉抚琴的古槐还在，历经600多年沧桑仍繁茂葳蕤欣欣向荣。

三、古庙新韵

许湾村有山有水，背风朝阳，一片江南田园风光，庄稼也年年丰收。

许湾原名许家湾，应该因许家人最早来此居住而得名。之后来了尚、高两家，形成三大户。村子脚下是四季长流的丹河水，河边有三十六盘日夜飞转的水磨，村旁百亩良田可以浇灌。丹水湾人盼望风调雨顺，因此才有了瞎龙瓮、三王庙等美好故事。

许湾人为感谢神灵保佑，在村西山崖下建了座大庙，曰三王庙。供奉龙王、大王和马王。大庙原有舞楼和东、西厢房，二十世纪被毁，唯古色古香的拜殿和正殿犹存，坐落在村六七米高的21级台阶上，显得雄伟气派。房梁嵌杆上有文字显示，正殿建于清乾隆三十年三月十九日，主要供奉龙王。东、西两侧各有一间配殿，房檐稍低，其中东配殿供奉火神，与正殿相通，房梁嵌杆写着建于民国十八年。西侧配殿供奉的可能是马王。按理说道教庙宇这三王中龙王最大，但是拜殿东墙上有毛笔工整书写的文字："马庙会桌凳一律不得外借，违者罚油五斤"。把马王排在首位，这是一个谜。拜殿为卷棚顶，气势恢宏，嵌杆文字显示重修于清道光年间。

三王庙古建是县级文保单位，偏僻山村仍有如此完好的古建筑非常难得，值得庆幸。

拜殿地上放有一块光绪三年石碑，记载清代同治年间，高家人高腾云被土匪掳去，高母天天烧香求神，后来高腾云安然归来，为了感谢神灵，高家人带头捐资修了一座戏楼，还请来戏班子唱大戏。故事虽然真实感人，但我在许湾采访游学上百次，从村民口中得知，他们心中最感激的却不是神，而是共产党和八路军。当年八路军李科长带领村民打日本分田地，还于 1945 年修了一条转山渠，从于庄下游引水上山，哗啦啦的渠水正好从拜殿外的香炉下流过，浇灌了许湾人梦寐以求的幸福生活。七十多年前，村民用红土在拜殿两侧墙上书写了"毛主席万岁""共产党万岁"的大标语，反映了村民真挚朴素的感情。

四、世代不忘的丰碑

三王庙西侧几十米处，原有一座不起眼的坟茔，安葬着许湾村民的大恩人李荫棠。墓前有一通石碑，记载了烈士的生平事迹。

李荫棠是河北省元氏县仙翁寨人，与中国共产党同龄，曾任中共沁博县委和抗日民主政府粮秣科长、丹河区武工队队长、二区副区长等职，生前带领民兵抗击日寇，死后安葬许湾，永远与许湾人民在一起。

1943 年，河南遭受了百年不遇的旱灾和蝗灾，饿殍遍地，民不聊生。山区人民还要遭受日伪军、杂牌队的频繁骚扰，生活极为悲惨，存活人口不足十分之一。关键时候，中共太行八地委和八分区派出抗日精英，于 1943 年从山西省陵川县夺火镇来到敌后，武装干部卫景廉带领军事武装于 6 月份先来打前站，县委副书记张高峰、县政府秘书郭工丞带领的干部队伍 10 月份过来。李荫棠是最早来博爱的武装干部，与后来在许良牺牲的奚英烈士一起分到丹河边区。沁博县委、县政府积极赈灾，从山西调来粮食、谷糠和种子，帮助山区群众度荒年，组织群众种麦自救，发动群众闹翻身，打日本。

李荫棠住在许湾村高家院，每天在丹河两岸各村发动群众。他动员许多山区青年参军参战，先后介绍几十名青年入党，仅许湾村参加革命工作、入党的就有近 20 人，其中许多人成长为党的领导干部。曾任济源县委副书记、后任吉林省委农工部部长的尚凤田，曾任博爱县副县长、新乡行署副专员的高天才，还有原阳县公安局局长尚凤怀，原狄林乡、黄岭乡党委副书记，后创建并担任村办企业蚊香厂厂长的尚凤荣，在抗美援朝战争中荣立一等功的铁道兵战士尚国来，担任过农会干部、乡村干部，后在家务农的高天赐、许存会等，都是李荫棠带出来的骨干。他给大家讲解革命道理，教农民识字，带领民兵抗击日寇保卫家园，领导农民斗地主闹翻身减租减息，深受群众拥戴，大家亲切地叫他"李科长"。

新店的日本据点距离丹水湾不远，直接威胁抗日武装和这一带老百姓安全，李荫棠与大家商定端掉这个据点。他一个人潜入新店查看敌情，夜里带领民兵将碉堡炸掉。西万的日本据点也很猖狂，他化装成农民进据点摸查敌情，当时鬼子在打篮球，李荫棠灵机一动，光着膀子上前陪日本兵打球，兴高采烈的日本兵还留他进据点吃饭。他借机弄清了鬼子的兵力和装备，几天后带领许湾民兵把这个据点端掉了。

在李荫棠带领下，许湾民兵多次主动出击，先后端掉了鬼子的多个据点，还配合柏山民兵攻打柏山和白马门，有力打击了鬼子的嚣张气焰。他还做了郭庄伪保安团团长高天顺的统战工作，让他定时提供弹药和情报。许湾民兵经历大大小小战斗几十次，无一伤亡，这应该归功于李荫棠灵活机动的战略战术和正确指挥。

为了帮助村民发展生产，李荫棠把当时隶属于许湾行政村的于庄、吴爻、下伏头等村群众组织起来，在于庄村垒堰筑坝，修了一条长五公里的转山渠，让山地变成良田。这一泽被后世之举，让山区群众永远感恩没齿难忘。

抗战胜利后，李荫棠在二区机房任副区长，带领军民与国民党部队开展拉锯战。1946年秋他积劳成疾回许湾治病，结果当天晚上去世。博爱县档案局的资料记载，李荫棠系"被特务医生毒害致死"。据许湾村尚凤田、尚凤荣后人和高天正、尚凤云、高爱莲等讲述，当时是新店李郎中开方，许湾人高天一抓药。高曾因李荫棠给他派公差抬担架心怀不满，受过李的责罚，因此在药里下了过量的白信。李荫棠服药后病情加重不治身亡，时年26岁。白信即砒霜，既是毒药，也是治疗疟疾的一味中药，使用时需严格控制药量。当时县公安人员对此事进行调查审判，并将高天一正法。李荫棠临死前嘱托把自己葬在许湾，永远和许湾人民在一起。

曾给李荫棠当警卫员的尚凤田当时在五区任副区长，老领导牺牲后他万分悲痛，在唐庄一户富人家找了一口上好棺材将烈士入殓。

因为找不到烈士的家人而没有下葬，暂寄于三王庙东侧殿房内。尚凤田念念不忘有一次他陪李荫棠外出执行任务突然遇到敌军，李荫棠让他先撤退，在关键时刻扔出手榴弹掩护他突围。后来民兵们在下水磨村外与国民党部队遭遇，李荫棠又一次让大家撤退，自己开枪吸引敌人掩护战友。

解放后三王庙改成学校，安放烈士灵柩的庙堂成为教室，英雄就这样陪着学生们咿咿呀呀读书四十年。老师们经常用烈士的事迹教育孩子们，让他们知道幸福生活来之不易。后来上级部门要求将李荫棠的灵柩移到烈士陵园安葬，但许湾人坚决不同意。他们说，没有李荫棠就没有许湾人的今天，希望烈士长眠许湾方便祭扫。1986年，老前辈尚凤田从东北回家探亲，主持了李荫棠烈士安葬仪式，将恩人埋葬在村口大庙西侧，1994年立碑。许湾人年年自觉前来祭扫，清明节要先给烈士上坟。

有关资料显示，李荫棠是河北省元氏县仙翁寨人，共产党员，毕业于刘伯承兴办的河北涉县太行联中，家中具体情况不明。许湾人二十世纪九十年代曾去河北寻找他的家人，无果。曾担任沁博县抗日民主政府县长的革命前辈郭工丞，担任沁博县独立营政委、空降军副政委的卫景廉，分别在自己的回忆录中怀念李荫棠。郭工丞在文中无限感慨："太行联中毕业生李荫棠同志，机智勇敢，多次立功，最后为革命献出了年轻的生命。"他是从学校直接参加革命的，牺牲时还未结婚。

2018年，宋宝塘、周党伟、何世国等自费拍摄了以李荫棠为原型的红色微电影《永远的党旗》，在网络等媒体播出，还被选入"学习强国河南平台"。在省、市、县有关部门和许良镇党委、政府等支持下，许湾村建成了红色教育基地和李荫棠纪念馆、红色广场，烈士墓也修葺一新，来自焦作市各县（市）区的数万名党员干部前来接受红色教育。2022年春，李荫棠烈士的后人在网络上看到了《永远的党旗》，怀着激动的心情来许湾村寻亲，在烈士墓前长跪不起，烈士英灵终于和亲人团聚，也遂了许湾乡亲几十年的凤愿。

太行山影

　　很喜欢登太行之巅欣赏掠掠山影，就着旭日东升或夕阳西下之金辉，观雄伟太行巍巍之蜿蜒起伏，望葳蕤草木森森之繁茂葱茏，会有万千感慨，也能使人浮想联翩热血澎湃。

　　我的愿望是趁有生之年转遍每一座山峰，从东到西，由南到北，领略寨卜昌村寨墙北门石匾上镌刻的"映叠翠"、酒奉村吕祖阁碑记载的"行山巍巍"之景象。因此每次上山，我都用相机镜头留下记录，像手腕上的崖柏珠串，时时把玩回味。丹河的迷人，许湾的灵秀，碗窑河的古朴，干柴洼的神奇，南坡沟的宋窑，天堑岭的突兀，大沙河的陡峭，汉高城的神秘，东顶山的沟壑，东仲水的河汊，小黄河的袖珍……

　　一次与朋友同游小底坡，一路走向风电场西头的丹河峡谷边缘，此处茂密的灌木植被处有一缺口，恰好有居高临下的天然观景台，可以一览悠悠丹河全貌。古老的丹河在巍巍太行崇山峻岭中奔涌流淌了千万年，如果不借助于飞行器，人们很难看到她的神秘，即使当年撰写《水经注》的郦道元，最多也就是沿着丹河边走一趟，笼统记下"丹水又迳二石人北，而各在一山，角倚相望，南为河内，北曰上党，二郡以之分境"，"丹水又东南出山，径郏城西，南流注于沁"这样简单的描述。假如郦公能从高山之巅观察当年丹河之汹涌澎湃，关于丹河的注解一定会更加生动翔实，更加震撼后人。

　　伫立在落差200多米的高山之巅，俯视脚下丹河大峡谷深壑幽幽，平望对面陡峭山体壁立千仞，谷底河水清流如带，山腰公路曲折蜿蜒。从西边而来的河道弯弯曲曲，在脚下转了个90度弯又潇洒南去。对岸崖上有分水渠，绿色玉带犹如依偎恋人的伴河，不离不弃。远处是博爱县引丹渠首，穿过山崖又悄悄隐身。绿油油的麦田围着杨庄河与方山村，金黄色的杨树林围着后寨村，山崖上的村庄被红叶点缀如同人间仙境，静静地诉说大山里的故事。前方山腰有通往青天河景区的公路，如神龙古画的海水江牙，一弯弯整齐排列伸向远方，载客的车辆在波浪中游来游去。此刻我才真正体会到大太行山河的和谐之美。

那天傍晚走进玄坦庙魏稍村果园，又一次领略了太行之神奇。恰好斜阳西照，阳光下能清晰地看到右前方脚下反光的青天河景区道路弯弯曲曲，忙碌的小车在山里排队穿行；太焦铁路傍依河岸，四排铁轨银光闪闪，恰好一辆列车飞快驶过，悠扬的汽笛如大山吟唱，在山谷之中久久回荡；铁路左边有丹河蜿蜒，河水在阳光下碧波粼粼，潇潇洒洒流向远方；铁路右边是青天河景区公路，顺蜿蜒的山梁三折三回，如观看一场立体电影；景区新大门近在咫尺，仿古建筑筒瓦飞檐犹如琼楼玉宇，让人浮想联翩。

近看奇峰突兀，远看群山连绵。大山的褶皱犹如山风吹动的窗帘，一洼洼碧绿波浪起伏，整齐、洁净、有序。近处山坡上的黄栌已微微泛红，在阳光下熠熠生辉。回头望去，北面的寺湾村如在眼前，整齐的楼房错落有致，好一幅画匠笔下的油画，让人羡慕得有点嫉妒。

我赞颂高山之美，更惊叹大自然的鬼斧神工。地球上一次次地壳活动以及冰河运动，不仅使太行山脉高高隆起，又把山体切出无数沟谷深壑。千奇百怪的山峰，蜿蜒曲折的山势，如刀劈斧剁的悬崖，曲折深峻的幽谷，还有隐匿于山洼的一弯弯黄土，都在诉说着曾经的沧桑巨变，演绎着无数惊天动地的生命故事。

魏稍村和巍巍太行一样，处于地球天翻地覆造山时期与冰河时期活动的中心，所以至少有两纪的动物化石频频出现，既有古生纪的腕足、新生纪的菊石，还有白垩纪的珊瑚与百足虫，曾经在一块石头上看到相差几亿年的腕足与珊瑚，说明此处也经历过无数次水与火的洗礼。在许湾村的房顶，上岭后的墙上，刘岭的崖边，东仲水的河底，都看到了腕足、海绵、珊瑚、角石等海底生物化石奇观。

山之魂，在于生命的不朽与永恒；山之奇，在于大自然的鬼斧神工与岁月磨砺。大太行的山景千姿百态千变万化，每一处都是沧桑的故事，等你际会欣赏。也许山魂能启迪你的人生，让你感悟生命存在的真谛。

桃岭之约

我与桃岭之春有约，在博爱县寨豁乡著名的冬桃基地玄坛庙村。

不是我姗姗来迟，我不想辜负春光的艳遇，渴望体验唐伯虎那种"桃花庵下桃花仙"的洒脱。只可惜清明节前连日小雨纷纷耽误了行程，等到天气晴好，发现山下的桃花已经凋落，心中不免怅然。恰好接到葛新书记电话邀请，便立即应允上山赏花。四月的玄坛庙桃岭依然是万千红粉的桃花季。

十里桃岭风光如画，路边的冬桃园围满了络绎不绝的赏花人。热烈绽放的桃花宛如春光里的红袖，秀色可餐光鲜照人，一排排一行行开满枝头，吐着醉人芬芳的花蕊任凭蜂蝶狂采。很想找来果农打开园门拍照，突然发现山坡上、道路边一片片野山桃花开更艳，浅浅的素粉如翡，绒绒的花蕊如丝，淡淡的芳香如刚出锅的佳肴，一如山里人的纯朴低调。山桃花无意与深红的冬桃花争宠，但没有人修剪的枝条上花朵密密麻麻，像极了山里人毫不掩饰的朴实与热烈，用天然素颜诠释巍巍太行已春满人间。

眼前几棵茂盛的山桃树努力向上，枝头簇拥着粉嫩的花朵，在荆棘丛中绽放出一团团红云，如同散落天际的彩霞，万般风情别样靓丽，又像山村姑娘倔强自立的傲骨，让人忍俊不禁。远处还有白色的梨花、青色的樱桃花妆点返青的山林，梯田的麦垄长成一弯弯翠绿，与金色的油菜花形成明显反差，就像色彩斑斓的五线谱，把庙岭、魏稍、艾蒿坪、刘岭、洛坡、寺湾等一个个山村打扮得更加漂亮，演绎着满山玉树掩不住的浪漫。此刻漫步在鲜花丛中享受大自然的温馨，顿有古人那种"半醉半醒日复日，花落花开年复年"的感触。

美丽的桃岭被四月暖风装扮成一幅色彩斑斓的山水画，恢弘壮观而且大气，任过往游人纵情捧读、评点。勤劳的村民正在果园里疏花施肥，精心培植新一年春华秋实的丰收希望，用辛勤的汗水编辑河山美篇，憧憬着美好的明天。

宝珠玲珑撒太行

又是一个火红的五月，绿意盎然的太行早已被如梭的车流织成初夏恋歌。青山如黛，像出阁的处子招婿，不管她心中是否愿意，总有一批批的仰慕者从四面八方远道而来，熙熙攘攘踏破家门，只为采撷水灵灵芳颜的樱桃。

唐朝元稹有诗云："柏树台中推事人，杏花坛上炼形真。心源一种闲如水，同醉樱桃林下春。"如果说元稹的诗句表现了樱桃林下的静，那么太行山五月的樱桃季却是轰轰烈烈的美。游客们蜂拥而至，慕名去小底、探花庄、谢庄，观赏满山翠绿中点缀的火红，小小的山村顷刻间热闹起来。不想错过珠翡玉翠的美丽，我也成为追逐五月的体验者，将自己交付狂热的樱桃季。

置身于莺歌燕舞的美景之中，明媚的阳光洒满一座座果园，游人沐浴初夏的山风，看碧树玉妆吸收天地之灵气而硕果累累，叹姹紫嫣红广纳日月之精华而宝珠串串。女孩子们与最美的樱桃对眸，轻启朱唇，啖下初夏诗句般的甜润；年龄大的采摘客却怜香惜玉，把相思留在绿肥红瘦之间，不忍心破坏枝头的静美。

看到小底村几棵千枝低垂万珠闹的"樱桃王"树，情不自禁想起古人吟诵樱桃的名句。白居易重味觉："甘为舌上露，暖作腹中春"；杨万里重内涵："轻质触必碎，中藏半泓水"；李商隐重感情："朱实鸟含尽，春楼人未归"；而韦庄的"西园夜雨红樱熟，南亩清风白稻肥"则是写景；杨万里还有诗句"摘来珠颗光如湿，走下金盘不待倾"，描述了樱桃为古代皇家贡品的贵族特征。记不得哪位古人赞美樱桃的辞赋更美："翡翠玉盘红玛瑙，妖冶媚姿天作造。往来花客摘玲珑，摧窈窕，偷珠宝，她自向东愁欲倒。"我辈词穷，只能用相机定格美景，记录太行山樱桃节的倩影！

春的使者

阳春三月春风暖，杏李桃花次第开。每年三月，太行山区就会充满希望热闹起来，车水马龙人流如潮，踏青的游人结伴出行，在蜿蜒的沟谷中寻觅桃李的芬芳，留下一阵阵笑语欢声。

2020年的山乡略显清冷。恰好退休老校长毋法洪、财政局干部毋存保叔侄二人，约我去他们的家乡考察，我欣然应允，早就渴望去空旷的大山里补充氧气。毋老师的老家在博爱县寨豁乡胡仟庄。这个只有十几户人家的山村位于东山区公路右侧足下，南望王庄河，西近小黄河，北有张三街，东有朱岭。

下车拐弯走近村口，才发现村前村后的杏树已报来春讯，满树花朵刚刚绽放。大概是山上气温低，开花比山下晚了几天。我虽然多次游览山区，但观赏山野杏花的机会不多，如今站在繁花似锦的树下，贪婪地猛吸一口醉人的清香，犹如经历一次心灵的洗涤，顿觉通窍酣畅。唐人韦应物诗云："去年涧水今亦流，去年杏花今又拆。山人归来问是谁，还是去年行春客。"

盛开的杏花让人心情振奋。经历了风雪严寒之后，人们的心绪还没有完全走出冬天的困扰，绷紧的肌肤还有些许紧张的颤抖，在春风化雨的渴望中看到山野鲜花，就像看到了绵延大山岁月往复春秋代序的步履，让人不由地意念萌动血脉偾张，拥抱春暖花开生命轮回的美好。北方流行的《数九歌》云"九九杨落地，十九杏花开"，说明古人早就认定杏花是报春的使者。杏花比梨花、桃花早开一个节气，尽管她白不如梨花红不如桃花，但总是最早给人们带来春天的信息，让勤快的山里人信心满满开始新一轮耕作，期待又一次沉甸甸的收获。

村北一棵大杏树下，浅粉色的花团密密匝匝绕满枝头，玉花缠枝伸向蓝天，犹如一串串变色的冰糖葫芦，在灿烂的阳光下婀娜多姿随风摇曳。村前村后的桃树、梨树已经育蕾，不日即可绽放，把偏僻的古村秀成一座古朴的花园。村南头毋老师家的老院，是一座古色古香极为精致的小石楼。站在楼前，突然发现大门头的木匾横额上有"一树百获"四个遒劲大字，我恍然大悟，知道了山里人为何喜欢在房前屋后栽杏树。在张三街，在南田园，在南坡，甚至在西山峰顶高高的郭顶村，前辈们栽种最多的林果是柿子树，其次就是杏树了。栽下一棵树就能百年收获不止，先贤圣人的夙愿与嘱托何止是种树？恐怕更深的寓意是耕读传家，让子孙后代成才成龙，大振家声。

杏树是历代古人的精神信仰与道德寄托。早在两千多年前，孔夫子就在杏树下设坛讲学，因此后人才将学校誉为"杏坛"，视教师职业为神圣，尊道深德厚者为"儒"；从扁鹊、华佗到孙思邈、李时珍，都在行医居所栽种杏树，坚称杏树吐出的清香能清肺安神预防"痨病"，他们以妙手回春之术终身践行救死扶伤神圣使命，被后人誉为神医、医圣、药王、药圣，以至于直到现在人们还称医院为"杏林"。正是有这些文化因素，太行山区才会随处可见高大的杏树，郁郁葱葱的春华秋实，向世人揭示其存在的伟大意义。

胡仟庄山前坡后已经春草萌动，地上呈现一片片鹅黄，金色的蒲公英花、紫红色的野地黄花也竞相盛开。在毋老师和毋存宝叔侄带领下，一行人又驱车赴朱岭村。经过东大掌山岭才惊诧发现，山沟里到处都是野杏树，一片片粉白色杏花与一缕缕金黄色连翘花遍地盛开，在阳光下相映成趣，鲜艳夺目，把大山妆点得五彩斑斓，引来一群群蜜蜂飞舞狂采。一阵山风吹来，有片片花瓣随风飘落，如雨如诗，悠悠扬扬，美得让人不能自己。此情此景入神如画，真羡慕当年唐伯虎走进林下，持一壶老酒醉卧花丛，感受天地之灵气，体验花下之春光。可惜山路崎岖不平随意停车，美好夙愿这天未能成真。

回城途中，开车的毋主任在茶棚村对面路边停车，让我远距离欣赏了茶棚村长达一里的杏林花景：远方的杏花如云如雾，在一抹夕阳映衬下斑斑驳驳连成一道花廊，浅粉深翡相间，如同梦幻世界。那道山抱树、树抱村的绵延山谷，真像名家笔下雄伟的河山长卷，错落有致的山村被艺术大师嵌入画中，任意截取一点，都是一幅成熟的艺术美品！好一处唐人张籍的诗景：溪头一径入青崖，处处仙居隔杏花。更见峰西幽客说，云中犹有两三家。

桃李不言，静待花开；山河无恙，共盼春来！提前开放的杏花用缤纷落英向国人阐释，疫情过后仍然是一个明媚的春天！

谷雨山色

谷雨时节，万物进入生长旺盛期，迫切需要雨水滋润。绿油油的麦子开始秀穗，山里人也开始播种谷子，耙地，打埂，摇耧，此刻山里人都在忙活，因为种谷子最划算，一粒种子可以收获千粒，肥水充足的谷穗能长到尺把长。

谷雨时节最适合上山体验生活，可以彻底释放心理压力。此刻的巍巍太行不再是梨花白桃花红菜花黄的桃花季，而是漫山遍野百花竞放带来的五颜六色绚丽斑斓，蜂飞蝶舞万种风情，让你的视觉与心灵不再孤单，充满皈依大自然怀抱的坦然与淡定。

之前与朋友去了高山之巅的郭顶村，在弯弯山道上拍了几张丹水湾春色。那是从柳永词曲里流出的婉约，长袖如歌，温柔缠绵，但少了一点男子汉的粗狂情怀。

恰逢谷雨，朋友约我去了位于寨豁乡北部的汉高城，就那个据说汉时刘邦斩白蛇血流成河的山村。村口有高祖庙，村中有闫家桥、葛家楼，村西有老君庙、山神庙，西南有红水河、萧谷堆、皇营、神奇的大寨。古村犹如神秘的仙境，承载着一串串史诗般的故事。

村干部带我走进汉高城的自然生态林，跌宕的山峦犹如雄伟画卷，在天地间绵延舒展伸向远方。脚下有曲折幽径，眼前是山花烂漫，胸臆间顿觉心旷神怡的舒畅。此刻，即使一介布衣也会平添一股指点江山的冲动，吼一声怀梆老腔，逗乐冷静的大山。

山里人朴实，不会用厚重的人文古迹包装自己，我也没有苛求寻找那些动人的历史故事，眼中只有汉高城山谷间自然流出的恢弘国画，还有镶嵌在画中的山花烂漫。

这是心灵的归属，是爱的彼岸与美的回归，是渴盼多年的梦中期待。满山桃花正开，团团红云如飞霞流瀑，淳朴的山民游走其间除草施肥，像无论魏晋不知有汉的桃花源。远处，有两位妇女挑着满满两担水去补种谷苗，快步走在春意盎然的山路上，实在是一幅天然的山水写意；簇簇野花在梯田埂边绽放，金黄色的野刺玫，雪一般的石茎花，粉红色的文冠果花，还有很多叫不上名的野花，竞相妆点大山春容。黄的似金，红的如翡，紫的如黛，像无声的辞赋，诉说着五月情愫，期待如意郎君前来采摘。

特别钟情汉高城春意盎然的山道，领略她蕴藏于天地间的自然风情，更喜欢品味汉刘邦当年在此厉兵秣马斩蛇立誓的碗窑河水，沉淀被城市喧嚣裹挟的思绪，吸纳大自然赋予的灵气。只可惜本人才气不足，难以写出动听感人的诗篇。

汉高城，期待下次再来和你际会。

初访汉泉

青天河风景区有一株千年古槐和一眼古泉，知道古槐的人很多，而知道古泉的人却很少。我去过青天河几十次都没听说过，还是前几年一位朋友介绍，才知道古泉存在。

如果说千年古槐是你走进青天河景区看到的天然第一景，位于客栈门口的古汉泉就是游人不可忽视的天然第二景。它虽然没有古槐庞大直观，但这口古井蕴藏了两千年历史沧桑，神话般一直被人们使用至今。古井边有木亭座椅，上架一盘辘轳，住在这里的客人偶尔也会品味它的清澈甘甜。

汉代古槐虽然枯萎，所幸古泉依然有水，向游客默诉两千年的丹河风云。相传曹操当年沿丹道征讨叛军高干途经此地，曾在槐树下拴马小憩。此说是否真实尚有待专家考证，但是古槐西侧真实存在的汉泉，可为拴马槐做一个有力的佐证：试想当年如果没有清澈泉水，曹操率军在此拴马休息还有什么意义？开凿于北魏永平年间的古丹道恰巧从此经过，古槐古泉也是当年军旅商帮行进在豫晋两省之间的最佳栖息地，何况这里有供马帮歇脚的客栈，两千年来不知道成就了多少将军或富贾。

为了解开古泉之谜，我采访了许多上年纪的老人。一位老人告知：古泉的历史至少能追溯到宋元时期，因为这里过去是玄坛庙古村遗址，古泉的位置是一座老寺庙，叫做玄佑寺，村民简称水佑，后来由于战争和丹河商道等变故，多数村民随村落和寺庙东迁，才有了现在的玄坛庙村，但这里仍有零星住户，主要是因为这里有古泉。玄坛庙村葛二平家里还收藏有 1951 年县长盖良弼签发的房产与土地证，上面写的就是水佑。遇到旱季缺水，玄坛庙、上岭后等村民会翻山越岭来此取水。

玄佑寺供奉的是北方之神玄武大帝，又称真武大帝、玄天上帝、佑圣真君玄天上帝、无量祖师，全称真武荡魔大帝，是汉族神话传说中的北方之神，为道教神仙中赫赫有名的玉京尊神，发展到明代更加鼎盛，在全国影响极大。后来修建水库，破旧寺庙被拆除。

让人费解的是，古泉的水位比丹河谷底高出 80 余米，竟能一年四季永不枯竭，堪称神奇。因泉水富含多种有益的矿物质，常饮此水能使人身体强壮满面红光，以至于早年青天河村民也会来此取水。1968 年青天河水库开工兴建时，参加会战的民工高峰时大几千人，水库建设指挥部、后勤服务人员和大部分民工，就住在附近的土窑洞里，部分窑洞现在仍存，这眼四季不枯的泉水井，就是当时的主要饮用水源，长期供应指挥部和会战大军十多年。那时候大坝还没有蓄水，也没有高扬程水泵，民工们取水不用费气费力走到河底，确实十分方便。记得 1969 年底，我一位同事被工厂派到水库为民工缝补衣服，不到半年就养得满面红光神采奕奕，让我好生羡慕。大坝建成开始蓄水后，由于旅游开发用水量日益增加，水库开通了自来水供应系统，这眼泉水井才逐渐停用得以休养生息。

沿古泉客栈门前往下走，拐一个弯就是水库大坝的坝底，在这里可以仰视 70 多米高水库大坝的全景，尽情欣赏当年千万民工战天斗地创造的雄伟奇迹；沿一级电站继续南行，不远处有人造瀑布景观，游人可以在此拍照留下倩影；继续往南，可抬头仰视横跨豫晋两省的丹河独孔铁路大桥，有机车不时轰隆隆疾驶而过；大桥下东侧是二级电站，西侧是丹河水文监测站，古老的丹河由此东折，与西来的白水河融合交汇，红白两河构成了润泽古怀庆府的涓涓清流，推动着下游 300 余盘水磨，浇灌着博爱、沁阳一带的数万亩良田。

古人云"大味必巧水为其先"，去青天河景区的游客如果夜宿古泉客栈，可以用清澈的泉水洗面润目，聆听阵阵悦耳的鸟啼，品尝古泉水制作的清化美味。若有文人墨客在此写生创作，那才是人生最惬意的美景。

浅说水磨

博爱有水磨人所共知，但很多人不知道当年博爱有多少盘水磨。据不完全统计，丹河峡谷之中旧有水磨300余盘，分布在两岸各村。1927年博爱县以丹河为界从沁阳分出，但博爱河段较长，约有水磨200余盘。尤其是青天河、方山、于庄、许湾、下伏头等村。古代水磨密集，山下的九府坟、大新庄、狄林、下水磨、上庄、牛磨，甚至清化镇二街、太子庄等地也有分布。

水磨的历史由来已久。战国时期的水利工程专家李冰是魏国永泽（今山西运城）人，他在公元前256年至前251年被秦昭王任命为蜀郡太守，主持修建了举世闻名至今还在应用的都江堰工程，还发明了水轮机，让河水成为生产力。以水为动力的水磨、水碓有可能在那时就形成雏形。西晋初年的杜预、南北朝时期的祖冲之，都有发明与改进水碓水磨的记载。水轮在水力作用下带动大型磨盘转动，大大提高了生产效率。据说三国时期嵇康曾帮助丹河流域村民改造水磨，这说明丹河一带的水磨大约有一千九百年历史，与东汉末年凉州刺史张既将水磨引入西北地区处于同一时代。

水磨是中国古人农耕文化中的一项伟大发明。只要水源有落差，就能冲动水轮并带动磨盘旋转，依靠上下两扇磨盘刻出的凹槽，将五谷碾成面粉，极大地提高了工作效率，减轻了农民繁重的体力劳动。过去丹河水源充沛，因此沿河两岸村村有水磨，主要用途是加工粮食。

古人用诗文诙谐地形容水磨生产过程："石头层层不见山，路程短短走不完，雷声隆隆不下雨，大雪纷纷不觉寒"，确实生动有趣。北宋文学家王禹偁也有描写磨面人家的诗句："但取心中正，无愁眼下迟"，逐渐演变为磨坊的专用对联。

丹河流域的水磨多为大磨，直径达到一点四米左右，每盘磨日夜不停运转，日可加工粮食上千斤。拥有水磨最多的许湾、于庄因此被誉为老清化的"面粉加工厂"。水磨的磨盘多用结实的红砂岩加工而成，使用整块石头雕琢。

丹河山区段水势落差较大，非常适宜建磨，河水是水磨取之不尽的动力。先在主河道上游修筑水坝提高水位，沿河岸一侧修筑分水动力渠，在渠边选择合适的落差建磨，下面用石块砌一间水室，安装立式水轮，渠水顺斜坡道冲下带动水轮运转；上面建一座石头房屋安装水磨，渠水推动水轮后重返河道或下游动力渠，可以继续重复利用。因此一道渠上只要有落差，就可以建造多盘水磨。

水轮传动方式有两种：山区一带河道落差较大水势猛，多使用水平水轮，水轮与下磨盘同轴，带动下磨盘转动；平原一带的河道落差小但水渠宽，多使用轮式水轮，通过涡轮传导带动下磨盘旋转。涡轮传导能量有损失，因此多使用小磨盘。最早的水轮、轮扇、水轮轴与圈板均为木质，后来逐渐改为铁板焊接的水轮和铁轴，大大延长了使用寿命。上磨盘需吊在粗大的房梁上，松紧吊绳即可调整上下两个磨盘的间隙，间隙太大面粉不易磨碎，间隙太小阻尼增加会损坏磨盘，甚至无法转动。

老百姓把两扇磨盘视为乾坤，上为天，下为地，天地相合则万物生。因此，一间磨坊就是一方天地。丹河两岸许多人家世世代代守着这块天地，成为全家人生活的主要经济来源。看水磨的工作叫做"拨磨"，拨磨人很累很苦，往往需要一家人轮流日夜值守，环境较差。尤其是加工香末，要买来麻秸条，晾至半干，然后切片，再加水发酵变软，磨上三遍才能出售。

山下平原地带的水磨均加工粮食，而山区的水磨有的用于磨面，有的用于加工香末，如果把柴磨换成小磨盘也可加工面粉。那些没有水磨的山村，村民过去常到附近山上打柴，砍下麻秸条或山木树枝，尤以松柏枝最佳，背到丹河一带卖钱，下力气换点油盐酱醋。

后来有了电磨，加上丹河水源逐步缺失，博爱水磨日益衰减，到二十世纪九十年代末基本停运，动力渠及磨坊多已损毁，只剩下数十盘水磨残存。其中方山村位于牛龙嘴的六盘水磨仍在运转，不断有人前去参观考察。观察日夜飞转的水磨，体验辛勤忙碌的磨坊生活，仿佛又回到了千百年前的农耕文化时代。

作为重要的非物质文化遗产，水磨亟待修复保护。庆幸博爱还有古老的水磨，它曾经承载祖先对于国泰民安生活富庶的渴望。

竹乡趣话

历史悠久的覃怀竹林主要分布在博爱县的许良、月山、磨头等乡镇，北有太行屏障，南有沁水环绕，西有丹河滋润，组成太行山下小江南的独特情调。小时候常攀登坮垴坡孙神庙和玉皇顶，站在峰巅极目远眺，山脚下一片翠绿，村村寨寨皆被郁郁竹林掩映，那是何等惬意？如今再登坮垴坡寻觅，昔日美景已成回忆，村庄密集几乎连成一片，原始的碧绿已被现代化新村蚕食，所幸还有寥寥几处绿色未曾泯灭，给乡村点缀了些许生机。

一、竹忆

从我记事起，家乡就是陶醉在婆娑竹影中的青碧佳境。老家的农田毗邻七方村的茂密竹林，清清的自流泉河从竹林边发源一路东流，伙伴们经常去河边追逐戏水，用童年的开心嬉笑出一溪哗啦啦的水声。

那年月看惯了四季葱茏的繁茂修竹，玩遍了竹林边的小桥流水，听腻了竹园里鸟叫蝉鸣，天天耳濡目染，也不曾觉得家乡有啥特别之处。只记得我童年串亲戚常走竹林胡同，偶有傍晚一个人孑然独行，听竹林里斑鸠一声声咕咕空鸣，心中感到害怕。竹林边有鲜艳的野刺玫、野葡萄、野菊花，竹子上攀爬着野山药，到秋天能摇落一地山药蛋。

竹乡人多有手艺，农闲时把竹子破成篾条，编成竹篮、竹筛、竹篓、鸟笼、蝈蝈笼、竹凳、竹椅。最常见的是家家户户都会搭竹门帘，母亲也是搭门帘的高手，拿一把竹刀，砍几根竹子，破几把竹篾，缠一堆线坠，一天工夫就能编搭一挂竹帘，夏天防蚊蝇，秋天晒柿饼。我有时会从姥姥家带回一把短竹篾，给弟妹编风筝玩游戏。

二、竹史

　　博爱竹林的历史可以追溯到四千年前。《山海经·北次三经》记载："虫尾之山，其上多金石，其下多竹，多青碧，丹水出焉，南流注于河。"虫尾山是传说中的古太行山，丹水是丹河，河即黄河。从"丹水出焉，南流注于河"可知，三皇五帝时期丹河流域就有大面积竹林。到了东汉初年，刘秀委任寇恂为"河内太守"镇守太行边关，为了帮刘秀平定天下，寇恂提供军粮，喂养战马，制作弓箭，引种安竹（淇县竹子）改良河内竹种，被誉为东汉的"萧何"。有人考证西汉时期就有人从陕西汉中移竹至此。不论是从淇县引竹还是从古汉中户至地区引竹，都说明丹河一带的竹林已不再是原始自然种属，而是中国北方最早人工培育竹林的成功典型。

　　唐宋时期古怀州地区竹林分布较广。《唐六典·司竹监》指出：唐初在怀州河内置司竹监，直接掌管竹林；宋人所编《太平寰宇记·凤翔府·司竹监》中记载："汉官有司竹长丞……在京北怀州河内"；《河内县志·金石卷》则记载，北宋靖康元年河内之北有村曰许良巷，"地尽膏腴……筑居于水竹之间，远眺遥岑，增明滴翠，号称游胜之所也。"此处的许良巷即许良村，也有竹林胡同的意思，可见苍翠茂盛的竹林名胜风景，与清粼粼的丹河水分不开。从魏晋到隋唐，朝廷均在河内设司竹监等主管部门，管理竹子、竹笋、竹器或弓箭等生产。到了金代，月山寺开山鼻祖空相法师在其撰文的《怀州明月山大明禅院记》碑刻中，记述这一带竹林概况："冬夏有长青之竹"。康熙三十二年编撰的《河内县志》中有古迹图，可以看出竹林主要分布在丹河东岸，河西山王庄周边也有部分。经历多次战火蹂躏与岁月变迁，竹林面积逐步缩小，现仅剩丹河东部一带。

三、竹趣

　　古人将竹子、青松、梅花并称为岁寒三友，很多文人墨客崇拜翠竹，或泼墨挥毫，或诗词歌赋，盛赞竹子抵风御寒、宁折不弯的高尚品德。竹林七贤是魏晋时期最早接触覃怀竹林的文人集团，月山镇皂角树村边的竹林里，现存一通清代"竹林七贤亭遗址碑"，说明竹林七贤曾在此活动；苏东坡有名句"宁可食无肉，不可居无竹"，足见其清高的气节与志向；郑板桥最喜欢画竹，更有诗句诵竹："咬定青山不放松，立根原在破岩中。千磨万击还坚劲，任尔东西南北风"；官居相位的北宋文彦博有一首描写覃怀竹林的诗《月泉》："繁花低荫水声潺，绿竹瑶池映碧澜。苍木翠松遮宿鹤，一轮秋月落林间。"

与博爱竹子关系最紧密的诗作，是元代名相耶律楚材的《过沁园有感》："昔年曾赏沁园春，今日重来迹已陈。水外无心修竹古，雪中含恨瘦梅新。垣颓月榭经兵火，草没诗碑覆劫尘。羞对覃怀昔时月，多情依旧照行人。"耶律楚材是忠心耿耿服务元太祖、元太宗两任皇帝的名相，时怀庆府为元代统治者的后花园，他多次因公路过清化，看到建造于东汉的沁水公主园林被元兵烧毁非常痛心，因此才写下了"羞对覃怀昔时月"的愧疚，用诗词表达自己对残垣和修竹的"罪赎"。在明清两朝担任礼部官职的大书法家王铎，也留下了悲戚沁园的诗句："栖托东湖上，茅堂近北城。古今余冷泪，兵火剩残生。扶竹沁园好，吹箫铁岸清。扶危诸志在，肯自味洲衡。"当时王铎护送父亲的灵柩回老家孟津，因李自成起义军占领孟津渡，无奈被阻暂住沁园，在此写下了这首乡愁诗。

许良镇学校的戏楼下有一方石匾，上面有"竹坞郡"三个遒劲大字，此碑是明清时期许良巷的寨门匾额，有说为明代官员何瑭书写，也有人说为乾隆皇帝书写，虽缺乏历史考证，但明显与竹林有关，证实了许良即竹坞郡的说法。

竹林、鸟啼、鲜花、溪流，不仅是文人墨客讴歌美好生活的题材，也是美食家表达特定含义的内心寄语。兰州牛肉面创始人陈维精是博爱县苏寨村人，他与儿子陈位林分别是乾隆、嘉庆年间的国子监太学生，陈维精为后人留下了牛肉面调料配方，陈位林也仿照父亲的做法，用诗句记录家传美食卤牛肉的八味香料："豆蔻枝头俏，翠竹苏寨绕。八角大红袍，盎然丁香笑。春砂映阶绿，芳香溪流跳。桂香八月里，骑驴叹国老。"诗句通过赞美家乡竹林，巧妙嵌入了豆蔻、大料、花椒、丁香、砂仁、香叶、桂皮、陈皮八味调料，看来竹子与美食也密不可分。

四、竹种

博爱本地的原始竹种不太多，有筠竹、甜竹、变竹、青竹、罗汉竹、斑竹等近十种，新发现的对花竹常与斑竹共生，个体粗大，纹饰为灰色到棕黑，隔节相背，均匀出现在竹面上，运用自然花纹可制作工艺品面板；斑竹可做建筑材料，也是工艺雕刻材料首选；罗汉竹特别适合做京胡杆，中国已失传的吹奏乐器"尺八"，就使用罗汉竹；筠竹、甜竹比较纤细，适合家用竹器上的盘竹工艺装饰造型。

本世纪初兴建的太行博竹苑已经成为典型的中国北方竹种博物馆，引种全国各地80余种竹子取得了成功。有金竹、金镶竹、金镶玉竹、黄竿乌哺鸡竹、紫竹、黄秆京竹、浙江甜竹、笔竹、淡竹、刚竹、箸竹等，不仅具有经济价值，而且有很高观赏价值。

据说晚清时期河内人用竹笋给慈禧太后进贡，为了保鲜，就用蒜臼扣在出土的新笋之上，不见阳光，待到蒜臼顶起方可采笋，特别鲜嫩可口，民间高厨称之为"顶破天"，让人惊奇不已。猜想，当时给慈禧太后进贡的一定是甜竹、筠竹一类小笋，若用斑竹大笋，一晚上能长二尺高，要不了三五天蒜臼真的会顶破天了。

斑竹的嫩笋虽然粗大，但新笋通体翠绿没有任何斑点，第二年以后才会长出稀疏的黑色斑点，以后斑点逐年增多扩大且没有规律，五年以后逐渐变成乌色。清人曹尔堪有《覃怀竹枝》一诗赞美斑竹："万派甘泉注几村，腴田百顷长龙孙。养成斑竹如椽大，到处湘帘有泪痕。"其实大园里的斑竹何止木椽？最大直径能达到12公分以上，完全是小檩条。

五、竹事

明清时期覃怀地区除了清化西北部，多数地方已经无竹，这一时期又是编撰地方志最集中的时期，关于当地竹子的记载不太多，

75

给后人研究竹文化造成诸多缺憾。最典型的是关于竹子引种至怀的说法,有西汉时期也有东汉时期,来源也有汉中说、淇县说、安阳说等多种。此外古代官方管护竹子的机构与举措也不尽完善,有待方家考证。

历史上竹子不仅可以做家具用具的编织材料,而且用于建筑材料或农具。过去竹乡人盖房子常使用竹椽,家中常备竹梯,还有竹杠、竹笼、竹篓、竹篮、竹水担,用途很广;武阁寨村现存东魏武定七年"义桥碑",上面有官员"分竹专城"的记载,用竹子制作捆绑桥面木杆的篾绳;竹笋是上等美食,博爱本地家庭或饭店做饺子、三鲜汤、烩杂拌等清化美食,都离不开竹笋;竹子还有重要的军事用途,不仅能够做弓箭杆,而且可以当矛,算是古代战争中常用的冷兵器。《大清穆宗皇帝实录》中多次提到,同治年间太平军、捻军起义,朝廷命令李鸿章等将领在清化城外围堵截捻军,坚决不准小阎王张宗禹靠近清化,理由是清化多竹,防止叛军抢占竹林削竹为矛。

博爱人特别钟爱竹文化,从竹林七贤到怀商西复兴、复兴东,从竹笋、竹货到清末清化竹器参加美国旧金山万国博览会获奖,对往年的竹业辉煌仍记忆犹新,还留下了许多曲径通幽小桥流水的美丽传说,引来无数文人诗赋词咏,清代《河内县志》也有乾隆皇帝游月山寺驻跸竹坞赋诗等记载。

许良镇是全县竹林保护与竹文化建设的重点,下水磨、唐庄、冯竹园都设有竹林保护区。如果你走近山村许湾、于庄,可以感受依山而建的民居沧桑凝重,洁净整齐的街道静谧祥和,院墙扎起的优雅别致的竹篱笆、竹栅栏,路边小竹林窜出一根根繁茂的新笋,生机勃勃极具江南风情。于庄村口那盘石磨边翠竹摇曳,庆幸沧桑巨变。还有翠竹掩映的一处处竹房、竹墙,碧波荡漾的水中悠荡的竹筏,随处可见竹阳台、竹招牌、竹广告。南道、泗沟等村还辟设展厅,人们熟悉的竹凳、竹椅、竹花架、竹筐、竹篦、竹筛、竹篮、竹扇、竹斗笠等生活器具琳琅满目,精致的竹工艺品更是不计其数。淳朴勤劳善良的竹乡人用巧手编织着美好愿景和明天,不仅是浓郁的竹乡情结,更是沁人心脾的恬静与超然。

春风化雨柳色新

二月春风潜来时春寒乍暖，很多人还没有脱下棉衣，人们还沉浸在前几天那场纷纷扬扬的春雪之中，我的心还没有从那场壮观的雪景中走出，婀娜的柳枝就突然变黄了。

最先看到春风的并不是我这平庸之辈，而是出生于家乡丹河边的唐代诗人李商隐："江南江北雪初消，漠漠轻黄惹嫩条"，融融柳色伴着残雪，冷暖色调同步入诗；还有贺知章名句"不知细叶谁裁出，二月春风似剪刀"，让盈盈柳枝被后人万世传颂。尽管细风还有点凉，但柳枝已感知到季节交替的临界暖意，奋力妆点一抹抹淡淡的鹅黄，在空中含情脉脉欢快摇曳，撩拨着人们即将解冻的心际。

鹅黄的柳枝犹如少男少女的轻盈舞姿随风飘动，但舞步无论如何越不出绚丽多彩的舞池，柳枝上的鹅黄则不一样，在广袤的原野上晃动了一个希望的季节。几天后再来欣赏，玲珑的柳穗就挂满了腰肢。那淡黄鲜嫩的花蕊，不禁让我想起了童年味道，清新而含有一丝苦涩。再过几天，滨河路、幸福湖便是李商隐笔下"忍放花如雪"的场景，纷纷扬扬的柳絮再造就一场阳春飞雪。

小城过去柳树不多，人们也无暇专门到乡村眷顾"细腰争妒"的娇媚容颜。但如今幸福湖柳绿堤岸，滨河路柳丝垂肩，日新月异的城市建设美化了人居环境，小城的早春被公园如织的游人点缀得愈发生机盎然，不再是过去单纯的冷色调。约上亲朋，尽情光顾春风柳色，让疲惫的身心在欢声笑语中得以小憩。

公园里孩子们借着春风放飞花花绿绿的风筝，让稚嫩的梦想飞上蓝天；湖边一群人和着春韵在吹泡泡，把彩色的欢笑撒向湖面；园林中几位美女围着海棠、梅花在拍照，用手机分享绚丽多姿的心情；入口处一群戏迷在高唱，用歌喉渲染春天的畅想；人行道上老人们把鸟笼一字摆开，在百灵的欢叫中安享晚年。而我最喜欢收集储存每一个欢愉的镜头，晚上沏一壶好茶，再慢慢品味。

小城，将迎来又一个美丽的春天。

丹桂飘香

又是一年中秋闹，我家桂花重度开。一进院子，扑鼻的芬芳倏然袭来，浓郁的花香令人沉醉。我家的桂树是丹桂，每年9月到10月两次绽放橙红色的花蕊，第一茬花光鲜红艳，第二茬花热烈奔放。偶有微风吹开大门，诱人的花香能飘到路上，引来邻舍赞誉。

据说桂树原产于我国西南一带，所以广西简称"桂"，后被人工繁育扩散全国。桂树的树枝纤脆易折，其叶蜡质耐寒，但在东北等高寒地带只能在室内培育观赏。桂树有许多种属，按花色花期区分有金桂、银桂、丹桂等，按叶型区分有柳叶桂、金扇桂、滴水黄、葵花叶之分，按花期区分有八月桂、四季桂、月桂。如果细分可分出上百品种。因桂花多开在农历八月，因此古人把农历八月称为"桂月"，书画家作品后面也常有"桂月"落款。

农历八月是丰收的季节，秋高气爽，五谷归仓，古人往往借桂花抒发情感，盛赞江山美景与百姓安居乐业的生活。宋代诗人吕声之有诗云："独占三秋压众芳，何夸橘绿与橙黄。"

因为桂花开在中秋时节，诗人往往把她与十五的月亮关联在一起。唐代诗人王维有"人闲桂花落，夜静春山空。月出惊山鸟，时鸣春涧中"一首，用桂花与飞鸟映衬中秋月的升腾；唐人张九龄有"兰叶春葳蕤，桂华秋皎洁"诗句，直接用桂比喻月亮；汉晋之后人们就习惯把桂花与月亮联系在一起，编织了月宫中有吴刚伐桂、嫦娥奔月、玉兔、金蟾等故事，这一大家人自甘寂寞忙忙碌碌，才引来一代伟人毛泽东"问讯吴刚何所有，吴刚捧出桂花酒"的惊人名句。古代文人还用"桂霭"形容桂花的香气，用"桂醑"称颂桂花美酒，用"桂魄""桂宫""桂花""桂殿凉蟾"指代冰清玉洁的银盘圆月。

桂树浑身是宝。其花可入药，可作茶或香料，亦可食用，民间常有把桂花掺入馅料中做糖果或中秋月饼，或者用来装枕头，因其含有芳香烃、芳樟醇等有益成分，具有清热解毒、祛风散寒、镇静、安神、抗癌、润脾醒胃、增进食欲等功效。月桂的叶子叫"香叶"，也是一种常用香料，常被用来做酱料或西餐，在优质辣椒酱、牛肉酱中常能看到香叶叶片。产于云南、广西、福建一带的肉桂，其树皮是非常重要的香料，常被用来卤制肉类，其香无比，没有别的香料可以取代。南方有桂树结的果实，叫桂子，但这可不是桂花的别名，而是川桂、广西桂的种子，每年4至6月开花，果实到次年才会成熟，既可入药，也能做香料。在苏寨陈家牛肉面传人陈九如先生奉献的牛肉面调料祖传秘方中，就有香叶、桂子。唐代诗人李白有诗云："安知南山桂，绿叶垂芳根。"可见四川一带桂树成林。

桂树淡然贞定，具有气质高雅的君子风度，一直受文人墨客钟爱。其香气清浓两兼，清可荡涤，浓可致远，因此古有"九里香"美誉，还有"金粟""仙客"之名，被人称为"金秋骄子"。三国魏人繁钦的《弭愁赋》中，有"整桂冠而自饰，敷綦藻之华文"之句，意思是编织桂冠来打扮自己，铺排锦绣一样华美的文字。因桂清香高洁，古人常用它来形容、评价人物。汉武帝曾问东方朔：孔子和颜渊谁的道德最高尚，东方朔说：颜渊的道德是高尚的，但他只像一山桂花，独自芳香，孔子的道德像春风一样浩荡，天下万物都受其化育熏陶。晋武帝泰始年间，吏部尚书崔洪举荐郤诜当左丞相，后来却当了雍州刺史，晋武帝问郤诜的自我评价，他说"我就像月宫里的一段桂枝，昆仑山上的一块宝玉"。用广寒宫的桂、昆仑山的玉来形容特别出众的人才，这便是"蟾宫折桂"的出处。

家乡随处可见金桂、银桂，但成型的丹桂不多。前几年去大新庄东大寺，看到了360年树龄的丹桂正在盛开，树冠有六七米，林业部门钉了保护古树标牌，橘红色的花朵密密麻麻绽放如一片红云。

白居易《东城桂》诗云："遥知天上桂花孤，试问嫦娥更要无。月中幸有闲田地，何不中央种两株？"这是古人的浪漫。许多人都希望在家里种棵丹桂，花开时热烈奔放，花落时碧绿宁静。

待到来年丹桂盛开，我将略备薄酒，邀好友分享丹桂浓郁的花香。

古钱和榆钱

榆树的果实叫榆荚，我们家乡习惯称为榆钱。很多人说它是美食，但却不知道它与钱币有关。

在中国历史上曾多次因战乱、灾荒、通货膨胀等原因，统治者有意在铸造钱币时减重，或有不良商家盗铸恶小钱币，比较典型的是西汉初年朝廷管控不力，曾铸造了严重缩水减重的五铢钱，钱币界称为榆荚五铢，比榆树上的榆钱大不了多少；后来南北朝铸造的"鸡目五铢"直径不到 10 毫米，竟然还没有榆钱大；三国蜀汉铸造的"直一""太平百金"，新莽时期的"小泉直一"，以及晚清的同治、宣统地方局钱币，尺寸都和榆钱差不多，而且还多为官方发行；而三国东吴铸行的大泉五千，折算下来远不及榆荚。

榆树耐寒耐旱，遍布中国北方山乡。果实榆荚直径约为 12 到 20 毫米，可以食用。遇到灾荒之年，人们不仅争食榆钱，甚至连榆叶、榆皮都吃光了，榆树皮发黏，但味道清香甘甜，常用来作为制作火香的黏合剂。旧社会没啥吃的时候，能抢到榆钱就是最大的幸运。后来生活条件渐好，但每到绿油油榆钱挂满枝头，父亲就会上树采摘，母亲用清水淘去灰尘，撒上玉米面放到蒸笼上蒸熟，吃起来感觉非常甜美。北方的榆树无法在南方生长。即使种活也不结榆钱。十多年前二叔回乡，带走一株榆树苗种在台湾院里，结果可想而知。

榆钱因为其外形圆薄很像钱币故而得名。把钱币叫榆荚，把榆荚叫榆钱，这真是有点本末倒置了。又因为榆钱谐音"余钱"，因而民间有吃榆钱会有"余钱"的说法。每年 4 月暖风吹绿北方大地，一串串榆钱就会在树叶冒芽之前缀满枝头，初期是绿的，随后在绿叶渐渐茂盛，榆钱开始慢慢变白，最终干枯成为乳白色，大风一吹就撒满一地，雨后会发芽长成小树苗。采摘榆钱要把握时间，初绿的时候虽然很嫩但不够肥厚，刚有点泛白的时候最好，全白的时候水分渐失也不好吃。

榆钱能做各种美味佳肴，吃法也多种多样：一是生吃，把新采的榆钱洗净，加入白糖拌一下，味道鲜嫩脆甜，别具风味，也可放入盐、酱油、香醋、辣椒油、葱花、芫荽等佐料吃咸的；二是熬粥，把葱花或蒜苗炒后加水烧开，用大米或小米煮粥，快熟时放入洗净的榆钱继续煮七八分钟，加适量调料，吃起来滑润喷香，味美无穷；三是笼蒸，洗净榆钱拌上玉米面或白面，或散状，或掰成窝头，上笼蒸半小时即熟；四是做馅，将榆钱洗净、切碎，加肉或炒鸡蛋调匀后，包水饺、蒸包子均可，味道清鲜爽口。榆钱不仅营养元素丰富，也是防病保健的良药，具有诸多功效。难怪宋代大文学家欧阳修留下了"杯盘粉粥春光冷，池馆榆钱夜雨新"的诗句，想必他写诗时刚吃了榆钱粥。

　　还有一种树木也会结榆钱，叫做青檀。青檀属于榆科植物，别名翼朴、檀树，我们这一带山里人则称之为"檀榆"，因为它不仅树叶像榆树叶，结的果实也和榆钱基本一样，就连枝干的韧性也和榆树接近。不同的是青檀的果实非常少，不会像榆树的榆荚那样密密麻麻，一个小枝条的末端只结一个榆钱，果实成熟期达几个月，采摘果实需要摇下来，因此被人们称为"摇钱树"。青檀寿命可达数千年而树干不腐，树干树皮可用来制作高档书画纸，树枝因柔软且韧性好，可作武术棍棒器械。但由于斜立久了会变形，常常需要人工校直，因此山里人有"家有青檀，四季不闲"的说法。

　　近年来政府不断强化环境保护，禁止随意砍伐林木，山里的榆树越来越多随处可见。春天去采摘榆钱的城里人很多，成为一道风景。但青檀树比较稀少，博爱县山区只有碗窑河村附近有较为集中的野生青檀资源，最大的树龄已逾千年，两个人抱不住。虬髯的树冠如同巨伞，为山村旅游增添了光彩。

昏暗的煤油灯

一盏很别致的煤油灯，放在探花庄小黄河自然村一座颓败民居的残垣上。

这盏灯应该是二十世纪五六十年代的玻璃制品，上面还有玻璃盖子，不用的时候盖上盖子，油灯就会熄灭，整体设计很科学。灯上没有油渍，看样子主人好像舍不得用。

这油灯让我爱不释手，但黄河村的开发者说要在建好的民居里收藏，我只能一边细细端详，一边用相机拍照，只觉得很熟悉，很亲切，一下子勾起了自己的童年往事。

那还是二十世纪五六十年代，我家中也有盏小煤油灯，只不过比这更小更简陋。找一只或圆或方的空墨水瓶或糨糊瓶，清水洗干净，到物资交流会上花几分钱买一支灯芯管，中间插一根用麻头纸卷成或棉线合成的芯子，叫做灯捻，再倒上煤油，这盏灯就能用了。那时候既没有钱也没有电，大家都省吃俭用过日子，多数人家都是两三代人同住一个房间，房子里也没有隔断，极为精简的客厅、卧室、厨房一体化，有一盏灯足矣。我家亦然，父母加我们兄妹4人，在两间不大的土坯房里住了20多年。

晚上母亲点亮小油灯做饭，全家人吃完饭后母亲还要洗锅刷碗，再坐到油灯下一针一线为我们缝补衣服。灯光很暗，母亲常被缝衣针扎破手指，"哎呀"一声，然后把手指放到嘴里吮吸一口，继续低头干针线活。有时灯芯结了灯花，小火焰一跳一扑忽忽闪闪，母亲会让我用针拨灯花挑灯捻。我那时少不更事，不知道那是"慈母手中线，游子身上衣"的无边厚爱，不懂母亲抚育子女的辛苦，更没有察觉微弱的灯光已经损害了母亲的双眼，挑灯捻时总是埋怨她给我找事，母亲常常摇头无语。

更多的时候，母亲会把仅有的一盏油灯让给我们，叮嘱我和弟弟赶快做作业，然后才开始干自己的针线活。一天天，一年年，桌边的墙壁被油灯的黑烟熏出了一片黑道道。逢年过节，母亲会贴上一幅年画遮盖一下。

上街打煤油是我和弟弟的工作。一般情况下母亲不让买煤油时同时买油盐酱醋,怕我们粗心让煤油味污染佐料。那时候一斤煤油好像一毛多,但需要凭证供应。煤油瓶是在酒瓶上栓一道绳子,我小心翼翼拎着,怕弄脏了衣服。因为衣服一旦染上煤油就洗不下来,既难闻还特别容易吸附灰尘。

小小的煤油灯昏暗又无奈,伴我们全家度过了多年艰苦岁月。后来在学校看到老师批改作业用的带罩玻璃高灯,很亮,想买却没钱。再后来看到大队部开会用的马灯和汽灯,不需要挑灯捻,拨轮轻轻一旋很方便,更是由衷羡慕。然而平民家庭是用不起的。

大概在七十年代初,我家用上了电灯,开关一拉满屋亮堂,比煤油灯强了百倍。但当时停电非常频繁,买蜡烛费用太高,小小的煤油灯还是离不了。

1971年我作为一名知青,下乡到东马营青年队,担任了会计,晚上要记工分记账,但农村停电更加频繁。由于工作需要,我有了使用权属于自己的玻璃罩灯,每晚点灯前要先擦玻璃灯罩,又觉得很烦人。青年队的伙伴们对此还有点眼红。

1994年我转行从事新闻工作,期间一次陪县领导去慰问山区群众,路上一位村干部告诉我,他小时候在张三街上学,天不亮就要起床,几个小伙伴提着小小的煤油灯走山路,担心被风吹灭,就用白纸做个小灯罩,每天凌晨走夜路一个多小时。我没有体验过那种生活,但理解山里人的艰难,想不到煤油灯还能在路上照明。

如今煤油灯已成为古董,后来很时髦的手灯、照明灯泡、荧光灯也被节能环保的LED灯所淘汰,看着现在家家户户夜间灯火辉煌,越发感叹现在的儿童真幸福。一代又一代的年轻人是否还有机会体验过去的艰苦生活?但愿黄河村的开发者能够保存好这盏煤油灯,让它还原山村原始的光明,启迪后人学习上进!

脉动的幸福河

博爱县曾被誉为"太行山下小江南"，历史上这一带水系十分发达，特别是清化边上曾有多条泉河，还有几十个较大的泉淖与美丽的小丹河相连，珠串玉绕，竹林掩映，处处小桥流水人家，构成了不是江南胜似江南的人间美景。东汉光武帝刘秀之子明帝刘庄触景生情，不惜耗费大量人力物力，在这里建造了大型园林，并赐名"沁园"，作为小女儿刘致的陪嫁。这个以湿地为基础、有水有竹、百鸟栖息的皇家园林兴盛了1400多年，无数文学大家在这里留下了脍炙人口的诗句。那个拜倒在太平公主裙下，后来被唐玄宗处理掉的宰相崔湜在此作诗讨好太平公主："沁园东郭外，鸾驾一游盘；水榭宜时陟，山楼向晚看。席临天女贵，杯接近臣欢；圣藻悬宸象，微臣窃仰观。"

繁华千年的沁园在元代不幸毁于战火，辅佐成吉思汗与窝阔台两代马上皇帝的开国宰相耶律楚材看到后老泪纵横，写下了著名诗篇《过沁园有感》，其中有"昔年曾赏沁园春，今日重来迹已陈"，"羞对覃怀昔时月，多情依旧照行人"等羞愧之句。明末官员、著名书法家王铎也是沁园荒废的见证人，其诗句"抚竹沁园好，吹箫铁岸清"，诉说了面对沁园惨景的无奈。

诗人描述水和竹的碰撞绝不是偶然巧合，而是博爱县古老湿地的地理标识与沁园竹林的区位特征。古老的沁园已经踪迹难寻，但沁园湮灭不等于湿地湮灭，许多耄耋老人还记得许良镇一带曲径通幽的繁茂竹林和鱼虾嬉游的小桥流水，记得磨头镇西南部一望无际的绿色芦苇与金色稻田，记得孝敬镇一带碧波连天的水库与蒋沟河，眷恋曾经"处处杨柳婀娜、朝朝翠鸟歌鸣"的北方竹乡。直到中华人民共和国成立后，博爱境内还有丹河、沁河、小丹河（运粮河）、勒马河、幸福河、蒋沟河、上秦河、下秦河等多条奔腾不息的河渠水系，还有白马寺、紫竹林、高庄、朱庄、官庄等许多水源充沛的泉淖，以及柏山、月山、灵山、跃进等水库，加上五里店、十里店、胭粉庄、七方、西庄、下期城、芦桥等十几条泉组河，河汉纵横，湿地成片，稻花飘香，竹林葳蕤，处处透露着毓秀灵气。后来青天河水库截流，加上城市化进程对生态的影响，繁茂的竹林开始荒废，泉水日渐枯竭，往日鱼虾成群游、鸟栖湖边树的美景，成了历史。

2014年，幸福湖湿地公园建成。湿地公园像一幅立体画，亭台楼榭曲折桥廊尽入眼中。蜿蜒起伏的绿地种了草坪，栽满各种各样花木树种。粉色的月季与淡黄色的棣棠团团簇簇开满枝头，红白紫色相间的百日红、木槿花竞相斗艳，一串串薰衣草为湖水勾上了紫色花边，白色丁香散发着沁人心脾的香气，棕榈树亭亭玉立，枝叶随风摇曳，火红色的红叶石楠充满了青春的气息，高大的雪松向游人张开了双臂……湖边有阔叶凤桐树招来了"金凤凰"，几只白鹭落在树上栖息。园内还有榆叶梅、白松、桂树、黄杨、合欢、银杏、樱花、碧桃和金镶竹，与湖边垂柳、湖心睡莲互相辉映，别有一番诗意。

最吸引眼球的是喷泉叠水、曲桥荷风、水乡廊桥、垂檐亭、垂钓台等人造景观。廊桥上有人远眺，亭檐下有人小憩，湖边有人观鱼，拱桥下有人留影，七贤广场有人在观赏诗文。诗墙上一面刻有成万武、宋道华等本地书法名家遒劲大气的作品，另一面刻有竹乡、竹林、竹器的山水画，引得众多书法、国画爱好者驻足观看。

环湖漫游，湖水下游发展大道的南边有道拦水坝，提升了公园水位，湖水上游的河道基本保持了原样，便于水边鸟类与生物繁衍。湖中不仅有鱼虾游弋，还引来了美丽的翠鸟、白色的沙燕、不知疲倦的小鸊鷉和红嘴鸭，几只白鹭与灰鹭不时从湖心掠过。

人间四月芳菲尽，草长莺飞柳拂堤。柳穗绽开，尽情倾吐着轻盈的飞雪，一缕阳光映照波光潋滟的湖面，浓妆淡抹的幸福湖更是娇媚百态。也许是那群专程来游园的孩子们阵阵欢笑惊醒了晚春的情愫，一片片壮观的白云便伴着和煦的春风，从大山那边轻悠悠飘了过来。春天的白云没有经过夏季炎热的渲染，显得更加纯洁柔美，缓缓流过鳞次栉比的楼群，渐渐缀满东边的天空，云卷云舒变幻莫测，时而如蔚蓝的大海碧浪翻卷，时而如脱缰的野马在草原驰骋，聚合时像含笑的花朵为蓝天怒放，散开时如马良神笔尽情涂抹，洒脱遒劲，姿态万千，在湖中留下了美丽的倒影。

古沁园亭台花榭、竹林婆娑的影子，仿佛又重现。

青天河水库（外一章）

那几盘日夜不停哼着古老歌谣的水磨还在么？

那眼终年不止涌动生命激情的三姑泉还在么？

河谷中流出的一串串动人故事，终于在那场千军万马的鏖战中被夷为历史。山崩石裂，大自然的鬼斧神工，不得不屈从人民群众战天斗地之精神。岁月的冲动，给博爱大地馈赠了一泓深邃的心泉。而那道用千万人青春激情浇铸的雄浑大坝，正在用激昂的流行曲，驱除深山千年万载的孤独与寂寞，点亮山里人闪烁的心灯，送来祖祖辈辈期待的光明。

自愧不如的水磨，停止了无力的绝唱。

自叹渺小的清泉，隐匿在天湖的深处。

即使你天天泛舟远溯，也难以找回三姑泉弯弯曲曲的昨天。

高峡平湖不喜欢恋旧的朋友来寻找往事，常常鼓起五彩缤纷的春风，带给雄山丽水一片喜悦的欢笑。

深湖泳趣

游山玩景的闲情逸致，只能浏览青天河水库朦胧的秀影。

平湖轻舟的欢歌畅游，只能领略大泉湖优雅的风光。

唯有在深邃的碧波中击水逐浪，用自信的臂力划破平湖的宁静，任纯洁的泉水洗濯积郁在心头的烦恼，才能真正品味青天河水库雄山丽水的底蕴，体触大自然馈赠给人生的美妙真谛。于是把身心交给幽绿的清凉，在青山粼波间尽情畅游，展开理想的双臂奋力前划，直到倾尽胸臆间贮藏已久的蛮力……

忽然觉得自己是那么可笑，曾经把湖看成是单调乏味的平淡死水，竟不知其中也有催人奋进的惊心魂魄。

我怀疑自己，如果置身一望无际的深海，是否能完成汹涌澎湃的壮举……

第三辑

故乡温情

吆喝声声

县城清化街过去很小，除了东、西、南、北四条大街挤满门店，还有一些既不热闹也无门店的背街小巷。常有挑担推车的小贩们沿背街做生意，全凭一副好嗓子——吆喝。

清化小贩们的吆喝肯定用清化街方言，虽然很土，但一字一句很耐听，一听就知道是门口人，熟悉亲切，所以邻里响应的速度很快，瞬间就能聚集一堆人。

我家住在二街北后，也就是现在的市场西街，紧邻西关。经营小生意的西关回族人很多，因此每天都有熟悉的声声吆喝入耳。小时候一听到吆喝声就兴奋，盼望父母能发发慈悲买点好吃的。但那种概率很低，因为全家都不知道钱从哪来。

印象最深的是一位留胡子的老大爷，挎一只竹篮，一下城墙坡就开始吆喝：毛头丸（儿）——毛头丸（儿）！第一遍的"丸"字会拉音很长，舌尖往上挑。毛头丸就是用粉条头蒸出来的小坨坨，放点韭菜加点芥末，吃一口辣味就会从喉咙窜到鼻孔，让你禁不住打喷嚏。早年的毛头丸一分钱两个，因为便宜，偶尔也会得到父母恩赐，小品传统的清化味道。

小时候听到最多的吆喝是一位回民卖烧鸡，把烧鸡、卤鸡蛋、鸡爪、鸡血等装在花篮中，边走边喊：烧鸡——鸡蛋——！那声音有点阴阳怪气，但很有特色，最后一个字拉得很长且音调往下拖，一般人学不会。另一个小贩习惯吆喝"豆法干——羊血"，家乡人都习惯把"豆腐"说成"豆法"，声音平和亲热。我家错对门是清化有名的贾金旗烧鸡，也许在家门口不好意思，我从来没有听到他们吆喝过，可能到乡下赶会才会放开顾虑亮亮嗓子。

有一家卖小车牛肉的，白天不出门，一到晚上就推车上路，车上挂盏马灯，专走背街小巷。一路走一路喊：耦肉——耦肉！清化人把"牛"读成"ou"，那个"肉"字更具清化味，嘴唇小启，拖音很长，让小孩子听到就嘴馋。

过去沿街担挑卖肉丸、卖油茶的很多，"文革"期间"割资本主义尾巴"，各种小买卖戛然而止，改革开放后又渐渐恢复。一位西关回族人推小车卖肉丸，总是傍晚出门，奇怪的是别人都喊"肉丸——肉丸——"，但他从来不喊"肉丸"，推着车一路走一路喊："煨煨——！煨煨——！"想来，那个"煨"字也许是丸子汤的特征，让大家喝热汤暖暖身子。还有一位蹬三轮车卖咸花生的，一路走一路吆喝："咸——花僧！咸——花僧"！据说此人不会算账，只卖一斤、二斤，不卖半斤或零头。

街头卖凉粉的常常吆喝"割——凉粉"，喊那个粉字时故意往上挑；卖豆腐的吆喝更有清化味："割——豆法——！"卖糖葫芦的吆喝长期保持清化特色："山楂串（儿）——山楂串（儿）"，而从来不会说"冰糖葫芦"。

有乡下人进城卖菜的，吆喝声特别的直观："卖——白菜！卖——禄（萝）博（卜）！"还有一家城里人拉着人力车一路走一路喊："卖——煤——！"街坊邻居都听得很真切，没有任何广告噱头。

更熟悉的吆喝让我没齿难忘。那是有一群来自南道村的汉子，拉着人力车，车上装着带盖的木头茅粪桶，很大，一下城墙坡就开始吆喝："拉——茅粪！"那时候一车茅粪能卖几毛钱，当时几毛钱可不是小数目，可以换来半个月油盐酱醋，所以他们最受欢迎。但如今茅粪不再是生产资料，让别人拉还得主家花点钱。

时代在发展，社会也在变，现代城里人最烦吆喝。街头无数小喇叭组成的噪音充斥耳鼓，让过往行人心烦意乱格外难受。所以现在常看到，街头喇叭声音高的摊位前反而无人，顾客会涌向没有喇叭的或者声音低的摊贩。

想起来，还是童年听到的吆喝声亲切。岁月渐远，许多关于吆喝的记忆都逐渐模糊，只剩下些许最熟悉的声音，至今仍常常响在脑际萦绕梦中。

老咸菜

漫步在县城和谐路上，眼前突然一亮——路边一张小木床，上面放一挂竹门帘，帘子上晾着切好的咸菜。往前走几步，弯下腰捏了一根尝尝：还真是母亲做的那个味，咯嘣嘣，脆生生，咸咸的童年香味一下子跳了出来。

记得每年春季花开季节，家乡晒咸菜就像春花一样处处绽开，门里门外，胡同口，大街上，城墙边，人们都在切咸菜、晒咸菜。在那个勉强能够解决温饱的年代，咸菜是家家户户离不开的生活必需品，尤其是烙擀馍、吃玉米面饼、喝糊涂（玉米糊），大家都习惯配咸菜。

母亲是腌咸菜的好手。初冬季节，父亲从南关村买来一平车白萝卜，价钱便宜，一分钱一斤，母亲仔细挑选把萝卜分开，大的埋在土里炒菜备用，小的不好看的都用来腌咸菜。把萝卜用水洗干净，整整齐齐码放在缸底，一层萝卜撒一层盐粒，满缸的时候放上竹箅，然后压上石头再倒入清水，防止萝卜漂起。清水刚好淹住萝卜就封盖，一直腌到来年开春。

腌制好的萝卜只是半成品，春暖花开的时候瞅个晴天，把萝卜捞出来，先切片，再切条，然后放在竹帘子上晾晒。母亲切咸萝卜又快又细，娴熟的手艺一直让我敬慕。咸萝卜条不容易晒干脱水，晴天也要晒两三天，等晒到收缩后再收起，买来花椒大料等香料，熬制好香料水泼咸菜，颜色立刻会变得深黄，加工到此结束，然后放坛子里封存。那时的咸菜是多数人就餐的"佳肴"，吃的时候切碎放点醋和芝麻油，那种香喷喷的滋味，现代人很难体味。

母亲去世早，也带走了腌咸菜的技艺。当时父亲上班比较忙，顾不上为我们腌咸菜。后来父亲退休有了时间，但生活条件逐步改善，城里的餐桌上已很难见到老咸菜。农村的老咸菜也基本退出了历史舞台，晒咸菜的竹门帘、竹筛子已难寻踪迹。尽管街头超市还有酱菜供应，但很难寻到旧时滋味。

久违了，家乡的老咸菜，那咸咸的味道里有我的童年。

母亲的月饼

母亲手很巧,她不仅能做一手很好的针线活,为我们兄妹缝补浆洗整天忙碌,还会搭门帘、编竹篮,她做的饭菜全家人都感到可口,最难忘的是还会做各式各样的月饼。

每到中秋佳节,母亲都要给我们做月饼。那种乡村月饼多用炉火烤,有点类似家里吃的烧饼,但是稍薄一点,且大了很多。母亲提前发面和面,里面包有红糖、冰糖、核桃仁、花生、芝麻、青红丝拌的馅料,然后拍打成圆形,周围拧上一圈花边,上面洒点芝麻,用火鏊先烙定形,再放在炉圈里烤到金黄。在吃白面馍都是奢侈的年代,总感觉母亲烙的月饼特别好吃。

生活紧巴的日子,多数人家既买不到也不可能吃上现在这样精美的月饼,家里烙的月饼就是父母给孩子们最好的中秋节礼物。我们兄妹都吃得挺开心,希望能经常吃,但这几乎没有可能,更不敢奢想吃商店里卖的糖馅月饼。

有一年中秋节,我从家里翻出了一个双喜图案的月饼模具,母亲很高兴,决定要做一次真正的月饼。她先把模具洗净晾干,从供销社买来饼干脆条蜜饯等糖果,由于糖果太少又掺了点面粉,再加入花生碎、核桃碎、青红丝,月饼的馅料就有了。按理说月饼皮应该用食油和面,但那时候吃油太难,粮店供应的食油还不够炒菜,母亲只能用水和面。她熟练地包好馅料,压入模具里成型,然后轻轻磕出来,在火鏊上烤到金黄。那一年中秋节别提有多高兴了,我们终于吃到了真正的甜甜的月饼。

现在生活条件提高了,不用等到中秋节,超市里随时可以买到月饼。但不论那月饼什么馅、什么档次,总觉得没有母亲当年做的好吃。

母亲的月饼,是永远找不回来的童年记忆。

团　圆

春节就要到了。看着窗外纷飞的雪花和树上蜷缩的小鸟，许多家庭都有同样感受，远离家乡的孩子们该回家了。

千百年来，深受传统文化熏陶的中国人终生为"家"所困，为"孝"所累，因为家里有父母与兄姊，即便远隔千山万水，也要回家看看。而"年"便是极好的理由和契机，或汇报成果，或倾诉衷肠，唯有父母能够真正理解儿女的喜乐哀愁，发自内心与你一起分享情感。

于是时光刚刚走进腊月，远在天南海北的游子们就归心似箭，回家的渴望日渐迫切。他们掐着指头数日子，抢购车票、机票、船票，甚至有人茶饭不香，亟待启程那一天。

于是就有了数亿人口南来北往的壮观迁徙，甚至有人为了赶时间不计成本，乘不上火车汽车就坐飞机，熙熙攘攘忙忙碌碌乐此不疲，短短几天即使陪父母吃几顿饭说几句话，也是一种莫大的精神满足。

一切的一切，皆因为心中有家。即使有人在异乡成家立业前程似锦，只要他不是身份特殊或过分自私，就不会忘记身居乡村的父母，因为只有父母才会日日夜夜为儿女操心。或许他们会忘记父母，但父母不会忘记他们！俗话说有妈就有家，妈妈总是精心准备热热乎乎的家乡饭，让儿女们在阖家团圆中回忆童年的味道，感受大爱亲情。

突然想起明代永淳公主驸马谢昭，如此高位的皇亲国戚，在京城享尽荣华富贵，但还是耐不住寂寞，离乡20多年终于有机会回一次清化老家，他感叹不已，写下了这样的诗句："丁亥离家今始还，遥望楼阁总依然。咫尺田园亲故少，方信人间际会难。"清化人谢昭身为三品驸马都尉，替大舅子嘉靖皇帝掌管宗人府，位高权重，然而正因为此他才没有自由。30年后他再次回老家，已经看不到父母双亲，只有兄与弟陪伴。又想起一位老职工，有一年远赴新疆种棉花，80多岁的老母亲天天坐在大门口，眼巴巴地等候儿子归来！

也许，唯有家乡才能找到真正的亲情。而那些拖着行李在路边候车的学子，像极了远飞的鸟儿归巢！

蒸出的年味

在博爱人心中，春节蒸馍是头等大事。通常是腊月二十六或二十八蒸馍，家家户户都会提前盘好灶火，磨好面粉，买来红豆、大枣等配料，备好豆馅、菜馅、肉馅，全家男女老少齐上阵蒸馍。用于招待客人，或给亲家、亲戚回礼。

博爱人习惯称春节蒸馍为"蒸大馍"，但实际上不仅蒸大馍，还有豆馍、菜馍、点心、枣花馍、小刺猬和花鸟虫鱼生肖等。大馍也叫人口馍，用精制面粉发面，内包红豆柿饼馅，按照全家人数，包含出嫁的女儿和女婿，每人一个。亲戚来了只能吃枣花馍、豆馍或点心。

过去蒸大馍也有标准，一个大馍用半斤到八两面，上面盘个小花瓣，中间插一颗红枣，一顿吃不完可以到下顿再吃；枣花馍用来回亲戚，过年来亲戚都会带糖果等礼品，主家要给亲戚的篮子里放枣花馍、甜麻糖等，不能让人空走；菜馍、豆馍、点心是自己人平时吃的，也能待客；小刺猬是用来把门的，蒸两个放在门头上。最艺术的是枣花馍，可大可小，用筷子把面条压成三道，然后盘成三瓣、五瓣或七瓣花，每个花瓣夹一颗大枣，特别好看。如果家里有刚出嫁的女儿，就要蒸5斤面到8斤面的特大花糕，上面有祥禽瑞兽，涂上五颜六色，用于回新姑爷。好看的枣花馍用来敬神，旧时敬神很严肃，在天地全神和祖宗牌位前上香祷告，祈盼全家下年吉祥福运。

蒸馍很讲究，不仅讲究工艺，还讲究面粉质量。家家户户都习惯用70粉，即一斤小麦出七两面粉，农村人习惯上称之为"折面"，蒸出的馍极白，不用添加任何增白剂。即使比较困难的人家，春节也会倾尽全力蒸白馍，免得邻居笑话。

往事如烟，如今城里人已没有春节蒸馍的习惯，但多数农村人依然会烧大锅蒸大馍，只是那馍再白，年轻人也不会眼馋。

儿时的端午节

依稀记得，小时候过端午节很严肃，很有仪式感。

那时人们普遍不富裕，但节日还是要过的。我家乡的端午节虽然没有南方的龙舟竞渡，但母亲们还是会认真提前张罗，按照家乡风俗，让孩子们过得开心。

第一件事是系花花线。很多人至今仍不清楚为啥要给小孩子系花花线，只知道那时候买不到五彩花线，母亲把家里缝衣的棉线提前染成五色，然后搓到一起，端午节那天给小孩子分别系在手腕和脚脖子上，孩子们很开心，母亲也笑了。后来才知道传统习俗说花花线是长命线，祛病灾，防五毒，保佑孩子长命百岁。女孩子还会佩戴母亲做的香包。然后是涂雄黄酒，这是防五毒最重要的环节。母亲买来黄酒和雄黄，和匀后给孩子们涂抹耳朵、肚脐、鼻子等七窍，说是可以防止毒虫钻入。有时候弟妹不配合，母亲就苦口婆心讲道理，非要给我们都抹上才行。母亲说：五毒是蝎子、蜈蚣、蜘蛛、蛇和癞蛤蟆，小孩子如果不抹雄黄酒就会受到毒虫伤害。

端午节打扫屋内外卫生是必须的，尤其是门后、床下、圪圪角角，母亲都会让我们清扫干净，还要洒一点雄黄酒，用来祛除害虫。然后采一把艾蒿枝，用红线捆扎，插在门上，说可以除病驱虫辟邪。

张罗完之后，我们才可以享受母亲做的美食。粽子必须有，母亲说这是为了纪念爱国诗人屈原。母亲出身书香门第，还能背出几首诗说上几段故事，但孩子们只想尽快品尝美食。

这一天还要吃油炸食品，糖糕用烫面做，而包菜角用发面，馅料有韭菜、炒鸡蛋、干粉丁，就是用红薯粉或马铃薯粉熬成凉粉，切丁后拌到馅里。最忘不了的是那种像大丸子一样的油炸食品，和好软面，加上白矾一类的发泡剂，掺入芹菜叶、黄豆、艾叶，家乡人把这种食品叫"炸偶"，吃起来香喷喷。

如今的端午节，少了许多旧时的习俗和滋味。

柿炒面

一次去山区拍照采风，看到村民摘柿子晒柿瓣，还有树上红彤彤无法采摘的烘柿和树下满地的烂柿皮，不由想起童年经常吃的一道"美食"——柿炒面。我谓柿炒面为"美食"，是因为它确实好吃，极有家乡味。别小看了柿炒面，在缺吃少穿的旧社会，它还救过很多人的命。山里人把柿树称为铁杆庄稼，也是这个原因。

记得小时候每逢假期，我们兄妹都要轮流去姥姥家或大姨家度假。我家早年生活困难，尤其是三年自然灾害期间，很多家庭吃了上顿没下顿。大姨家在博爱县许良镇后庄西村，虽然不太富裕但还有点吃的，慈眉善目的大姨待我们兄妹很亲，一进家门，总是先给我找吃的。金秋季节的烘柿子、漤柿子固然少不了，到了吃饭时间，自然还会有柿子烙饼、柿子窝窝头，还能吃到诱人的白面条。过了那个季节又不时兴，最好的待遇就是柿炒面。大姨会从里屋挖出大半碗，用凉水和好，馋嘴的我会全部吞下。那些年的幸福很是简单、纯粹。

做柿炒面的主要原料是柿子皮、柿瓣，还有碾米后的谷糠和磨面剩下的玉米麸皮，这些原料在乡下和山区都不缺。每到柿子收获季节，大人们会把地上的烂柿子、柿子皮捡起来洗干净，包括加工柿饼削掉的柿子皮，还有不能加工柿饼的软柿子切成柿瓣，然后一起晒干。加工时先把干透的柿皮、柿瓣在碓臼里捣碎，拌上谷糠玉米皮等，有条件的加一点黄豆，用大锅炒熟，然后用石磨磨成细粉，装进缸圈里封存。吃的时候要用冷水和，热水和出的柿炒面发涩而没有甜味。

博爱县北部乡村过去柿子树很多，山上柿树更多，家家户户都会做柿炒面，不仅冬季缺粮能够解危救急，而且出行可以携带当干粮，就像红军长征时带的炒面一样。即使在新中国成立后的一段时间，它也是许多农民家庭的生命补给。

二十世纪七十年代农村土地开始连片机耕，平原的柿树多被砍掉。再后来生活条件日益改善，柿炒面也逐渐被人忘记。八十年代以后出生的年轻人听说柿炒面，都会感到稀奇。

斗杏核

　　小底村的甜杏熟了，朋友送我金灿灿黄澄澄又软又甜的杏子，享受甘甜之后我一如当初，把杏核都收集起来，其中原因绝不是为了食用。

　　杏子是宝贝，杏树吐纳的清香有沁脾清肺作用，果肉营养丰富且甜美，特别是杏仁中富含蛋白质、脂肪、糖、微量苦杏仁苷，脂肪中的油酸和亚油酸具有软化皮肤和美容功效，是人们普遍喜欢的传统食材。难怪古人视杏树为神圣，赞学校为杏坛，称中医为杏林。但是我钟情杏核与此无关，是一种潜藏心底的童年记忆。

　　二十世纪五十年代多数人不仅生活条件差，业余生活也贫乏，孩子们没有什么玩具，不像现在有电脑、手机和满地扔的玩具。同学们课间或放学后的娱乐方式极简单：男孩子弹玻璃球、掷三角或拍小洋画、斗杏核，女孩子则跳绳、踢瓦片、抓子（小石子或用瓦片磨成鼓状），这些原始的游戏纯朴自然，为生活增加了不少乐趣。而砸钢锅、跳橡皮筋等活动则是六十年代才出现的游戏。

　　玻璃球、小洋画要花钱买，那时候大家都没钱，能买起的同学绝对代表了一种奢侈。恍惚记得纯色玻璃球一分钱，花芯玻璃球要二分钱。小洋画类似现在印在硬纸上的邮票，一毛钱能买一大版，一版大概有 80 张，但极少有人能买得起一版，都是一分二分买，有戏剧花脸、三国演义、水浒传 108 将，也有孙悟空、封神演义等神话故事。小贩会帮你直接剪开。在地上掷或者在桌子上拍，能让画片反过来就算赢了，把对方的小洋画收进自己口袋是最大的乐趣。没钱的同学只能撕下废旧书本纸叠成三角，在地上掷来掷去，要想赢得别人，一靠力气，二靠技术。

　　而最难忘的是斗杏核。把家里吃杏子扔掉的或捡来的杏核洗一洗，既光滑又漂亮，悄悄装进衣服口袋，下课的时候几个人凑一堆，找一截砖块，每人按照平均数兑上杏核放在砖上，地上划条不准越位的横线，然后剪刀锤子布，谁赢了谁先掷。掷杏核的"法器"也是杏核，只不过是自己手里预先挑选出来个头较大的，叫做"老宝"。技术高掷得准且手气好的人一次能砸下许多，掉下砖头的都归胜利者。砖头上的杏核越来越少就越难砸中，弄不好还会把"老宝"搭上，成为别人的战利品。

斗杏核算是一种比较原始的"赌博"，既刺激又有吸引力，谁输了不服气就会约好改天再来，然后拼命去街上或农村果园找杏核，找到越多就越有资本。最好的杏核是白沙杏的，掰开杏肉，里面杏核饱满且不会粘连。为了打造成功"法器"，小朋友们会变着法子装备自己的"老宝"，最简单的办法是往"老宝"里装泥沙等充填物，增加杏核比重。

在朋友指导下，我也找来一块废牙膏皮，过去的牙膏皮都是锡质。找一枚个头较大的杏核上钻个孔，用铁丝或缝衣针把杏仁捣碎挖出来，再用旧铁勺在火上熔化牙膏皮，把锡汁灌进去，冷却后再用蜡封口，一个超级"锡老宝"就做好了。高手们用它一下子能砸下一大堆战利品。下课后没事，小伙伴们也会互相攀比自己的"锡老宝"，比个头，比分量，不服气就直接开战。

斗杏核给我的童年留下了很多开心的回忆。如今年纪大了，但童年趣事犹如昨天，吃过杏子舍不得扔掉杏核已成为习惯，那可是孩提时代比较难得的娱乐资源！

说来也怪，总觉得现在的杏核没有过去的饱满、光洁、好看。更可叹的是，我攒下的杏核总被老伴视为垃圾，既未入药也没有成为美食。看着老伴一次次无情扔掉我童年的记忆，才真正感到岁月无奈。

温馨的煤火台儿

依稀记得早年由母亲精心守护的煤火，家乡人叫作煤火台儿。

那是一方温馨的天地，承载着全家人的生活希望。长方形台面上铺着青砖，火炉口不大但中间有大肚子炉膛，伏羲传下的火种春秋代序，燃烧着家庭的欢乐祥和；台面上有做饭的铁锅铁鐣，母亲每天守着煤火台儿忙忙碌碌，轻轻扎开封煤的火口，看淡蓝色的火焰渐渐变红；锅里煮着玉米糊、糁子饭或者汤面条，甚至是一锅白菜汤，有时也会蒸一锅窝窝头，或烙一鐣玉米饼，火口边烤着窝头或红薯，全家人匆匆忙忙狼吞虎咽，去追赶明天希望的时光。那年月大家生活基本都一样，虽然不能每天吃捞面条或白面馒头，但仍然有填饱肚子的开心满足。寒冷的冬天西风凛冽，母亲偶尔会允许我们坐在煤火台儿上烤火，衣裤单薄的身体顿觉融融暖意！

煤火台儿还有许多与生活有关的辅助功能：冬天天气冷，蒸馍发面需要加温，将酵母渣头拌面粉和好加温发酵；做浆面条需要用浆水发酵，将粉浆或泡酸菜的水兑点清水，在火边煨一段时间，发酸后再加炒面增稠烹葱蒜提香；树上摘下的涩柿子不能吃，放入清水盆里在火边煨两大，叫做"溇柿子"，吃起米又甜又脆；在火上放一只竹煴笼，能快速把湿衣服烘干；寒冷的冬天温热水烫手烫脚，确实比多穿件衣服都舒服。这就是我对童年煤火台儿最难忘的记忆。

家乡煤炭资源丰富，附近原有郝庄、柏山、李封等很多的煤矿，中国人自建的第二条铁路——道清铁路，就是一条运煤专线，听说东关火车站就是大煤场。普通人家只要有一点经济能力，均烧散煤做饭，只有交通不便的偏僻乡村才会烧柴灶。二十世纪中期物资不丰富缺吃少穿，住房也比较狭窄，大家都没有专用厨房，但每家每户都有两个煤火台儿，冬天用室内煤火台儿生火做饭，夏天在室外搭一个干棚盘一炉火，只要能把米面做熟就行。

那年月煤火的主要功能是做饭，冬天在室内生火也是为了起早做饭更方便，取暖只是附带功能，不做饭的房间则很少生煤火。

家乡烧散煤的煤火台儿与南方的锅灶不一样，与柴灶差别更大。每家的煤火几乎大同小异，不同的只是台面大小与火旺不旺。火台高与宽在70公分左右，长1到2米，用土坯或青砖垒成，前面正中有透气方孔，用来捅火膛下灰，捅火口下面是炉灰坑，炉灰要经常清理，否则火就不旺；火膛底部铺几根生铁铸造的炉算条，中间是瓮一样的大肚，越往上收缩越小，到台面只有20厘米左右，安放高温陶或生铁制成的火炉口；炉口直径10多厘米，勉强能伸进胳膊抹黄泥糊褙炉膛；煤火台一般是背面与左侧靠墙，台面接近炉膛处安一口柏山村烧制的高温酱陶小水缸或缸罐用于温水，供冬天洗脸洗碗使用；煤火台右侧上面架木板或水泥板，平时放案板，也可方便家人烤火；下面有空间安放煤池，多用破水缸底代替，避免煤水弄湿地面；炉口、炉算与温罐是在街上土产店买的，或者在物资交流集会上花几毛钱也能买到；其他青砖、白灰、水缸底、麦秸泥等材料，皆就近取材不用花钱。

　　家乡的煤火台儿也有专用方言：第一次点燃炉火叫"生火"，火灭了叫"火死了"，续湿煤叫"添火"，开火做饭叫"扎火"，下炉灰叫"透火"，晚上加煤叫"封火"，中间留气孔叫"扎火眼"，和煤泥叫"匜煤"，和煤的煤池叫"煤不汕"，炉算条叫"炉支"，捅火的铁棍叫"火炷"，温水罐叫"煨缸"，生火用的干煤饼叫"煤墼子"，结块的炉渣叫"炉坷亮"。

　　煤火的好处是可以较好地保留火种，如果管理操心，一个冬季火都不会灭。做饭以后要及时用和好的煤泥封火，封火添煤要适当，还要在湿煤上扎个气眼，可以保留火种两三天不灭。晚上封火后放上冷水锅，早上水提前热了可节省做饭时间。刚封火湿气很大会腐蚀铁锅底，所以母亲千嘱咐万交代，一定要等湿气跑一下再放冷水锅，否则锅底容易漏；还要留心封火的火眼，火眼太大支不到早晨，火眼小了被湿煤糊住就会灭火，第二天早上还得找柴禾生火。在工厂上班时曾经历一件趣事：一位女工早上经常迟到，抱怨做饭时锅里水不开急死人，工友提示她，晚上在火上煨冷水锅能节约做饭时间，结果第二天她照样迟到。一问才知道，早上做饭水已开了，但揭开锅一看，里面漂了一块抹布。

冬天一旦火灭了再生火很麻烦，要先找来树枝竹片玉米秆一类作引柴，再用较大的木块作燃柴，等到炉膛烧热能看到红红的木炭，才能添加炭块或干煤墼子，绝不能直接添湿煤。为了生火方便，饭后母亲会在火口周围堆点湿煤，烘干后收起来备用。我们家乡不流行风箱，生煤火时都用芭蕉扇在下面通风口不停地扇风，否则明火灭了会满屋浓烟。第一次生火还要在炉膛里添些块状炉灰渣，避免煤炭浪费，然后加柴烘炉。

生煤火不仅耽误事，而且烟熏火燎，满屋黑烟飞灰，呛得人喘不过气，白墙也会熏黑发黄。一天清晨我被烟雾呛醒，看到母亲正在生火。原来夜里添煤不小心火灭了，幸亏她起得早，否则全家就吃不成早饭。那时候我家和多数人家一样住房狭窄，没有里外间隔墙和独立厨房，墙壁被熏得黑乎乎，床单被子上经常有黑灰，身上沾满烟气。做饭时开火也一样，火灶一戳，热浪带着炉灰冲上房顶，然后在室内落满一层，没有哪个人衣服上是干净的。饭碗里也有灰，河南人叫做"撒胡椒面"。所谓人间烟火，大概就是这个意思吧。

母亲每天洗衣做饭缝缝补补非常忙碌，打水、和煤、掏炉灰这样的琐事就落在我和弟弟头上。早上打水掏炉灰，下午放学回家的第一件事，就是挖煤土匝煤。和煤要用好黄土，煤与土的比例要看散煤质量，一般为八比二，煤泥干了不散块才是标准。煤土少了煤泥干后是散的，容易塌火，煤土大了则火不旺。和煤加水量要适中，有时把握不住加水多了，煤泥成了泥粥，会把火压死，为此经常受到母亲斥责，只好加煤加土重新再和。我家正对面是一片瓦砾的汤帝庙旧址，右边是杂草丛生的荒地，左边是黄土夯实的老城墙，城墙顶是南北通行大路，原先叫西干道，现在叫团结路。当时大路高出庄稼地两米多，为了挖好煤土，我们只能刨城墙脚，附近乡邻起土和泥也来挖，时间长了，城墙路越来越窄，成了一道高高的孤埂，骑车的行人都怕摔下去。现在晚上我还偶尔会做梦，梦见自己骑着自行车，一不小心从城墙路上摔下来。

儿时的煤火台儿虽然温馨，但也会出现不和谐的音符。我家煤火是父亲砌的，早先用土坯，后来用青砖，父亲高大，但母亲个头不高，总抱怨煤火太高做饭端锅不方便，还说火台底部太宽，脚大碍事，站不到煤火跟前。再就是用长长的火炷扎火，不小心会碰断炉箅，火一别开，红煤就会哗啦啦塌下来，导致炉火熄灭无法做饭。父母为此时有争吵，无奈父亲只好扒了煤火重砌，手艺也越来越高。后来砌的煤火台下边往里收，也降低了高度，母亲方便了，但父亲做饭时就需要弯腰。矛盾永远无法兼顾。

煤火的最大弊端是炉灰里常有黑乎乎的炭渣，家乡人叫煤核（hú）。母亲觉得煤核扔了太可惜，要求我们倒炉灰时一定把它捡回来，倒入煤池再利用。那个年代捡煤核也是穷人家孩子的第二职业，我家对门一位老太太常年到处捡煤核，经常有附近的回族小姑娘挎着竹篮天天走街串户捡。六七十年代的样板戏《红灯记》李玉和有个唱段：提篮小卖拾煤渣，担水劈柴也靠她，里里外外一把手，穷人的孩子早当家，夸的就是女儿李铁梅拣煤渣卖货啥都能干。上年纪的人对此并不陌生。

物资不丰富的年代，煤炭也要凭证供应，每人每月供应 100 公斤左右平价煤，不够用就得买高价煤。我曾经跟着父亲用人力车去拉煤，每吨散煤十几元。家户烧散煤，工业用的炭块价格相对高一点。父亲有时会通过山西朋友用卡车捎来一麻袋炭块，价格很便宜。

宽大煤火台儿，冬天可以坐在上面取暖，尤其老人和儿童，煤火台儿是他们过冬的最佳选择。我母亲很勤快，闲不住，每天为我们兄妹四人洗洗涮涮缝缝补补，从来不会坐煤火台儿烤火，生怕引发事故。

现代年轻人没有煤火台儿的体验，他们认为烧煤火就是蜂窝煤球火。其实中国人用煤火做饭取暖盛行千年，蜂窝煤球只有短暂几十年历史。我们家乡流行蜂窝煤是二十世纪七十年代末期，街市上最早出现了陶制的煤球炉，后来发展到耐用的生铁炉具，再往后是双层回风炉加白铁皮烟囱道管，本世纪初又出现了热水可以循环的取暖炉具，既节能又方便，能做饭还能取暖。以至于越来越先进的取暖炉逐渐取代了原始的煤火，占地方又不卫生不安全的煤火台儿渐渐退出人们视野。

社会发展，科技进步，加上环保要求，如今煤火台儿已被社会淘汰。但每每想起一幕幕往事，最原始最温馨的煤火台儿却依然如故，伴随着母亲的身影，时时萦绕在我的梦乡和脑海，久久挥之不去。

永远的思念

——回忆我敬爱的父亲母亲

农历五月十一是父亲的忌日。2004年的这一天，75岁的父亲在病中驾鹤远去，到另一个世界找我母亲去了。而母亲是在1978年农历九月二十九辞世，母亲属兔，那年刚刚51岁。母亲离别时我兄妹四人中最小的弟弟只有13岁，妹妹也只有15岁。

对于母亲的离别，我们兄妹没有太多的遗憾，因为母亲瘫痪卧床整整三年，失语失聪，生活完全不能自理，我们兄妹在床前轮番服侍了整整三年。而父亲的去世是我们兄妹当时没有料到的。尽管已经诊断患了食道癌，但医生确诊为腔外型，没有严重影响饮食，父亲那时还能够自由行动，最后几次去焦作医院检查都是父亲自己坐车往返，我们认为这样可以增强他生活的信心。我还陪同病中的父亲游览青天河步行古丹道，父亲还指给我看，年轻时去山西挑丝送货常走这条路。他说年轻时没有少吃苦。

然而我没有想到，由于放射型治疗，造成父亲身体抵抗能力迅速下降，之后又患了综合性肺炎，去世前的一个月他身体已极度衰弱，不得已才住进医院。也是在这个时期，我才放弃了单位工作第一次请长假，安心在医院陪伴父亲。我仍始终深信，只要他能够吃饭，还能够再活几年。那时我也暗自下决心，几十年来由于自己一直在企业和政府部门做文字工作，没有时间陪伴父亲，这次一定要好好陪陪慈父说说家里话，聊聊父亲的童年往事，给我们的后代留下一点历史记忆。但这样的努力仅仅坚持了一个月，父亲突然撒手人寰天人永隔，以至于我心里没有一点准备，永远无法弥补的痛至今仍不能释怀。

想想过去的岁月真的令人心酸。当时我们一家六口人，全靠父亲一个月40多元的工资养活，尽管生活困难，平时吃不上好饭，弟妹穿不上新衣，但父母为我们的读书成长还是操碎了心。逢年过节自己舍不得吃穿，也要想办法买点肉，让我们兄妹过把瘾，为的是不让别人瞧不起。慈祥的母亲在家料理家务，为我们兄妹洗洗涮涮整天忙碌，还养了几只鸡，家里的鸡蛋都好过了我们。母亲偶然做点好吃的都留给孩子们，自己从不乱花一分钱，即使有了病也要硬撑着，从来不说，不愿给父亲增加负担。也许就是那样的心理，造成母亲的病情延误，到发现时已经无法扭转。永远忘不了母亲教我打算盘、背二十四节气歌、背斤称歌（过去用的是 16 两称）、背唐诗云古话的情景，更忘不了父亲在工厂里辛苦上班却不舍得吃饱饭，下班时悄悄给我带回个白蒸馍。有一年下暴雨夹着冰雹，校园里积水很深冰凉刺骨，父亲赶到学校背我回家。还有一次父亲听说我骑车去林场买桃子，担忧我的安全，在家里急得团团转，饭都不吃等我归来……

而我的痛就在于明明知道晚年的父亲需要什么，但又没有给他什么。本该好好陪陪父亲，却由于种种原因没有真正地陪过他。我常年从事文字工作，单位很多人都借口自己不会写材料，将汇报、总结之类的文章推给我。我又不善于推诿扯皮，自然要无休止地学雷锋叔叔了，甚至忙得星期天都不能休息，工作竟然成了很少关爱父亲的理由。一年 365 天，除了过年过节，真正能够陪他说话的时间没有几天。父亲经常对我说要踏实工作，不要占公家便宜，要和领导与同事处理好关系，我甚至认为父亲说话啰唆、多余、古板、老套、不明事理，经常用自己的思维顶撞父亲。现在想想，恰恰是自己缺少了耐心和爱心，不知道父亲晚年的啰唆话题正是对儿孙无尽的牵挂，从来没有想过该用什么方式，回馈老人一生对儿女们的无私关爱！

如今生活条件好了，吃穿不愁，但子欲养而亲不待，我已永远失去了回馈父母厚爱的机会。心中留下深深遗憾，只盼望来生能报答。

几年后，我的妹妹也患病医治无效，于 50 岁那年离世，而她的一双儿女当时还在读书。

陪伴父母，让父母开心，也许是孩子们回馈养育之恩的唯一方式，但现在的年轻人往往不懂，等到他们懂的时候才追悔莫及。愿我的父母与妹妹在天堂没有病痛生活幸福，也祈求父母保佑儿孙们永远平平安安！

雏燕将飞借春风

小女儿何淼请我为她的大学文集《晓雨清荷一叶舟》写序。

我实在不好推脱，怕伤了她的自尊心。但也确实感到为难，一则这些年来本人兴趣转移，远离文海笔友多年，深感力不从心；二则自身年已花甲江郎才尽，心懒了，手生了，早已忘记了文学创作和文学评论的框框条条，跟不上时代步伐；三则女儿自幼便重母轻父，小时候的作业都对我搞"封闭"，大部分文章喜欢征求母亲的意见，使我这个不称职的父亲长期受到"不平等待遇"，很少能拜读她的"大作"。尽管近两年女儿对我的态度有所转变，有些文章因需要公开发表会主动征求我的意见，但我仍然"耿耿于怀"，基本上没有主动要求过看她的文章，因此这篇"序"也就是顺手涂鸦了。

事实上，我对女儿的文章是基本认可的。她爱读书，又比我多念了好几年书，尽管学的不是汉语言文学专业，但她不懈努力弥补了专业差异，并以自己的实践填补了知识缺憾，这是我自叹弗如的关键点。特别是在校期间，她得到了学校师长的培养、关怀和同学们的热心帮助，16 岁就当上了学院团委干部。长期的工作与学习压力不仅培养了她的写作兴趣，而且增强了她的写作信心。特殊的环境与自身的努力结合，使她每天都笔耕到凌晨，但她仍乐此不疲。散文、诗歌、随笔、评论等体裁她均有涉猎，大有"初生牛犊不怕虎"的气势，其精气神可喜可嘉，强我数倍。

读她的文章，感受最多的是质朴和纯真。有人说心灵是孩子们的眼睛，大概是天真无邪的心灵还没有受到社会五颜六色、花花绿绿的感染的意思，讴歌真善美、远离名利场的情愫在她的作品中得到尽情体现。没有邪恶，没有污浊，没有铜臭，诗歌《梧桐，畅想》《你听，花开的跫音》等作品反映了她热爱生活追求真诚的自然心声；在散文《母爱，荷与叶的深情》里，热爱生活热爱家庭的情愫真是跃然纸上。

发表在 2013 年 4 月 10 日《作家报》的《春风又绿青天河》则

是何淼游记散文的力作："渴望背起行囊去蹒跚琉璃碧瓦、青烟漫雨的江南，去壮游大漠孤烟、狂马嘶鸣的塞北，去触摸六朝古都大气厚重的历史，去约会国色天香嫣红姹紫的牡丹……""没有喧嚣人海轰鸣车流，没有繁花似锦山花烂漫，没有山岚拂衾秋虫唧唧，没有和煦秋风红叶葱茏。也许这个季节更适合我喜爱安谧的性格。啊！青天河，让我一睹你朴素无华的姿容……原来青天河不是命题作文，而是心灵久盼的家园，是个性在大自然轮回中的洗礼与放逐，是存在于青山碧水间仍然挚朴的真正的我。"从文字中能发现她善于思考喜欢静谧的真实性格。

没有想到的是在她的作品里发现了我自己"高大的身影"："也许，自己也沿袭了父亲认真、敬业的秉性，不然怎会像他一样，也曾执着地熬夜写文章……父亲的渊博是我永远仰慕、难以企及的伟岸。"总觉得一事无成的我，竟然也在孩子的记忆中耸立起当年的伟岸，铺就了一段人生中的旭日阳刚。难得啊……

然而毕竟受到年龄、经验与学校空间的种种限制，纵观何淼的文章，仍难免存在许多学生常有的稚气：诗歌的语言不够简练娴熟，缺乏触动人心的"诗眼"；散文的意境不够深邃，明显存在许多浅显和不足；随感不够干练，视觉和语言都有些苍白无力，还够不上杂文的高度。

但我不能求全责备，毕竟这是一个刚刚 20 岁孩子大学 4 年期间的习作，是对大学校园生活与学习实践的全景记录和淳朴写照，是攀登文学殿堂的第一道门槛阶梯，是追求勤奋向上的第一缕阳光。因此，充分认可就是最大的支持！

雏燕将飞，目标很远，道路漫长。愿女儿何淼更成熟，更坚强，也希望她的理想能成为现实，通过今后社会实践的历炼，插上腾飞的翅膀！

第四辑

山乡情怀

走进干柴洼

应邀探访干柴洼，是一个丹桂飘香、天朗气清的秋日。

小车沿着平整蜿蜒的山道疾驶。陪同我们前往的是 74 岁的供销社退休干部葛逢才，干柴洼是他的老家，老葛兴致勃勃称之为"二清化"，细问，才知道从 1944 年到 1947 年，这里曾经是中国共产党领导的博爱县民主政府驻地，有过一段鲜为人知的辉煌历史。

一

风光秀丽的干柴洼坐落在太行山区玄坛庙村西南，是上岭后所辖的一个自然村，距博爱县城约 15 公里，全村共有 25 户 130 余人。小车沿玄坛庙至青天河村的乡乡通公路可以直达村里。

走进静谧的小山村，映入眼帘的是高高低低参差不齐的民居。房子依山而建，多数是石砌的几百年老房，也有砖混结构的两层楼房，简陋古朴衬托着现代化信息，错落有致风格迥异。大门两侧风蚀斑驳的对联还凝固着年节的喜庆。

村西头一座石头老屋，房后有水道穿石头根基而过，这是古人设计的泄洪道，科学合理。在一座老石房的窗台上发现了清代道光年间的碑文，同行的阿愚先生如获至宝举起相机拍个不停，有几个村民也围拢过来观看。老葛介绍说：这房子少说有 300 多年历史，他曾爷爷的爷爷说这是"官房"，是历朝历代村里人议事的地方。

小山村家家户户房前屋后种着一畦畦长势旺盛的青菜，白菜、萝卜、辣椒、豆角、胡萝卜、南瓜、西红柿、大葱，应有尽有。我无意间在豆角架边发现一个拉秧的甜瓜，忍不住掰开尝尝，满口香甜。山里人淳朴热情厚道，看到我们拍摄青菜，便要摘菜送给我们。

晒秋是山村最壮观的一景。老葛说干柴洼的地势如同一个大簸箕，日照充足，只要有雨，五谷杂粮定有好收成。村民收获的玉米、柿子、核桃、花生、芝麻、谷子都在自家院里晾晒，展现出一幅五彩缤纷的晒秋图。为防止鸟们啄食，有的院子顶端还拉上硕大的尼龙网，我深深为山里人的智慧而叹服。

二

因上岭后村苏麦贵书记临时有事，葛老兄便先带我们去村外参观他家的一亩三分地。

雨后的山野小道有些潮湿，小草挂满晶莹的露珠，林间小鸟鸣啭啁啾，路边长满一丛丛五颜六色的野花，远处黄栌、红椿、黄楝绽放，簇簇姹紫嫣红，野枸杞、野菊花、野酸枣随处可见。远离城市的喧闹，漫步在松软的田埂上，凉爽温润的晨风拂面而来，深呼一口大山里清新的空气，心里自有一番无以名状的惬意。

梯田上小麦已经发芽，葛老说玄坛庙一带比山下种小麦早半个月，过了秋分就播种，这是海拔与气候所决定的。他家田地边有一个七八米深的大水池，里面水深两三米，葛老说这是县里包村干部争取扶贫项目帮村里建的，囤积秋季雨水用来浇地。干柴洼土地肥沃，只要老天下雨，小米、大豆、核桃、柿子等农副产品品质特好。

远远望去，满坡的柿子树挂满红灯笼，密密匝匝非常喜人。葛老指着几棵高大的柿树说那是他六十年代亲手嫁接的，当时生产队规定嫁接成活一棵柿子树记两个工。

葛老边走边讲：咱山里到处是宝，野生药材遍地，有益母草、冬凌草、金银花、二丑、连翘、野地黄。我揪了一株酷似珍珠般的红果求教，他说这是茜草，专治儿童拉肚，还告诉我野菊花清热败火，鬼针子抗菌消炎，都是天然药材。山里人祖祖辈辈依托大山的恩泽，享受大山的赠赐，但凡有个头疼脑热、跌打损伤，不用求医问药，出门采把野草即药到病除。曾听别人说葛老是山里通，活地图，无所不晓，今日领教更让我肃然起敬。

地里的玉米早已收割完毕，还有许多半尺长的豆角长在地里，有的干枯，有的腐烂，我纳闷地问怎么不采摘，老葛笑着说吃不着，还说去年村里万把斤柿子烂在树上没人收。

边走边聊来到葛老家中，他家房子建在半坡上，院里院外种着

110

南瓜、西红柿、韭菜,一个大南瓜有十几斤。他说自己虽然住在城里,但山上有亩把地,还种了百十棵冬桃,因此每周都要回来住上两三天,如今的山区吃水用电都方便,带点粮食捎些菜下山,平时生活几乎不用花钱。正说着话苏书记在山坡上吆喝,要陪我们上大寨看看。看来这是山区的一大优势,不用电话,不用广播,喊一嗓子方圆几里都能听得清。

三

大寨是干柴洼村的一景,位于村南四五里。我们一行四人沿山坡前行。虽然近期秋雨连绵,但坡上的白干土路面却松软不沾脚,仿佛踩在海绵上,感觉很舒服。山道两旁植被繁茂,漫山苍松翠柏郁郁葱葱,北山治理后不允许采矿,路边栽上了侧柏松树,一派生机盎然。书记告诉我们,去年雨水丰沛,新栽的上万棵柏树全部活,今秋雨季又植树一万多棵,成活率也相当高。

年逾古稀的葛老身体硬朗,脚下生风,带了一把镰刀在前边披荆斩棘。书记介绍说大寨是干柴洼的制高点,是一个海拔800多米的孤山头,据说元末明初农民起义军在此屯兵,曾有"一夫当关,万夫莫开"之说。抗战期间这里也派上了用场,100多名日本兵进山扫荡,村里民兵群众数十人攀上大寨,居高临下同小鬼子进行殊死决战,硬是打退了日本鬼子数次进攻。至今山顶四周还有用大石头砌成的寨墙,墙内尚存当年遗留的碓臼小磨。葛老说他小时候在山坡放牛,把牛往山坡一放,就和小伙伴们爬上大寨去玩。寨里有很多蝎子,近年很多人为逮蝎子卖钱,把寨墙石头都推到坡下,如今这一古迹残破不堪伤痕累累。

大寨地势险要,东边是峭壁悬崖万丈深渊触目惊心,西边是通往青天河的盘山路曲曲弯弯。站在峰顶俯瞰山下,才真正领悟到"一览众山小""无限风光在险峰"的壮阔。极目远眺,山峦、河谷、道路、峡谷尽收眼底。蜿蜒的山道像一条白练伸向远方,重叠的山峦色彩斑斓,蓝天白云下满坡的红叶气势磅礴,点缀着大山的沟沟坎坎,身边松柏苍翠野花烂漫,在这里可以充分领略大太行的壮丽美景。

四

在曲径通幽的山路上穿行，红叶披锦松柏叠翠草木葱茏，仿佛置身浓艳的油画中。路边不仅有红、白、紫色的野菊，还有丛丛青嫩欲滴的山韭菜，弯腰就能薅上一大把，鲜香诱人。眼前忽然出现一片白哗哗的芦苇在风中摇曳，葛老说山上有好几个泊池，由于这里到处都是黏土不会渗水，形成了几个深一两米的天然水坑，长满芦苇和菖蒲。我万万没有想到干柴洼的山顶还有如此胜景。

路上时有水坑，泥泞处有车辙，还有一串串的蹄印爪迹，葛老告诉我们由于这一带林木旺盛植被很好，野兔、山鸡和松鼠很多，还常有野猪、野獾、猕猴出没，那些蹄痕就是野猪们在水坑打滚的痕迹。

红彤彤的柿子、山楂落了满地，苏书记不无痛惜地说：干柴洼近千棵柿树和山楂树，虽然是收获季节，但价格低廉没人愿意采摘，眼睁睁看着烂在树上掉在地里，假如能宣传出去让更多游人欣赏采摘，也不失为一大功德，收钱不收钱无所谓。

伫立于干柴洼的高坡上，我深深感到了博爱山川无与伦比的绚丽风光，她的魅力不仅仅是开阔视野，净化心灵，更重要的是激发自己热爱家乡、讴歌家乡美好明天的热情！

干柴洼犹如太行山中的一颗璀璨明珠，正蓄势待发迈向未来！

原载《焦作晚报》2017 年 10 月 23 日副刊

东山印象

早听说东山一带风光秀美景致不错,一直心向往之。初冬的一个周末,在赵氏兄弟成良、成术的陪同下,我们携好友慧一行五人登临东山探访。

所谓东山,是以博晋公路为界,路东称作东山,路西谓之西山。赵氏兄弟是寨豁乡南坡村人,从小在山里长大,对山村掌故传说、幽谷洞穴、风土人情如数家珍。成良兄还是发展东山旅游业的倡导者,一路上滔滔不绝地讲述东山美景和红色东山传奇人物,有南田园村抗美援朝时击落美军飞机的战斗英雄张九虎,合作社时期的全国劳模卢凤仪,中华人民共和国成立初期受到毛主席接见的疙了山先进模范申相荣,让我们听得入迷,不由对这块神奇的土地肃然起敬。

一

沿着蜿蜒的山路缓缓进入东山。山路虽然曲折陡峭但却平整,不用受颠簸之苦。初冬时节道路两旁的红叶已不再娇艳,大山的颜值亦在冷风中骤减,但满山的松柏依然苍翠,嶙峋的山峰更显得壮阔雄奇。

途经峡谷中一座石桥,桥两端满是大小不一,形状各异的卵石,两侧壁立千仞。我眼前猛然一亮,赵家兄弟忙停车告诉我们,这条河道叫小王庄河,是一条泄洪道,对面山头上的绿树石房就是小王庄。雨季时峡谷里水流湍急,石头打转还会淹没石桥,每至冬季则河道干涸像一条山路。小王庄村原有 6 户人家,现早已迁徙成为空村。远远望去,只见河道上方是突兀而起的悬崖,右侧有一座孤立的小庙,左侧几座低矮的石房上蓑草飘摇,阳光映衬着几株高大的黄楝树,树冠黄里透红,酷似一幅色彩斑斓的山水画。峡谷上游是黄河村,原有的 3 户人家现在也下山了。

赵兄侃侃而谈黄河村的由来:这里的土层多为白矸和黄矸构成,

113

每逢雨季，大雨冲刷后村边山谷低洼处留下一片比黄河水还黄的泥浆，故称之为黄河。很想体验"黄河之水天上来"的壮观，可惜现在不是季节，只能在干涸的峡谷拍几张照片，分享到朋友圈供大家欣赏。过石桥继续沿山道前行，赵兄告诉我们这段路通往张三街、南田园村，因十九大期间山村党支部号召党员修割路旁疯长的灌木丛，所以这一带道路通畅。

绕过山头，车到了山顶，路面略显宽阔，我们再次下车去体会"横看成岭侧成峰，远近高低各不同"的感受。俯瞰脚下黄河村边的峡谷山崖，更是别有一番风情。路边仍有少许红叶在风中摇曳，幽深的峡谷宛如一条蜿蜒曲折的玉带，构成了一个"V"字，奇峰突兀的绝壁下是弯弯山道，山腰有青松翠柏和黄色白杨，又一幅险峻神奇的水墨丹青。

二

车到张三街，成良兄说村里很多亲戚，去找户人家做午饭，方知车里带的肉丸、面条原来是我们的午餐。趁成良兄找人的机会，成术老弟带我们观赏岭上的千年黄连树。拨开米把高的草丛走向老树，这棵编号为JZBA003号保护级别为1级的老树位于毋家老坟头，根部分为三杈，最大的一枝直径超过两米，其他两枝树干一个人也搂不住，硕大的树冠遮天蔽日足有小半亩，看树冠树形树龄远都不止800年。树上结满粉红色的连籽，成术说小时候常常来采摘连籽榨油，二十世纪三年自然灾害时期山里人以此为宝。树下横七竖八躺着几根被大风吹断掉下的粗大枝杈，上面长有很多不认识的菌类，成术弟说那是野灵芝，我顺手采了几朵赏玩。树下一丛丛野山菊、一簇簇野枸杞垂手可得，我和慧便随手采摘一把鲜红水灵的枸杞。

大树的对面是焦作市财政局扶贫工作队帮助建造的大水池，池边围墙上有"饮水思源"的碑记，边上修建了一个四角凉亭，上面有"情系百姓"四个大字。大水池里的水过去饮用，现在村里人吃深井水，彻底告别了世世代代吃水窖水的时代。

张三街村已经没有学校，年轻人都带着孩子下山就读，多数院落荒草遍地残破不堪，目前只有十来户人家居住。问起张三街的来历，成良兄说这个小村共有三条街，原先张姓是大户，因此叫张三街。在村里转了一圈，发现路面整洁，有几位电工在整修电路。房前屋后的柿树上挂满了红彤彤的柿子，伸手摘个尝尝蜜甜蜜甜。

村里有不少古民居建筑群，全用整齐的方石砌成，临街有座二层楼房，高大门楼上有纹饰，迎风壁上有个硕大的"忠"字，我想应是"文革"遗迹。据说这座高大气派的房屋主人姓毋，挺有来头，但大门落锁庭院深深早已人去楼空，惟有满院的荒草掩映着岁月的苍凉。

赵兄的亲戚是一位七十多岁的老人，他和全家很热情地招待了我们，拿出熟透的柿子让我们吃。走进屋子才发现石头墙壁足足有80公分厚，主人风趣地说住这样的房子冬暖夏凉，天然空调，恒温住宅。室内整洁，屋顶装有扣板，桌上摆个唱戏机，老人家说孩子们都住在城里，自己觉得山里不错，空气新鲜，平常种点皂刺剪剪收收卖点钱，悠闲自得不愿下山。

三

吃过午饭稍休片刻，我们便向南田园进发。途经通往南田园三岔口的田园中心校，望望拾级而上的台阶和空空的校院，再也听不见朗朗笑语和咿咿呀呀的读书声，心里顿觉一阵失落。脚下的疙了山有点凄凉，弯弯曲曲的梯田还在，只是多数种上了皂刺，便少了一些葱茏。山洼里有绵延数里的白杨林，深秋的黄叶璀璨如金，在蓝天白云的映衬下熠熠生辉。成术老弟说当年为了防止山上水土流失，政府号召种植速生易活的白杨，一晃数年竟成了参天大树，构成了大山深秋极美的一景。这道美景也让我们的心情稍有宽慰。

成良兄遇到了南田园支部书记和老同学，在路边开心聊起了家常，嘘寒问暖之际仍念念不忘重振东山雄风的百年大计，鼓励乡亲们动员社会力量宣传东山开发东山。路边有个中年妇女在剪皂刺，上前询问，她高兴地告诉我们每天剪四五斤，能卖百十元。山里人现代化生活的幸福指数很高，极容易满足。

在张三街就有村民提醒我们应该好好看看山上的绣花楼和鸽子洞，成良兄路上也一再提起，还有声有色描绘那些有趣的大美景点，只是山路陡险灌木太密，开路需要花费人工和时间，不能近距离欣赏，再次给我们留下了遗憾。

途中，看到身着五彩服装的骑行队伍，从远而近驶来，靓男俊女约二三十人，因山道狭窄，我们只好停车礼让，看着渐行渐远的背影，真心钦佩这些年轻人挑战大山的勇气。周末骑行出游到这清新明媚的大山里来洗肺吸氧，不仅放松身心陶冶性情，而且磨练胆识意志，该是多么畅快的睿智之举。

四

穿过白色的盘山道，看过金色的白杨林，小车循山脊前行绕上山头，我们来到了长满奇松翠柏的制高点。"会当凌绝顶，一览众山小"，伫立于蓝天白云下，四周没有嘈杂喧闹，只有鸟鸣山幽，心旷神怡自不必说，单单那份居高临下的快感也让人惬意无限。身边有松柏苍劲，脚下是嶙峋石崖，远眺有层层梯田，还有绵延起伏长城般的山峦，如龙盘旋在山腰的九曲十八弯的山道，巍巍壮观让人震撼。我问赵兄东山有多少个山头，他说大概有一万个，因为前面凸立的山头就叫老万山，赵兄说其中还有典故，妙不可言。

山坡上有一片烧焦的松林，成术老弟告诉我们那是前几年一伙自驾游的在此野炊，不小心引燃大火，数十亩松柏毁于一旦。然后他郑重其事向三位男士宣布一条禁令：今天不下山谁也不准抽烟。

成良兄指着前面的松柏林，再次绘声绘色讲起了无影树的故事，说山顶原有一棵高大的橡树，树在黄河北，影在黄河南，树下有宝，千百年来无数人来此探险。传说归传说，但很多人都说亲自到山上看过，确实不见树影。仔细想想，也许是阴天转多云，也许是大树挺立在山峰之巅。再问，听说大树早已被砍掉了，但小树还在。

五

一路辗转到达南坡村,这里是赵氏兄弟的老家,有几个戴着"护林防火"袖套的群众在路上转悠。村边有很多柿子树,低处的柿子已被摘光,但高处的柿子钩探不着,依然红如灯笼满树盈盈十分喜人,而且还引来成群鸟鹊啄食。成良兄到村里找卡杆准备摘柿子,成术弟已经老练地攀上树顶,不一会就摘了一筐让我们带回去。

途经北田园,赵家兄弟说村里有棵空心老槐树,尽管天色已晚,我们还是想看看真容。到村里才发现这里的古民居更加整齐完美,精雕细琢的石础石柱很多。那棵国槐已是老态龙钟,树干已空,只有树皮还在向茂密的枝叶输送营养。树身上钉的标签排序 JZBA17号,树龄也是 800 年。

从北田园至博晋公路方向返回时已夕阳西下,斜阳映照着山坡绿树,山色天光一片金碧辉煌,如梦如幻,绚丽壮观。此时才觉得秀美东山不仅有独特朴素的风采,更透露出北方汉子的雄浑坦荡。

风光旖旎的东山犹如一位披着薄纱的少女,亟待人们去揭开她的神秘艳姿!也许借助全域旅游的东风,大美东山会以绝妙的风采与老辈人代代传诵的传奇故事重新组合,在这个辉煌的年代庄重定格,吸引更多的城里人莅临观赏!

原载《焦作晚报》2017 年 11 月 22 日副刊

秋游靳家岭

深秋是让人心醉的季节，巍巍太行漫山遍野的红叶次第绽放，青天河靳家岭千沟万壑红橙黄绿五彩缤纷一片斑斓。深秋也是一年中最绚烂的时光，天高云淡，风起秋凉，浓浓的秋韵把大山里的诗情画意渲染到极致。

我与朋友沿靳家岭山脊下面的小路徒步前行，据说这曾是条驴友们行走的钻挂路，两旁黄栌、荆棘茂密，所幸红叶节前夕景区专门派人修剪疯长在路中间的荆条，使得这条路得以畅通。

脚下是长满石缝间蓬松的茅草，身边是密密匝匝由淡至深灌木丛，绿如碧玉、黄的似金、红叶胜火，妩媚多姿流光溢彩，"只言春色能娇物，不道秋霜更媚人"，以此形容绚烂的秋色再贴切不过。遥望远处赤色山峰连绵逶迤，近看山腰红云层层叠叠，对面山路弯弯曲曲时有车辆穿行，远处是绿树掩映中时隐时现的深山古村，恰似一轴至真至美的醉秋图！

越往前走秋色越浓，苍松翠柏郁郁葱葱，曲径通幽处红叶娇艳似火随风摇曳，晚秋的景色分外迷人。过去山里人含辛茹苦辛勤劳作，农闲时跑山打柴背麻秸条换取零花钱，山上的植被常年被毁，秋色躲躲藏藏总也红不透大山。而今退耕还林落实保护山林举措，让大山得以休生养息，那山色才越来越红。

回头看看我们走过来的地方，山峰突兀，隽永神奇。再往前行便是一处低洼，既荆棘丛生，又奇石嶙峋，此处除了驴友们很少有人光顾，因此路面上常有碎石，脚下容易打滑。尽管景区曾派人修割，但仍有部分荆棘障碍，大家磕磕绊绊勇敢前行。这一带山韭菜比较多，鲜嫩的野味常诱惑朋友们停下脚步。

当你把大山踏在足下，深吸一口日月精华大自然之灵气，顿觉神清气爽胸襟开阔，积郁心头的烦躁须臾间烟消云散。

此行的终极目标是登靳家岭海拔1300米的顶峰，当地人称为"街岭"。气喘吁吁攀爬上巅峰，鸟瞰丹河高峡平湖的壮美奇观，观赏靳家岭十万亩红叶海的壮阔，远望影影绰绰的巍峨群山，俯瞰脚下巧然天成的深壑幽谷，不禁感慨大自然的鬼斧神工。峡谷对面隆起的峰峦峭壁，或峻险，或秀丽，浑然自成，山崖上红叶团团簇簇错落有致，峡谷中的白杨金黄耀眼，那种五彩斑斓盎然生机，构成了雄浑太行神州的脊梁，顶天立地亘古不息之五千年绝唱，如此绝妙的山体地貌布局，如此立体感的震撼，使久居都市的朋友们惊叹不已！

细看西侧山脚下那条弯弯山道如壁画中的白练，起始笔直，经几次 S 形蜿蜒，从山底盘桓到山顶，载着几辆农用三轮消失在远方。北侧的河谷中山势更美，好像一个放大了的三角形盆景，沟底山势处处如刀劈斧削，演绎着一场白与红交织的大戏。

山脚下一排排白杨犹如站岗的哨兵，金黄色的树叶在阳光映衬下熠熠生辉，漫山遍野处处浸透如火如荼的秋色，而远处的山峦被薄雾笼罩变幻莫测扑朔迷离。几片白云飘来，久久地流动于千峰万壑之间，显得壮美瑰丽，仿佛把我们带入了仙境。

带着胜利者的兴奋与自豪，一行人在峰顶振臂欢呼拍照留影，把欢声笑语定格在美丽靳家岭红叶丛中。

原载《焦作晚报》2019 年 10 月 30 日副刊
同年 11 月 1 日"学习强国河南平台"转载

太行第一槐

时逢周末，与朋友相约到博爱县寨豁山区采风。此行原无目标，车过寨豁乡行至江岭，临时决定拐到江岭看看风电建设基地，沿蜿蜒平坦的水泥路而上，不经意间闯进原背这个幽美静谧的小山村。

在江岭至原背路上，两辆倒腾废旧拖拉机的三轮车挡去了去路。那两人操外地口音，边干活便问我们是否去看古槐古碑。

小车在原背村口小广场停下，想不到偏僻的小村竟也配备了各种各样流行的健身器材。广场边竖着一面指路牌，"太行第一槐"几个大字赫然入目，让大家怦然心动，观赏的心情更加迫切。

原背是江岭村所辖的一个小自然村，地处江岭村西南，层峦叠嶂，青山如黛，是个生态环境古朴优美的原始村落。村里过去曾住有十几户人家100多口人，现多数村民下山或外出务工，除几位留守的老人，平时几乎见不到人影。

阿愚一个人快步前行已不见踪影，我们也顺着路标进村，边走边欣赏山野景致。坡口拐弯处一块酷似睡美人的巨石横卧在路边，青儿靠在石头边喊我拍照，并风趣地说，这奇石若摆到姐的小院，又是一道好风景！

走进小村，有一位老年妇女坐在门口的轮椅上，见我们走来便一字一字嘣着说，"看—老—槐—树，往—前—走"，同行的胡医生肯定地说，"脑梗后遗症，康复得还不错"，心头不禁掠过一丝悲悯之情。道谢后，前行30米拐弯，右侧便是一座三间小庙，庙外有两通碑记，一通是乾隆三十二年建造观音阁碑记，另一通是同治九年碑记，上面有嘉庆十三年补修庙宇的记载，碑文曰"河内县万北二甲古庄原家背旧有三教堂三间"。庙右侧就是高大的古槐。

古槐不是一棵，而是三棵，由北向南一溜儿排列。最北边那棵古槐树龄千年，树干中空一侧开口，主枝不知何年腐朽脱落；中间一棵编号为JZBA0021的树龄600年，长势依然旺盛；南边这棵编号为JZBA022，树龄为1800年，主干空心，四个人合围抱不住。

这棵经历了汉魏唐宋元明清朝代更替的古树枝干遒劲，树身坑坑洼洼鳞状斑驳，深裂的疤痕凝聚了太行山村的历史沧桑。虽经岁月腐蚀只剩半拉表皮，但硕大的树冠仍枝繁叶茂，绽放一片嫩绿，摇曳的光影透过枝叶洒落在地上。

古树的根系偾张突出，像威风的龙髯一面伸向古村民居，一面拥抱梯田山地，护佑着小山村的安宁。对面坡下的洼地种植着核桃、樱桃等果树，一片郁郁葱葱，生机盎然。

一位老婆婆拎着塑料桶去井边打水，看见我们便热情地打招呼，老人精神矍铄气色很好，满脸温和慈祥。问她年龄，她让我们猜测，我们都未猜对。原来老婆婆已经 83 岁了，孩子们都不在身边，家里的农活靠自己干。想不到勤劳淳朴的山里人会有如此健壮的身板。

老人神秘地说：原背村三棵古槐就数眼前这棵"神槐"年龄长，昨天村里人还放鞭炮给"老槐爷"过生日，保佑全村平安！

千年古槐，是活的文物，是活的化石！它亲眼见证了深山古村人口的繁衍与时代变迁！在我们豫西北太行山区的每一个村落，大抵都有一棵辈分极高的古树，如张三街、东矾厂的千年黄楝，西碗窑河的千年青檀，小堂村的千年古槐，但以古槐为多。几乎每棵古树上都挂满红灯笼，树下都供奉神灵，老辈人常常敬畏有加顶礼膜拜，天旱求雨，过年祭祀，遇事遇难求平安。古树就是山村人的轴心，托举着乡亲们的期冀，甚至成了全村人的骄傲，炫耀的谈资！

原背村 1800 年古槐也是博爱县寨豁山区的荣耀。据悉，这是焦作地区和古怀庆府一带树龄最大的古树。江岭村发展全域旅游，专门在路边设立明显标识"太行第一槐"，居当地旅游景点佛爷崟、宋寨洼、马道沟、扳倒井、碓臼坪等自然景观之首。

站在山脊上俯视青山碧树掩映的原背村，三棵高大的古槐与石墙黛瓦的古村相互辉映，恰似一幅充满诗意的山水画……

千年古槐，您是原背村的符号象征，更是寨豁山区全域旅游一张璀璨的名片！

2018 年 5 月 2 日

风光旖旎三渡湾

三渡湾即许良镇丹河峡谷于庄村，距博爱县城十多公里处，是历史上古丹道的一个重要渡口。这个清雅幽静的小山村四周竹树环抱，蜿蜒的丹河水绕村流过。

春暖花开时节，我和朋友驱车探访三渡湾。

置身于三渡湾山坡，举目望山，层峦耸翠，青山如黛；低头看水，清澈见底，锦鳞游泳；河岸百草丰茂，丝绦曼舞；枝头鸟声啾啾，洋洋盈耳；水中竹筏游艇往来穿梭，孩子们在船头打闹嬉戏。远眺对面坡上桃花红、梨花白、菜花黄，与碧绿的麦田相互辉映，构成了一幅姹紫嫣红的山乡画卷。

这里没有世俗的烦恼，没有闹市的喧嚣，只有鸟鸣山幽的空旷。我不忍心错失这美好的时光，小心翼翼迈上竹筏，轻轻划动竹篙，任一汪碧水在脚下缓缓流淌，顿觉神清气爽。

游人大多是携家带口驱车来此游玩，赏花观景、钓鱼消遣、楫桨湖上，抑或漫步坡地，尽情领略独特的山野风情，呼吸大自然的清新，濯洗心灵的疲惫。

河岸的快活林，下游的石河滩是游人野炊的地方，他们自备有锅碗灶具，液化气，烧烤箱。炊烟袅袅升起，缕缕香味扑鼻，摆开餐具，席地而坐，边饱览胜景，边享受鲜香可口的美味佳肴。孩子们或坐在吊床里晃晃悠悠，或追逐打闹，尽情地放牧春天。

步入街道洁净的于庄村，一座座院落依山而建，鳞次栉比错落有致。鹅卵石是山村建筑的主体材料，房屋、院墙、门楼、影壁，还有那条养育了于庄祖祖辈辈的水磨古河道，都用大小不一的卵石砌成，构成这个古村落最壮观的景致，彰显了祖先们的聪明智慧。几座楼房已有200多年历史，院门是朴实无华的木栅栏，村民说这房结实好住，冬暖夏凉。悠久的历史积淀和浓郁的家乡韵味，再现了山村的醇朴与厚重。

村北有一栋精致条石砌成的房屋，挂有"后小队"的牌子，檐柱上雕刻毛泽东诗词"四海翻腾云水怒，五洲震荡风雷激"，清晰的"文革"标记，那是生产队旧址，山民们在火红年代开山凿石精心建造。而村南的"前小队"建筑风格与后小队一致，也是条石砌成，对面就是全国道德模范谢延信电视剧影视拍摄基地，由于长期无人居住，满院荒芜让游人深深咀嚼岁月的苍凉。

山村处处皆美，移步即景。村东的樱桃园、村南的杏树已经挂果，村北梯田的一片桃园鲜花盛开，粉红色的花朵密密匝匝、团团簇簇分外娇艳，脚下黄澄澄的油菜花与绿油油的麦苗相映成趣，装扮着山村美好的春天。

村中一棵550年树龄的古槐高大挺拔，被焦作市林业部门列为一级保护，它虽然没有垂柳的俊秀与飘逸，但铮铮铁干密密枝杈，见证了山村的沧桑巨变。

一位精神矍铄的老婆婆坐在屋顶树墩上晒太阳，我便上前拉起家常，得知老人今年88岁了仍然下地干活，每天料理家人的一日三餐。古槐一样的品质，古槐一样质朴的山里人，仰慕之情油然而生。

风光秀美民风淳朴的于庄村，处处能让人感到大自然的清新，村前村后新栽培的片片竹林已然成活，四季常青，生机盎然，徜徉其间，平添了几分淡雅情趣。阵阵暖风吹来，裹挟着春的气息，花的芳香，游人也醉了。

曲水流觞，是《兰亭序》王羲之群贤们的雅兴；山水之乐，是欧阳子的乐趣；不以物喜，不以己悲，是范仲淹的境界。古之圣贤胸怀大志，仍醉心寄情于山水之间，现代人疲于快节奏的都市生活，能够在节假日抛却喧嚣与烦恼，到大自然寻找一份心灵的旷达，该是何等的愉悦！

原载《焦作晚报》2017 年 5 月 10 日副刊

清秋岭上蜜桃红

还记得两年前被自驾游朋友们捧红的干柴洼吗？满山秋色红叶如霞，遒劲的老柿树上挂满一串串红灯笼。这个属于上岭后行政村的神秘小村庄突然曝光，也闹红了被誉为凤凰岭之尾的上岭后。

河南省焦作市博爱县寨豁乡上岭后村与冬桃基地玄坛庙村毗邻，在全域旅游发展中互为促进、相得益彰。在县、乡政府的大力支持下，其五个自然村上岭后、干柴洼、张背、刘岭、寺湾，村村种有冬桃。如果你错过了春天姹紫嫣红、漫山遍野的桃花，现在千万别再错过红嘟嘟的冬桃，看一眼，留个影，拍抖音或者发微信朋友圈，也许是人生中最浪漫的风景。

再次应朋友之邀，驱车登上凤凰岭。行驶在玄坛庙通往上岭后弯弯的山道上，路两侧草木葱茏、景色迷人，远处是影影绰绰的山峦，近处是十几组雄伟挺拔的"大风车"。虽时至初秋，但岭上仍植被茂密，满眼是化不开的浓绿。打开车窗让山风吹进心扉，扑面的凉爽使人陶醉。与朋友们一路谈笑，相约金秋十月再来品赏浓妆妩媚的满山红叶。

凤凰岭是寨豁山区最大的桃花源，虽不见陶令踪迹，但秋桃成熟的季节胜似烂漫春天。平坦的山路在桃林掩映中伸向远方，丰硕的秋果多数还套着袋子密密匝匝压弯了树枝，以致不得不依托一根根"拐杖"支撑。"山村导游"阿愚说，冬桃生长的周期长，国庆节前后才会成熟。

上岭后村党支部书记苏麦贵早已在路边等候。寒暄之后，苏书记带我们一行来到该村种植大户毋毛孩家的桃园。毋毛孩种了5亩冬桃和秋桃，果园位于上岭后村通往青天河挂壁公路的路口。继续前行就能看到穿梭于太行绝壁的车流，欣赏被誉为南太行三条挂壁公路之一的雄壮奇观。

桃园里洋溢着果香，硕大的桃子一个七八两重，或粉嫩或黄白，格外养眼，品种是永莲蜜桃。桃园的主人掂来清水洗了几个鲜红的桃子让我们品尝。那是熟透了的永莲蜜桃，咬一口酥软甘甜。毋毛孩是村里最大的种植户，500多棵桃树今年正值盛果期，桃子既大又水嫩。毋毛孩的母亲说，她家桃子还有初冬上市的中秋王、映霜红，要等到中秋节后才能采摘。现在成熟的都是早熟品种。

苏书记介绍说：种桃不容易，管理更费事。由于今年天气大旱，为了给桃树浇水，把村里560米扬程的大水泵都使坏了，现在还没修好，多亏8月初下了几场雨，桃子才长得这么喜人，要不然今年就白忙活了。

毋毛孩一家5口人，他母亲和媳妇刘满女平时管理果园，两个孩子尚小，农闲时他还要帮人开车挣钱养活全家。毋毛孩的母亲说桃园里一年四季忙，冬天冒着寒风在果园剪枝、施肥，春天还要疏花、疏果，夏天顶着烈日给桃子套袋。她患有脊椎病，因为给桃子套袋累病卧床多天。毋毛孩妈的话让我们心里发酸，感觉果农确实不容易。

一棵小树上挂满鲜红艳丽的大桃子，长长的桃枝拖到了地上。

走出桃园，站在岭上极目远眺，峰峦叠翠，连绵起伏，脚下沟壑里一弯弯果园郁郁葱葱。尽管今年天旱，但还有部分大块田的谷子和玉米成熟在即，一派生机盎然的景象。苏书记说，山区群众辛辛苦苦干一年，就盼望秋季有个好收成，不容易啊！

离开上岭后时，苏书记再三恳求我们为贫困户的桃园作宣传，趁着双休日，让更多的城里人前来观景采摘桃子。而我此刻想到的是，不管你买不买桃子，那成熟的绚丽美景真值得观赏。在巍峨绵延的太行深山欣赏熟透了的蜜桃，与平地桃园绝不是一个味道，而是一种立体感的震撼！

原载《焦作晚报》2019年8月28日副刊
2019年8月29日"学习强国河南平台"刊发

方山秋色

时值霜降，秋意正浓，微风不燥，阳光甚好，我们电大老同学一行 8 人相约同游国家第五批传统古村落方山村，探胜龟灵寺，观赏太行红叶。

小车沿宽畅的博晋路上山，穿过丹河电厂旧址、杨庄河、丹河峡谷，直奔风景如画的方山村。路途不算太远，地形亦不陌生，满山黄栌、红椿经过一周的过渡，颜色已经由浅入深，渐次红透了大山，瑟瑟西风蔓延千山万壑，一场五彩斑斓的红叶大戏正如火如荼在大山里上演。此时的太行山正值一年中最富有诗意的时光。位于丹河峡谷风景区的方山村更是迷人，松柏苍翠、杨柳金黄、黄栌流丹、山崖雪白、柿子火红、麦田碧绿，美丽的景色令人陶醉！

钟灵毓秀的方山村据说有 1000 多年历史。史载当年杨六郎延昭曾奉命驻守天井关一带，方山是丹道的险要兵塞，杨延昭不仅在此屯兵练兵，而且相传死后安葬于此，丹河西岸九渡游览景点宋寨对面的山上还有杨延昭墓，现为沁阳市文物保护单位。

方山有古战场和古校场遗址，距离不远的山西省泽州县晋庙铺天井关附近还有焦赞城、孟良寨、穆家寨。而高耸入云的宋寨更为神奇，沁阳文史资料讲，这里曾经被著名怀商寨卜昌王泰顺家买断，作为王家的避暑胜地。而这一系列文物景点的核心位置就是方山。

方山村地理位置非常特殊，是一个四面环山的袖珍盆地，山清水秀风光旖旎，周围山峰状如莲花，丹水从中间穿过，黄土层厚达数十米，很少有风雨自然灾害，因为能够引丹水浇灌，小麦、谷子、玉米等庄稼收成很好。村边种满了樱桃、核桃、柿子等各种果树，五谷丰登，气候宜人，因此方山人都非常自恋，逢人聊起方山总是洋洋自得。

盆地中心有一个顶部平坦的石头山，整齐的民居沿盆地东、西、南面的山脚建筑，民居的背后是层层梯田。西北是丹河，石头山好像一只乌龟，头部深入河谷，因此方山人称之为"金龟探水"，谓之吉兆。龟山上原有规模宏大的龙门寺，据传为唐宋古寺庙，清乾隆五十四年《怀庆府志》和道光五年《河内县志》均有记载。可惜该庙抗战期间毁于战火。

方山人前几年在社会各界的支持下，集资捐款在龙门寺旧址上重新修建了龟灵寺，内设天王殿、大雄宝殿等，金碧辉煌，规模浩繁，内有一通乾隆年老碑记，记载了龙门寺的历史。曾有名人赋诗云："钟灵毓秀方山村，山清水韵释道深，天地造化生灵气，峰峦叠嶂景自新。"

清乾隆五十四年《怀庆府志》云："方山，在府城北四十里，四面峰峦突兀，丹水绕其北，土田平阔，颇为腴美。"站在山村环顾四周，东有凤凰展翅，西有栲栳隽秀，南有蛇山蜿蜒，北有金龟探水，大美方山果然名不虚传。拜谒龟灵寺是此行的主要目标，我们几个人谈笑风生，沿168级青石台阶拾级而上，一边欣赏美景一边拍照留影，把欢声笑语留在了方山美景之中，以至于忘记了这里是佛教禅院，惊扰了修行的僧尼。

站在龟山顶龟灵寺极目远眺，远山近景尽收眼底：山下一排排民居楼房整整齐齐，一片片青松翠柏郁郁葱葱，一层层绿色的梯田平平展展，一簇簇红叶流丹风风火火，一株株高大的柿子树上挂满了密密匝匝的"红灯笼"，犹如一轴美妙的山水画卷。

丹河水在这里一年四季淙淙流淌，波光粼粼缓缓南去，河道里有鸭鹅畅游，对岸的牛笼嘴村还有十来盘属于方山的水磨，主要加工香末，至今仍日夜运转。清清的引丹渠水灌溉了方山的红土地，养育了勤劳的方山人，如今虽然许多人家因孩子入学而暂时进城，但仍然经常回来建设方山。

我们一行人游览龟灵寺后前往方山雪桃园，欣赏西西庄村女书记杨良承包的40多亩冬桃园。这是寨豁山区单户经营规模最大的桃园。鲜艳硕大的"映霜红""红粉佳人"粉嘟嘟垂挂满树，有的刚刚开袋着色，忍不住摘个尝尝，脆甜脆甜。来园里采摘、品尝、留影的游人络绎不绝。歌唱家贺海成按捺不住激情再一次引吭高歌《在那桃花盛开的地方》，悠扬的歌声久久回荡在方山上空。

2018 年 10 月 18 日

寻春桃花岭

又是一个春光明媚的周末，好友昔日女兵一大早就打来电话，说要带我上山赏桃花，我正犹豫该如何回答，电话那头传来命令"这是咱两年前的约定，姐可不能失约"，然后是一阵咯咯的笑声。小妹一席话提醒了我，记得前年初秋岭上蜜桃成熟季节，玄坛庙、上岭后两个村的书记邀我们采访报道贫困户的果园，为山村蜜桃推介代言，那次约了昔日女兵、淘气王子夫妇一同前往。太行山区土壤肥沃气候适宜，加上管理得当，鲜红的蜜桃，一个足有一斤多重，确实非常喜人。临走时玄坛庙路彩云、上岭后刘满妞等果农约我们春天来看桃花，说岭上一带数千亩桃园，春暖花开时漫山遍野一片花海，游人如织。当时我和昔日女兵击掌为约，春天一起上山赏桃花。就是那次，我的散文《清秋岭上蜜桃红》在《焦作晚报》副刊发表，并入选"学习强国河南平台"。郑州一家超市看到文章后立即赶来，一次购买700余箱蜜桃，解除了山区果农的后顾之忧，为此村支书多次相邀前往。去年春季因全民防控疫情而未能如愿。

今年小妹真的不想错过花季，得知我担心腿伤犹疑时，便热心宽慰我"姐别愁，有我呢！"临上车前，爱人毫不吝啬地拿出他在古玩市场上淘来的"降龙木"拐杖让我享用。

两辆车沿山口一路向北，置身于博晋路的车流中，路两边团团簇簇盛开的樱花飞速掠过，绿茵茵的草坪与竞相绽放的一片片红、黄、白、紫色的小花互相映衬，一排排红椿绿树和不知名的灌木丛在春风中摇曳生姿，这是沿途最美的风景。

车过玄坦庙，我们沿弯曲的山路徐徐西行。清明过后的大山绿意葱茏，一片生机盎然，桃红梨白、青松翠柏点缀其间，分外妖娆，犹如一幅五彩斑斓的立体画屏。这一刻我尘封已久的心豁然开朗，一颗终日惆怅飘荡无依的灵魂有了皈依。

路边一株漆桃树孤傲地立在悬崖边，娇艳的桃花灼灼如云，灿若一抹嫣红的晚霞，昔日女兵迫不及待地喊大家观赏拍照。探头看看崖下险峻的山沟，令人心惊胆颤。前面山坳有一块开阔地，几株桃树开满粉嫩的花朵密密匝匝，同行的几位美女再次留下倩影，记录下春天斑斓的瞬间。

不远处田塄上有几棵高大的梨树，树冠参天，一树繁花洁白素雅，如飞瀑，似白雪，树下是碧绿的麦田，如此美景岂能错过？一行人早已心花怒放，沿着酥软的田埂走向梨树留影。梨花带来了恬恬的清香，田边盛开的野花更玲珑可爱，站在花香与青草香的地方，清风在耳，鸟鸣啾啾，阳光和煦，花香盈袖。张开双臂揽一片绿油油的麦田之神韵，掬一捧洁白的梨花之情趣，色彩纷呈的自然美景绚烂着一个个顾盼生辉的笑脸，醉成一首静谧悠远的田园诗。

清明过后万物葳蕤，青山如黛峰峦叠翠。置身岭上最高处极目远眺，层层梯田郁郁葱葱，绿色麦苗似玉带，红色桃林如音符，待播的谷地像彩绸，在明媚的春光里跳跃成浪漫四月的美妙乐章。梯田上面是美丽的艾蒿坪自然村，一座座新房白墙红瓦坐落在桃花松柏丛中，四周桃红梨白交相辉映，影影绰绰犹如人间仙境。此情此景不禁让我浮想联翩，想必这里的村民一定幸福指数很高，否则不会把高山梯田打造得如此靓丽壮观。

归来途中，一行人途经种植大户路彩云的桃园、梨园拍摄美景。时值周末，慕名来观赏桃花的各地游人不少，有携老人、带孩子的，也有情侣同游的，更有带着长枪短炮装备的专业摄影家。桃园最密集的魏稍村边竟停了十多辆小汽车。老朋友路彩云的冬桃品质优良口感蜜甜，在当地颇有名气。她一边带我们进园拍照，一边两手不闲摘花疏果。朗诵爱好者琚绍林观赏着满园桃花触景生情，高歌一曲《我爱桃花我爱家》，嘹亮的歌声回荡在花海。昔日女兵夫妇得知桃园边的野蒜是不可多得乡间美味，便兴冲冲采了一包。

最美人间四月天，这个周末走了一程山路与桃花相约，总算了却一桩心愿。非常庆幸有良师相陪、益友相伴，多亏了昔日女兵小妹不离左右的搀扶与悉心照顾。此行一睹山野之清新，桃花之绚丽，当属人生之快事！

原载《焦作广播电视报》2021年4月30日

山里的红樱桃

又是樱桃成熟时节，迎着初夏凉爽的晨风，我们来到美丽的东仲水村。

小村不大，四面环山，绿植繁茂，空气清新，土地肥沃，坡上坡下山腰沟壑，梯田成行果树成林，一年四季景美如画。更具特色的是此处的土壤富含人体所需的微量元素硒，这是经省农科院专家检测得出的结论。由于山区昼夜温差大，果品糖分高，东仲水村的富硒苹果、富硒樱桃远近闻名，享誉中原。郑州、新乡、焦作、温县等地的客商与游人常来光顾。

樱桃是寨豁山区的地域品牌，也是太行山每年率先成熟的山果，富含蛋白质、脂肪、果胶、维生素 B₁、维生素 B₂ 和钾、钙、磷、锌。因这樱桃是一年中最早上市，故称"太行第一果"。

东仲水村的棉花堂、诚信是我们的好友，淳朴善良、厚道实诚，每至春暖花开和瓜果成熟季节，总是热情而执拗地呼朋唤友，相邀我们前去欣赏满坡的馨香，品尝瓜果的甘甜。而我们也乐此不疲一趟趟往返，尽情地浏览太行芳颜，与他们一起畅叙友情，分享收获的喜悦。

然而因为疫情，因为眼疾与腿伤，曾许诺走走东仲水大峡谷、领略山沟幽美风光的夙愿也成了泡影。随着伤势的日渐好转，今天，终于如愿地来到梦寐以求的老地方，阳光灿烂，青山妩媚，老友如故，一切美好如初。

一行人欣然行至好友棉花堂的樱桃园，殷红的、鲜红的、金黄的、红黄相间的大樱桃好似红珍珠红玛瑙，晶莹剔透鲜美欲滴，密密匝匝地缀满枝头，或羞答答藏匿于绿叶之间。棉花堂的爱人葛小明告诉我们，他家的樱桃品种有早大果、大红灯、拉宾斯雷尼等品种，口味各不相同，头茬成熟的是早大果，个大肉多汁甜，晚熟品种还得半月之后。顺手来上几颗尝尝，果然如此，丝丝甘甜缕缕芳香，浓蜜的果汁顷刻间在唇齿间流淌。

阳光柔柔地映照，清风徐徐地吹拂，在这静默的果园里，采摘着娇美甘醇红艳艳的樱桃，真有一种沉醉的感觉。挎着摘满红彤彤樱桃的小花篮，身着红衣衫，我在蓬勃的樱桃园绿荫红果中留下了一幅幅采摘樱桃的画面。

　　棉花堂接了个电话，说有位老客户想购买20箱樱桃，让明天清早送到3公里外的博晋路旁。深知山里人种植樱桃的不易，从冬到春施肥剪枝，支架拉网防鸟啄食，还要防治虫害，耗费大量精力与资金，加之棉花堂的早熟樱桃品质又好。于是我们建议按路边摆地摊的价格每斤18元收费。棉花堂想了想还是坚持给对方报价15元，她微笑着对我们说，多年的老顾客了，咱山里人不能不讲诚信，虽然利小了，但销路保住了，总比卖不出去烂在树上强。她爱人葛小明心有不悦，说这下咱的确是卖亏了！

　　从樱桃园出来，我们又走访了老朋友诚信的苹果园，诚信老两口正在园中疏果，枣子般大小的青果满园都是，看着就觉得可惜。诚信说疏果就得下手狠点，不然苹果个不大，口感也不好，影响收成。想想也是，诚信是东仲水苹果种植大户，也是当地经验丰富、管理过硬、乐于助人的果树技术员，他种植的烟富6号、红粉佳人、富士、锦绣红、华硕等苹果口感极好，每逢果期，客户纷至沓来络绎不绝。

　　恋恋不舍驱车远离，一份浓郁的山野之情油然而生。路遇六七辆小车向东仲水村方向驶来，想必也是来采摘富硒樱桃的，但愿山里人的樱桃都能早日售罄，愿大山里群众的生活如同这满坡的樱桃，红红火火幸福美满！

原载《焦作晚报》2021 年 5 月 21 日副刊

邂逅天悦谷

一程秀丽山水，一次美好邂逅，一段农家故事。

天悦谷不是河流，不是山谷，而是一个山村农家饭店。

在城里待腻了，每逢节假日总想走进大山里放松一下疲惫的心灵。去年深秋的一个周末和朋友去青天河、方山看红叶归来，一不小心闯进这个特色风味的农家店。干煸鲫鱼、河虾韭菜、薤白炒蛋、琉璃红薯、炒土鸡、飘香豆腐、槐花饺子，几道山肴野蔌，时令小菜，远离尘嚣的天然清爽让风尘仆仆的我们齿颊生香，让我与丹水湾这个小店结下不解之缘！

天悦谷农家院坐落于九峰山庙廊坡对面的丹水河畔。小院对面有一排古老的石头房子，那是水磨的库房账房。北面不远处是许湾村百亩花卉苗圃和青青竹林，成片的玉兰花、美人梅、红叶李、海棠，每年春天都会开成姹紫嫣红的花海。

张天悦认定此处有商机，两年前接手改造成农家院饭店，并用自己的名字命名。竹门楼、竹篱笆、竹栅栏、竹草房，清一色的竹艺装饰，古朴、简约而典雅。餐桌也是废弃的磨盘，给人以回归自然的感觉。院北侧池塘中青青的蒲草和芦苇郁郁葱葱，清风拂来碧波映衬着袅袅婷婷的荷花摇曳生辉。院中央有棵枝叶繁茂的大皂角树，浓荫如盖遮天蔽日，主人说这是她供奉的神树，叫皂角奶奶，280年树龄，冬天会掉下满地皂角，很多人专门到此叩拜祈福。小院的西南两侧就是丹河最宽的水域，一年四季碧波荡漾水流不断。河面上五颜六色的游船往来穿梭，鸭鹅成群伴着小船在悠悠漂荡。

张天悦是距许湾一公里外的下伏头村人，她熟悉这里的一草一木。她亲眼目睹过陈道明在这里拍电影《卧薪尝胆》，拍序幕开机那一刻战马奔腾尘土飞扬，踏破了丹河多年的宁静；《豆腐李招亲》是在她家下伏头拍摄，但也来这里取过景。许湾村成为省、市确定的红色教育基地后，天悦谷变得更加热闹非凡。

天悦谷生意虽谈不上火爆，但凭着地道的农家风味和优质的餐饮服务，引来了食客，积攒了人脉。特色农家菜待客是张天悦长期坚持的经营理念，她微利经营，不图赚钱，由此招更多的回头客，为丹水湾聚集了人气和真爱。天悦谷的规矩，晚餐免费供应玉米糁子粥和绿豆凉粉粥，不限量，不收钱。凡外地游客进店，她都要热情推荐拿手的招牌菜，还滔滔不绝介绍博爱山水奇观、名胜古迹、美丽神话传说，什么瞎龙瓮、大里瓮、三渡湾、水打磨，顾客听得津津有味。

风光旖旎的丹水湾的确是块不可多得的风水宝地。炎炎夏日约三五好友于天悦谷农家大院的古树下开怀畅饮，抬眼望山，峰峦叠翠青黛浓郁，低头看水，河面泛舟碧波盈盈，习习凉风拂面使人惬意舒爽。最热闹的莫过于节假日，河岸上排满游人的车辆，游船载着休闲的游人，欢声笑语飘荡在青山绿水间。河中鹅鸭嬉戏水鸟翔集，岸上休闲的人们或静静垂钓，或下棋品茗，或开心野炊。父母们带着孩子逮鱼捉虾，好似一个天然游乐场。

张天悦性格豪爽开朗、乐于奉献，赢得了人们极好的口碑。许湾和下伏头村的支部书记提起张天悦就竖起大拇指夸赞，说她识大体、顾大局、明事理，办了不少好事实事。尚建民说，许湾村搞红色旅游开发，天悦谷功不可没，承担了电影拍摄剧组人员的就餐服务。举办春节联欢会、首届"丹水湾毽球"活动、修缮三王庙，天悦谷不仅捐资出力，而且多次无偿提供服务给予支持。下伏头村书记尚小窝回忆前段下伏头村举办的河南省知名作家"乡风文明丹河行"集体采风活动，说张天悦姐弟跑前忙后操碎了心，还张罗客人吃住花费，都自己掏钱。张天悦对此却轻描淡写："咱是下伏头村民，又在许湾地盘开店，搞旅游开发是两村的大事，别的忙帮不上，掏钱出力义不容辞。"省报有位知名记者曾如此评价："天悦谷经营得不仅是特色美味，更是一种难能可贵的家乡情怀。"

她不仅热心公益事业，更有一副菩萨心肠，见到谁困难就想伸手拉一把。下伏头村小学唯一的学生武莎莎从小失去母爱，她经常嘘寒问暖，多次为孩子送去自己亲手做的炖土鸡、水饺和花卷、馒头。

鲜为人知的是，天悦谷农家菜的野味食材，都是张天悦亲手采摘。每年春天，她都会骑着摩托车在山里转，捋槐花、榆钱，钩香椿、木兰芽，挖薤白、荠荠菜、蒲公英、灰灰菜、山韭菜，去丹河捞鱼虾。她在大院边上种了南瓜、红薯、芝麻、花椒，那些南瓜花、红薯叶、芝麻叶、花椒叶都成为她做菜的首选。她知道城里人爱吃这些纯绿色无公害的鲜香野味，因此特别上心，就连做馒头、花卷用的面，也是用山区的小麦自己加工。她亲手酿制的山楂酒也备受顾客青睐。

据悉，河南电视台《香香美食》栏目摄制组也曾慕名采访天悦谷，对她的经营方式、烹调美味赞不绝口。可惜天悦谷农家院在2021年7月的丹河山洪中损毁，现已易主经营。

原载《焦作晚报》2018年9月28日副刊

家乡的路

近年来，博爱县加强城乡道路建设，城市面貌发生了日新月异的变化。纵观县城七纵七横贯通东西南北的路网，恰似一曲曲奔流不息的音符，昼夜不停弹奏着幸福的乐章。每天晚饭后我都要和爱人沿着和谐路来回散步 5 公里，偶尔也会跟随酷走队伍踏着激进欢快的节奏疾行。

和谐路在博爱县城南一环与二环之间，路面平整宽敞。明亮的灯光下，路两旁到处都有三五成群的人散步聊天、练剑打拳。还有一群舞者在五洲国际商贸城门前五彩缤纷的霓虹灯下聚集，伴着舒缓悠扬的音乐翩翩起舞，或着一袭旗袍款款走模特步，欢愉的氛围中洋溢着安居乐业的喜悦。

徜徉在宽广笔直的马路上，不由想起文化路、发展大道刚修好时的情景。因当时人民公园和湿地公园建设尚未竣工，晚上行人寥寥，于是乎就有人戏谑地说政府是"为路安个灯，为灯修条路"。然而时隔两年这里的景况却大不相同，碧草青青，绿树鸟鸣，车来人往，川流不息。更有玉祥路碧桃芬芳，郊城路香槐灿烂，中山路梧桐蔽日，滨河路垂柳婀娜，月山路石榴吐红，优美的环境已今非昔比。晨光熹微，朝霞初绽，数以千计的晨练人流便沿着这几条路跑步健身；夜幕降临，华灯初上，几十个阵容庞大的酷走队打着醒目的队旗在此健步疾走，为小城平添了生机与色彩。如今这几条宽阔大道成了城乡群众早晚运动、休闲、娱乐的主要场所。

在我的印象中，清化镇二十世纪七八十年代不仅街道狭窄，路面坑洼不平，而且垃圾遍地，逢年过节更是熙熙攘攘拥堵不堪。特别是临近县城的马营观、小王庄、小高庄、葛庄，直到二十世纪九十年代车辆还无法通行。

坎坷不平的农村道路承载着乡愁，铭刻在我儿时的记忆中。记得二十世纪七十年代初有年腊月邻居的孩子举行婚礼，恰好遇到阴雨天，村里路面泥泞，女家计较男方没有买雨鞋，引发口角双方大打出手，以至于酿成悲剧。1977年我在工厂里上的三班倒，记得一天早上下起暴雨，正好磨头到泗沟段修路，堆积的土方坍塌遍地泥浆，为了不耽误上班，年迈的母亲和我轮流背着自行车一步一滑跌跌撞撞走过了那一段泥泞。而今是乡乡通、村村通、户户通，一条条坦荡笔直的水泥路延伸到田间地头，雨鞋胶靴再也派不上用场。

曲折蜿蜒的旅游景区道路曾无数次羁绊在我遥远的梦中。1986年春我与几名文友结伴到月山寺游玩，走的是条荆棘丛生的羊肠小道，稍有不慎便剐破了衣裤。昔日的青天河景区道路更是崎岖陡峭行车艰难。如今有了平整宽阔的旅游通道，把云台山与青天河连在一起，自驾游已无障碍。景区沿途绿化带四季常青，西峡步道更让人赏心悦目，靳家岭凌空飞架的玻璃栈道雄伟壮观，缓缓流动的缆车犹如一串串耀眼夺目的珍珠，大美风光给游人带来了无尽情趣与快感。而这一切，皆因有了畅通无阻的道路。

突飞猛进的山区道路建设更是浓墨重彩。四通八达的山区水泥路，是光明之路致富之路，改变了闭塞贫穷落后的状况，把山区和外面的世界紧密连在一起，不仅吸引了天南海北的观光游人，也及时将山区特产、山货源源不断运出。纯绿色无公害大豆、小米、鲜桃、山楂、冬枣、核桃、柿子，现如今成了城里人的抢手货。平整坦荡的山路，给山里人带来了更多的实惠和收益。

徘徊在城区大街小巷，映入眼帘的是路宽、街美，路旁花草盈目，一步一景，背街小巷面貌大变样，出行再无忧虑，购物亦成享受。还有那排排整齐划一的共享单车，俨然成了小城的一道风景，曾经的期待成了如今市民的真切感受。

每当我漫步马路，踯躅街头，感受最深切的莫过于家乡道路的沧桑巨变，感受到社会的进步、时代的发展，感受到生活的美好与充实，进而打心底感谢党中央提出探寻国富民强的"中国梦"之路带来的福祉与实惠！

原载《焦作晚报》2018年4月19日副刊

人杰地灵下伏头

上篇：走出六名博士生的小山村

又是一个周末，与朋友约好再次探访千年古村下伏头。

天空湛蓝，白云悠悠，夏至时节的天气还不算太热，阳光也没有那么酷辣。上午九时许，从武陟赶来的文友孙小枝也来到博爱县城，我们一行五人驱车沿焦克路右转向北，途经九道堰，穿过石佛滩，一路浏览满目葱茏的青山和成方连片盛开的油葵。尽管多次经过丹水河畔的山路，但沿途五彩斑斓如诗如画的田园风光仍让人沉醉迷恋。

我们此行目的是想了解只有一名学生的下伏头村小学。

小车驶进下伏头村委会停车场，热情好客的村支部书记尚小窝和在外地工作赶回来的作家张飞跃早已在此等候。因为是周末，下伏头小学的于老师还在赶来的路上，我们便在村委会与在下伏头小学任教 42 年的退休教师张克瑞闲聊起来。

提起昔日的下伏头学校，67 岁的张老师按捺不住内心的激动，滔滔不绝地讲述着辉煌的校史：二十世纪七十至九十年代，下伏头学校办得有声有色，在博爱县赫赫有名，不仅有小学、初中，还办过高中。那时学校共有 18 名教师，其中公办教师 9 名，学生最多时达到 260 多人。因为教学质量高口碑很好，附近的许湾、于庄、吴窑、郭顶、东庄、方山、东西钒厂、黄岭、张毛光、焦谷堆等十几个山村的学生，都翻山越岭来下伏头学校就读。

82 岁的老书记李秀荣插话说：那时丹河有水，十几盘水磨飞转，下伏头的蚊香厂销路很好，产品供不应求，村办企业红红火火，村里有钱，对学校投入力度也大。张老师兴奋地回忆当年的情景：学校办得好与村干部高度重视、尊师重教、大力支持分不开。那时候学校有食堂，有学生宿舍，教师们晚上都住校，外村的学生也在学校吃住。村领导还专门划拨了几分地供学校种菜，经常送粮食补

137

贴学校食堂，激发了老师们尽心尽责教书育人的教学热情。

早上老师们经常带领学生在环境优美的丹水边晨读，热天也会带领学生们在安全的磨河渠边游泳。学校的总成绩在许良镇中心校区一直是名列前茅，就连山下的许多农村包括博爱县城、沁阳都有人托关系把孩子送来下伏头村上学。

张老师告诉我们，这个小山村经济实力雄厚是学校和学生的福气。为支持村办企业，学校也经常开展勤工俭学活动，组织学生上山砍柴送到村蚊香厂磨香末，培养学生爱家乡、爱劳动的意识，每周一次从不间断，近处山上的柴没了，就到远处山上找。有次教师们去县里开会，他自己亲自带领100多名初高中学生到丹河电厂附近的山头砍柴。那时有许多村的民办教师发不下工资，但下伏头村的教师工资从未拖欠过，这也是教师队伍稳定的基础。

谈到下伏头学校的荣耀，村书记尚小窝和老书记王文明眉飞色舞如数家珍：下伏头山清水秀，人杰地灵，出了不少高才生。张飞跃84岁的老父亲张怀珍是六十年代初期村里第一个考取北京地质学院的大学生。后来从这个学校陆续走出了6个博士生，本村就有3个。

下篇：只有一名学生的学校

下伏头小学在村委西边约200米距离处。校园洁净整齐，地面铺着碧绿的仿真草皮，中间一座漂亮的滑梯，坐北向南的一排教室宽敞明亮。令人不解的是这所小学从两年前开始，就只有一名教师和一名学生。下伏头学校成立于中华人民共和国成立初期，二十世纪七八十年代发展到鼎盛时期，不仅有小学，还有初中、高中，全校师生近300名，生机勃勃，是博爱山区远近闻名令人向往的学校。

随着社会发展，山区经济结构的改变以及人们思想观念的变化，加之教育改革布局调整等原因，多数学生转到城里或外地读书，生源逐年减少。到了2017年，下伏头小学只剩一名老师和一名学生，成为名副其实的微型"独生小学"。

坚守这所小学的老师叫于树起，博爱许良镇于庄村人，学生叫武莎莎，来自山区刘坡村。年复一年，学校的每一天都在于老师洪亮的"开始上课"和武莎莎稚嫩的"老师好"声中开始，日复一日，校园里轮回着单调的节奏。大概没有人相信，于老师每逢周一都要带着唯一的学生升国旗，唱国歌。

尽管只有一个二年级学生，但学校每天严格按中心校的规定上7节课：语文、数学、科学、品德与生活、音乐、美术，六门课从来没有落下过。"一个学生也不能糊弄，一样要认真教，不然良心上过不去"。于老师说自己是一名普通的教师，在下伏头学校整整干了28年。其实，他明明可以争取去环境更好的学校，他有着丰富的教学经验，在担任初三毕业班主任那年总成绩曾获全学区第二名，其间他调任山下的唐村学校工作一年多，后来下伏头小学的尚老师退休后教师空缺，中心校领导征求他的意见，他又欣然回到这里，因为他也是山里人，偏爱山村勤奋求学的孩子，喜欢丹水河畔的静幽。

提及这名学生武莎莎，于老师很动情：莎莎是个可怜的孩子，今年9岁了，家住下伏头丹河对岸的刘坡，母亲在她一岁时离家出走至今没有音讯，父亲常年在外打工，只有奶奶是莎莎唯一的依靠。所以孩子一到学校，于老师就又当爹又当妈，管教书还要管做饭，生活上无微不至。武莎莎的奶奶也来了，看看衣着朴素的祖孙俩，我霎时一阵酸楚涌上心头，怜悯之情油然而生。

于老师不仅认真备课教书，还借助电子教学系统向孩子灌输新的知识，帮她扩大视野，了解外面精彩的世界。课间于老师总是跟孩子一起活动，跳绳、踢毽、跑步，抑或静静地看着莎莎独自快乐地滑滑梯。午饭后，他也经常带莎莎到老屋石墙的古民居和村中的几棵参天古槐树下转悠，或到校园外的梯田边、丹河旁，给小莎莎讲述昔日的丹河风貌，讲述石佛滩摩崖石刻的厚重历史。

于老师对莎莎的关怀胜过孩子的亲人。他家住县城，每周末回家周一返校，来时总要买好两个人一周的米面蔬菜佐料。两年多来每天都精心为莎莎做午饭，肉、蛋、豆腐、蔬菜尽量合理调配，每天中午面条、米饭、鸡蛋汤等不重样。

莎莎每天上学回家都由奶奶接送，偶尔奶奶有事，于老师就用摩托车送，自己再返回学校。于老师说莎莎从小失去了母爱，生活在阴影中，孩子大了有自己的苦楚，为此于老师一直把莎莎当作小女儿对待，尽量在学习和生活中照顾她，使孩子享受到关爱和温暖。

很难预测寂寞的下伏头小学会不会湮没在时光里。于老师说，到秋季莎莎升三年级就要去许良中心校就读了，不清楚下学期是否还有生源，自己准备到附近山区各村摸底调查，心中也好有个数。多年来他面对的多数是山区困境家庭的留守儿童，为了孩子们能够就近入学，自己甘愿默默坚守下伏头这块乡风淳朴的教育阵地，有秀美的风光与淳朴善良情同手足的村民作陪，他非但不感到寂寞和孤独，而且很满意，很知足！

离开时回头望了望下伏头小学，我的眼睛有些湿润：有谁还记得，这就是6位博士曾经就读过的母校？

好在有这些鲜活的记忆，下伏头村这所学校也许永远不会被人们忘记！

原载《焦作晚报》2019 年 7 月 3 日副刊

第五辑

抒写闲情

品读春天

惊蛰过后，便是春意萌动，万物复苏的时节。

古人谓惊蛰三候："一候桃始华，二候仓庚（黄鹂）鸣，三候鹰化为鸠。"惊蛰三候所代表的花信为："一候桃花，二候杏花，三候蔷薇。"惊蛰后大地回春，蛰虫惊醒，天气转暖，渐有春雷。古人云"惊蛰闻雷米如泥""春分有雨病人稀"，意为惊蛰当日有雷，必定五谷丰登；春分之日下雨，便会少生疾病。中国古代的二十四节气文化充满了智慧。

惊蛰轻轻叩开了仲春的门扉，迎接桃杏李花次第开放，一派生机盎然、姹紫嫣红的大美春色即将轰轰烈烈登场，蛰伏了一冬的昆虫也欣然蠢蠢欲动，勤劳的农人即将甩开膀子耕耘新一轮的希望。

沐浴着周末和煦的暖阳，穿过繁华的街市走向公园，欣喜地看到在严寒与雾霾中蜗居一冬的人们，纷纷携着家人孩子，带上风筝、毽子、羽毛球、乒乓球、地书笔，走进大自然，在人气聚集的超级游乐场里任性地撒欢，尽情放牧春天。

偌大的公园游人如潮，笑语欢声萦绕其间。健身娱乐休闲的人们或唱歌跳舞，或打拳练剑，或踢花毽打羽毛球，或走秀练台步，或低头悉心练字，喜悦的脸上写满了幸福。

西面的景观池浅水如镜，倒映着蓝天绿树，孩子们划着色彩斑斓的橡皮船泛舟水面，像一幅精美的油彩画，五彩缤纷里嵌满童真。池边的游乐场里更是热闹非凡，各式各样的彩车、摇摇车、滑梯、淘气堡等设施齐全，休眠了一冬的孩童在这硕大的画布上无拘无束，忘情地嬉戏，不时荡出阵阵惬意的欢笑。

公园通道两边摆满了琳琅满目的玩具、风筝、图书与工艺品，各种小吃应有尽有，牵动着儿童们期待的目光；广场中心舞动着一只只五颜六色的风筝，长长的丝线拽着孩子们的梦想；精巧多样的童车在人群中穿梭，放逐着顽皮孩子委屈一周的野性。人们用不同的方式，共同创作万人同乐的春韵图。

公园东北侧是踢毽人的天地，好客的运动健将请来了一批焦作、温县、沁阳等周边市县的老朋友，主宾们围成十几个小群交流技艺，一时间龙腾虎跃玉蝶翻飞，构成了广场上壮观的一景。

沿滨河路缓缓前行，路边有户人家门前金灿灿的一树腊梅花余香尚存，而低处黄澄澄的迎春花已傲然怒放，花池里的几株芍药刚刚绽出新芽，出墙的海棠又悄然吐红。不禁猜测，这家主人定是有情怀之人。

多情最是河边柳。漫步城东滨河路，宽阔的路边两行垂柳枝条随风摇曳，春风已唤出淡淡的鹅黄。树上有鸟雀唧啾鸣唱，洋洋盈耳，处处氤氲着万紫千红春色满园的讯息。

滨河水清澈见底，一道道拦水坝横亘两岸间，水声潺潺浪花飞溅，如珠帘倒挂，又似飞瀑泻玉，绚丽奇特的景致，吸引人们驻足观赏。

春光潋滟晴方好，正是野菜鲜香时。踏青赏景之余还有期盼已久的春天味道，田埂上、河岸旁、小路边，到处都有提着小篮挖野菜的人，荠菜、茵陈、曲曲芽、蒲公英，如今成了餐桌上诱人的一道舌尖美味。春风带来万物复苏，让人怦然心动迫不及待地品味春天。

原载《焦作晚报》2019 年 4 月 24 日副刊

阳春三月

阳春三月是人们最向往的时节，暖风卷走了料峭的春寒，吹绿了满目的葱茏。杏花粉、桃花红、菜花黄、梨花白，一簇簇殷红窦绿粉墨登场，次第开放，不经意间扮靓了春光，在大地上铺开了一幅幅姹紫嫣红五彩斑斓的山水画卷。

"吹面不寒杨柳风"。三月的原野碧绿一片，草熏风暖，蜂蝶飞舞，鸟鹊啁啾，燕语呢喃，到处是生机勃勃春意盎然。总喜欢在清晨迎着初升的暖阳漫步于乡间小路，拥一缕清风入怀，剪一段时光相牵，枝头的鸟啼似音符，原野的麦垄如诗行，用脚步品读流年的岁月，用记忆深闻泥土芳香，顿觉神清气爽。

三月的风轻轻淡淡，挽着柳丝曼舞，携着花儿欢唱。徜徉在凉爽的晨风里，连呼吸都包含着融融春意。偶有三两棵杏树在路旁孤傲绽放，微风拂来，轻嗅花香，仿若回到童真的岁月，思绪便在田垄上流淌。那时每年春暖花开时节，总喜欢与小伙伴们踏青赏花，嬉戏于山野桃林，穿梭于河边的果园。折几枝柳条编成花环，摘几朵桃花插于发间，留恋于缤纷的花海乐不思归，尽情地在绿野上放牧梦想。

三月的雨总是轻柔无声悄悄而来，如针如线丝丝缕缕，如烟如雾扑朔迷离，带着几分清爽几分柔情，滋润着世间的生灵。嫩草挂满水珠，鲜花缀满清纯，编织一串串春天的韵律。那飘飘洒洒的蒙蒙细雨，像极了母亲温润的手在轻轻抚摸孩提时的脸颊，须臾间便有一种亲切的陶醉。

三月的雪更是奇丽壮观，风情万种。春分时节在靳家岭景区邂逅了百年一遇的瑞雪，满山簇簇粉红色的桃花在漫天飞舞的雪花映衬下分外妖娆，花映雪，雪掩花，把春天浸染得晶莹剔透。沟沟坎坎瞬间变成"童话世界"，赏花的游人为之倾倒，纷纷拍照与朋友家人分享罕见的醉美景致。

三月明媚的阳光，向大地播撒溶溶春色，万般柔情。杨柳依依，桃花灼灼，沐浴在春风里，无论视觉、感觉，抑或整个身心每个毛孔都舒展着幸福。惬意中便有了一份超然的心境，什么物欲的躁动，取舍的烦忧，追逐的劳累，一切的一切都在柔媚的三月烟消云散。

"一年之计在于春"，有志向的人绝不会辜负时光辜负三月，春光将唱响新的序曲，点燃激情，开始打造新一轮希望与憧憬！

原载《焦作晚报》2018 年 3 月 18 日副刊

山野杏花俏

春寒料峭的周末，我和朋友一行五人相约登山踏青。

早春的山野依旧寒凉清瘦，空旷寂寥，尽管春的步履蹒跚暖阳踌躇，但脚下已然嫩草发芽，浅浅春色浸染着一抹鹅黄。

岭上的梯田错落有致，油菜花初绽，黄灿灿点缀着远处碧绿的麦田，映衬着山坡上淡粉色杏花，鸟儿在枝头欢唱，蜜蜂在花间飞舞。我们伫立在粗犷的山野中，心里那种恬适感油然而生。"萋萋麦陇杏花风，好是行春野望中"，此情此景与唐人诗句的描绘再贴切不过。

"二月杏花独洒娇"。经过一夜潇潇细雨的滋养，远方山坳边几棵杏树已是满树芬芳，怒放的花朵似新娘粉白的纱裙，远眺簇簇拥拥如雪似玉热闹非凡。近看杏枝婆娑舞姿翩翩，粉嫩的花瓣、金色的花蕊在寒风中摇曳生辉，似乎在低吟浅唱"沾衣欲湿杏花雨，吹面不寒杨柳风"。

杏花、春雨、春风、落英相约牵手渲染着春的生机与活力，组成了一幅绚丽多彩的迎春图。

鲜妍妩媚的杏花是越过寒冬的报春使者，她支撑着坚定的信念，伫立在料峭寒风中，让人们感知春意的韵味，期待着暖风轻拂吹开的百花齐放五彩缤纷，这是令人无限钦佩的品格。

纯洁的杏花美丽可爱，无论远观近视俯看遥望，都是那样赏心悦目，争奇斗艳，尽占春风。

忍不住来一口久盼的深呼吸，品酌杏花带来的淡雅清香，我们的心儿就醉了！

2019 年 2 月 23 日

春 雨

午夜，刚刚入眠便被窗外淅淅沥沥的雨声惊扰，睡意顿消。

本该是春雨绵绵的季节却久未落雨，一直渴盼着等待着，从惊蛰到春分，从清明到谷雨。正如人生中有些不期而遇的美好，总在你淡忘即将失去希冀时悄然而至。许是久违了的缘故，对窗外温婉细腻的雨声竟然有了几分笃爱，但愿这场雨能下个酣畅淋漓。朦胧中感觉有股淡淡的芳香从窗外袭来，爽爽的甜甜的，细品方知是院中盛开着的木香花味道。

极喜欢春天的雨，她不仅润泽万物，更有优雅的情韵。犹如舒缓的琴声，又似柔柔的祝福，带着对大地的深情与眷恋，不徐不疾悠悠缓缓飘落于春风之怀。或铺成漫山遍野绿意葱茏，或浸润满园姹紫嫣红，让人间充满诗情画意。

独倚床头，静静地聆听窗外雨搭上滴滴答答的敲击声，时而激越高亢，时而窃窃私语，时而低吟浅唱。那节奏那韵律明快和谐，充溢着立体层次美，不啻为抑扬顿挫的平仄诗行，娓娓细说着人间的喜乐哀怨！

春雨滴答如泣如诉，撩拨着我的心弦，禁不住披衣而起伫立窗前，凝视着屋外灯光下如烟如雾、如丝如缕的雨线，感觉到梦幻般的空灵迷离。漆黑的夜除了雨声一切都是虚无，唯有小院树下被细雨打落的片片洁白花瓣。

推开房门走进雨中，任凉凉的雨滴打在脸上，便有了一种爽爽的惬意。望着伴自己走过四季的小院，看着遍地缤纷落英，难免有点怅然若失。退休后悉心打理小院里的树木花草，一枝一叶总关情。转念又想月缺花残亦是常事，发芽是希望，开花是喜悦，花落亦是轮回，看淡欢喜与挂碍，心中方可溢满馨香！

细细柔柔的春雨不时溅起心中的涟漪。慢慢地咀嚼岁月的艰辛，纷繁的思绪仿佛被雨声牵拽着，时而短暂，时而绵长，时而悠远，时而深沉……一种潮湿的情愫沉甸甸地袭来，在这静谧的夜里！

似水流年沉淀了生活流淌的冷清，磨光了生命的棱角，更带走了昔日的自信与志向，留下的是衰老与彷徨。人到花甲之年皆有夕阳残照之感，暮气沉沉也许是一种大觉，才会有纠结、困惑与感伤。翻着一页页的生活经历，寻思、回味过往的点滴，虽有几分成功的欢乐与欣喜，也不乏诸多烦恼惆怅与失意。

所幸有"郊城漫笔""怀川夜语"两个公众号可供安放灵魂，有一些文友相知相伴。闲来听书阅读，携友上山下乡，抑或游走玩乐，归来提笔撰文，无形中为平淡的生活增添了一抹色彩些许奢想。此时也会无端遐想：假若时光倒流，是不是要换个活法？

岁月如梭似箭，心态慢慢趋于淡然。在不为俗世所染，不为世事所惊的意境中，亦能从容平静，笑看庭前花开花落，漫随天空云卷云舒，不经意中学会了理智与克制，学会了冷静、释然、宽容与谦让，难道这不也是一种超脱？夜阑人静之时，会在属于自己的生活空间里，读书思考中乐享宁静和温馨。或静心抒写生活的感悟与闲情，让灵感自由挥洒，激活心灵释放情感；或听听歌曲赏赏音乐，让悠扬舒缓的旋律荡去所有的不快和烦恼。

春雨绵绵，思绪悠悠。这滋润天地万物的午夜喜雨，也让芸芸众生的俗念得到洗涤、净化与升华！

今夜，有雨入梦！

原载《焦作晚报》2019年3月11日副刊

记忆中，那一抹金黄

又到了油菜花盛开的季节，欣然约几位好友前往市郊观赏油菜花。车至焦作，远远望见晴空下那片绚烂的花海伴着麦田的碧浪随风起伏，那黄澄澄的油菜花在蓝天白云的映衬下，显得格外壮观迷人。近观，那一束束金黄的菜花在微风中摇曳生姿，清香四溢，引得群蜂飞舞。置身花海，呼吸着沁人心脾的花香，烦躁的心趋于宁静，疲惫的肢体顿觉舒展，少年时代的一幕幕往事倏然涌上心头。

太行山脚下沁河之滨的五龙口镇河头村是我的第二故乡。因为当时父亲在济源银行工作，7岁的我便随母亲迁到那个依山傍水的小村庄。那时我上小学二年级，正值无忧无虑的年龄。放学之后，我和小伙伴们便三五成群，挎着柳条编的小篮子到地里挖野菜，割青草。野菜是弥补口粮不足的必需品，青草则送到生产队喂牛。二十世纪六十年代初的农村虽然贫困，但民风淳朴环境优美，蓝天大地是孩子们天然的游乐场。最令人难忘的是三月春风吹开一垄垄、一簇簇、一片片的油菜花，小河旁、山坡上到处都是金灿灿的花海，这是春天的馈赠，而我们最喜欢的就是在油菜花丛中唱歌、嬉戏、追逐、捉迷藏、扑蝴蝶。

有一次，我们5个小姑娘用绿色的柳枝和黄澄澄的油菜花编成花环戴在头上，十分得意地在街上游来逛去，炫耀我们的杰作。恰好被妇女队长看到，呵斥着把我们带到大队部，又把我们的家长叫去严厉批评教育。从那之后我才知道农民种地不容易，不能随便毁坏庄稼，油菜花再好看也不能随意采摘。

油菜花很常见，她没有漂亮的名字，也不似海棠、牡丹、君子兰那般富贵娇艳、姹紫嫣红，但在我的心目中却至高无上。因为她色彩尊贵而不华丽，热闹而不喧哗，绚烂而不矫情，热烈而不妖艳。每年春天她总是早早如约而至，以其斑斓绚丽装扮着希望的原野，以其清新芳香提振人们的信心，哪怕是一瞥一念的期遇，也会让人沉醉不已。更重要的是油菜的内涵与实用价值，油菜的全身都是宝，油菜籽榨的油营养丰富美味可口，是农家一年四季的食用油，而油渣则用来喂猪喂鸡，油菜秆能烧火做饭，草木灰还可以上地肥田，这才是农家真正的希冀。

　　徜徉于黄澄澄的油菜花中，我再一次感受到那奔放、热烈的田园情怀。我爱淳朴自然的乡村气息，因为它是镌刻在童年心版上的记忆，承载着我对故乡的一段深深的眷恋。我更爱时时燃烧在心头的那一抹如火如荼的金黄！

原载《焦作晚报》2017 年 3 月 27 日副刊

春到幸福湖

又是一年春光媚，杨柳依依芳草青。一直惦记着"寒雪梅中尽，春风柳上归"的幸福湖，惦记着公园湖边那抹红云如霞的榆叶梅，便携家人驱车前往幸福湖公园赏景，了却萦绕于心的夙愿，际会群芳闹枝的娇容。

幸福湖是沐浴阳光的假日游乐场。走进公园，映入眼帘的是一片花花绿绿，满目琳琅。门口小广场的儿童乐园，欢声笑语热闹非凡，一张张活泼可爱的笑脸像春天娇艳的鲜花，充满勃勃生机与活力。孩子们终于放下了沉重的学习负担，肆意玩耍。不少家长带着孩子"忙趁东风放纸鸢"，长长的丝线拉扯着无尽的厚爱，牵动孩子们萌生于春天的希望。

幸福湖是家乡人休闲赏景的绝好去处。春风吹绿了湖岸草坪，随风飘动的垂柳舞姿婀娜，柔美的枝条上挂满了鹅黄色的柳穗，染黄了清清的湖水；湖心小岛修竹葱茏，有水鸟在湖中尽情欢游，划出一道道令人心动的曲线；公园的榆叶梅正次第开放，含羞的花蕾与奔放的花朵密密匝匝簇拥枝头，给人争芳斗艳的温馨；花树丛中蝶恋蜂喙，人们穿梭画中，有浓妆俏丽的女士，也有天真活泼的儿童，还有衣着入时的老人，争相在花丛中合影拍照，把欢声笑语写在脸上，把大美记录和愉悦同亲友分享。6岁的外孙女也捧着照相机四下寻找角度，花丛中飞来一只蝴蝶，天空恰好飘过一个风筝，小外孙女举起相机将蝴蝶和风筝定格在梅花丛中。我不禁为6岁孩子的观察力而叹服。此刻脑际突然跳出朱熹的一首诗："胜日寻芳泗水滨，无边光景一时新。等闲识得东风面，万紫千红总是春。"

幸福湖是博爱人的健身基地。绿树鸟鸣，草薰风暖，徜徉在平整的环湖小道上，路边点缀着茵茵绿草和五彩野花，散发出阵阵幽香。枝头鸟鹊声声啼鸣，让人赏心悦目流连忘返；如织游人或赏花，或健步，或练拳，或听戏，大家皆为愉悦身心而来，在鸟语花香之中悠闲漫步放松心情，寻找自然回归的淳朴真情，享受难得的恬静休闲。一个玩酷的老年人骑自行车从拱桥顶端飞下，身着运动衣的小伙子大汗淋漓长跑，精神抖擞的中年人健步疾走，一群儿童在开心地溜旱冰，家长们带着孩子漫步湖边。追寻黎明脚步的酷走队伍每天与日出、夕阳同步，迎送公园的晨晖与晚霞。

幸福湖更是人们品味文化的精神家园。置身拱桥上饱览水域全景，环湖垂柳婀娜依依，丝丝柔条新绽绿芽，犹如少女的披肩长发，又如涓涓细流，微风过处柳枝婆娑起舞令人陶醉。湖心岛有漂亮的亭台楼阁长廊蜿蜒，斗拱飞檐雕梁画栋，精心绘制的古典绘画匠心独运，展示了传统建筑完美的艺术水平。走累的游人在此驻足，顽皮的孩子在此嬉戏，更有成双成对的情侣依偎着窃窃私语。

幸福湖也是博爱县最大的休闲水域。500多亩湖面清澈如镜，常常引来池鹭、湖鸥、天鹅、水鸭等鸟群集会盘旋。远处一群水鸟结伴觅食，偶尔有湖鸥掠过水面，给平静的湖面平添了些许情趣。

公园布局匀称合理，景观错落有致，极目东眺，有小舟荡漾于碧波之上。假日带着孩子划船濯洗心情，唱出蔚蓝色的咏叹调，与开心的水鸟们同乐同欢，戏水拍照妙趣横生，恰如欧阳修"堤上游人逐画船，拍堤春水四垂天"的诗情画意。放眼西望，平静的湖面在春日暖阳照射下浮光跃金。暖风轻拂湖面，湖水依偎孤岛，数十棵高大的雪松郁郁葱葱傲然屹立，碧绿的剑麻和簇簇黄色的迎春花与环湖的榆叶梅相互辉映点缀其间，让人们尽情享受那一片清新与静谧。

诗一般的幸福湖荡漾着春风春色春意春韵，正如唐代诗人杨巨源描写的那样，"诗家清景在新春，绿柳才黄半未匀。若待上林花似锦，出门俱是看花人。"诗寓景，景含诗，感人肺腑，沁人心脾。由此想到假如没有诗经乐府、唐诗宋词，没有文人墨客对春的渲染，那春光该是何等逊色苍白？

阳春三月的幸福湖，春风桃花十里不如你！美哉，我美丽的心灵驿站，我温馨的精神家园！

原载《焦作晚报》2017年4月13日副刊

春　雪

　　时维正月，序属初春。此时的南国水乡早已是绿柳成荫，鲜花锦簇，而北方大地却千里冰封，一袭洁白。

　　正月初九傍晚，家乡一场鹅毛大雪飘飘洒洒自天而降，急促的雪花成片成团纷纷扬扬，顷刻间覆盖了道路、村庄和原野，远山近景无不沐身更衣银装素裹，再现童话世界里的神奇景致。

　　这场雪下得酣畅淋漓，不多时地上便铺了厚厚一层绒毯。迎着漫天飞舞的雪花我们一家人兴致勃勃走上街头拍摄雪景，雪越下越大，冰冷的雪片洒落发际、额头、眉梢，还有钻进脖子里惬意的冰凉。静谧的雪花在狂舞弥漫，也诗意般地融入我的心房，感受着雪的温度，总会使人平添些许诗情、几缕快慰。

　　渴盼大雪的人们欣喜若狂，纷纷走出家门，到公园里嬉戏，去广场上滑雪，踏着柔软在路边悠闲散步，随处可见欣赏雪景的人流。

　　有美女模特在雪中起舞、摆拍，更有孩子们在雪地上滚雪球、打雪仗、追逐雀跃，欢声笑语震落了树上的雪花，惊动了枝头的小鸟，在纷飞的雪原上荡漾，久违的快乐在无垠的雪野中弥漫升腾。

　　徜徉在流光溢彩的灯光下欣赏雪舞，忍不住拍下一张张照片，让朋友们分享雪的洁白晶莹与浪漫。老伴在路边端着相机不停地按动快门为女儿拍照，蓝天、白雪、绿树、桔灯、红伞，雪中情，景中雪，构成一幅五彩斑斓韵味绝妙的画图。

　　此情此景不禁想起唐代诗人韩愈的《春雪》："新年都未有芳华，二月初惊见草芽，白雪却嫌春色晚，故穿庭树作飞花。"百代文宗也迷恋穿树飞花的白雪，钟情雪原装点的一派春色，用拟人的手法赋予雪花纯洁和灵性。这奇妙无比的雪花就是唯美的生命，感天动地，荡漾漫延，涤去积郁在人们心头的尘埃，将世人引入冰清玉洁的神话世界。

　　借着灯光，我不仅感受了空中雪舞的翩跹美景，雪落大地的风姿绰约，还看到了脚下落雪中钻石般的星星点点光芒，在洁净如玉的白雪中闪烁发亮，这是我之前未曾觉察到的奇异景观。

归来途中，路过邻居门前，发现迎春花映雪初绽，金灿灿的一树腊梅屹立雪中傲然怒放，想想这场突如其来的春雪，似乎在诠释着"润物细无声"的另一种含义！哦，春雪，美丽的春雪，与你的姐妹春雨相比，你不仅多了些神秘与圣洁，还携带着几多令人心动的豪迈与温柔。你轻盈优雅的脚步，将承载着新一轮希望的春风化雨，柳绿花红！

今晨看到大地原野残雪消融，一种失落感陡然涌入心头，那皑皑白雪本该是寒冬的恋人，却缠缠绵绵牵手于春天，人们是该赞美雪的矜持，还是该指责她的姗姗来迟？假若雪与冬同行，或许会幸福得更长久，因为寒冬会用她的温度呵护着雪姑娘的美颜娇容。可是雪偏偏恋上了春，尽管她漫天飞舞，风情万种，却又很快被春的温柔融化。或许，这一切都是天意……

久久伫立雪中，徘徊街头，我似乎触摸到了春的气息、春的温馨！

2021 年 2 月 25 日

155

醉美四月天

"林花谢了春红，太匆匆"，须臾间四月芳菲将尽，窗外淅淅沥沥的小雨似乎也在诉说着对春的眷恋！一场春雨滋润，小院红肥绿瘦浮翠流丹扮靓了四月的绚烂，火红的虞美人、五颜六色的绣球、康乃馨在和煦的阳光下争奇斗艳，阵阵香气沁人心脾。

西边墙头上洁白的木香花已随风雨飘零，落英遍地。南边娇艳的蔷薇正次第开放，密密匝匝盈满枝头，浓郁的清香弥漫了小院每个角落。盆栽的五色月季蓓蕾盈枝花团锦簇，不日将由黄转红，由红转粉，再由粉转白。紫白相间的柠檬花蕾像美丽的少女清丽典雅含羞待放，可能是南方花木不适应北方偏低的气温，迟迟不肯展露盛艳的风采。红桂背、红豆杉、木槿花、佛肚竹、小叶榕、百日红、冬青、袖珍椰子树等数十株景观花木嫩芽初绽青翠欲滴。

兰花、君子兰、万年青、龟背竹、天门冬、滴水观音等百余盆常青花草，经过春雨的洗涤，在阳光下更显得绿意葱茏。四季桂开满淡黄色的小花馨香扑鼻，墙角一簇簇的迎夏含苞欲放。爬在墙头上的蔷薇如美女的披肩秀发拖到墙下，粉嘟嘟小花缀满枝头，清香四溢，不禁驻足凝视，任丝丝甜美流入心房。

移步门外的小菜园，更有一种"采菊东篱下、悠然见南山"的感觉，不禁陶醉其间。清明节前种下的瓜豆蔬菜大葱幼苗茁壮，处处显示出勃勃生机，令人心旷神怡。抬眼望去，一年前移栽在墙边的罗汉竹不经意间冒出了缕缕新叶，数根春笋也悄悄破土而出，梨树、核桃树枝繁叶茂，枣树、葡萄树都抽出嫩芽，长势喜人。

退休之年远离了机关的电话、公文、会议、通知等忙忙碌碌的烦恼，无工作之重负，无案牍之劳形，精心打理满院庭芳和自家的小菜园。间或游走山水，归来读书写作，用心血与汗水换来无尽的惬意，此时才真正领悟到什么是人性化的生活。

2017 年 4 月 26 日

盛开的麦香花

我家麦香花开了，洁白的花朵热热闹闹开满了枝头，浓郁的清香充盈了小院。

还是十多年前，老公从朋友处剪来一截干枝，说是"麦香"，随手插在墙角。没想到这不起眼的干枝竟抽出新芽，沿墙依树奋力攀爬，不几年便虬枝峥嵘，绿叶繁茂，覆盖了旁边的枇杷树，压抑了枇杷树生长与挂果。尽管每年都要修剪，但麦香依然占了上风，一年又一年，年年春天在枇杷树顶轰轰烈烈开放。

麦香总与春风牵手如约开放，层层叠叠的花序如飞瀑流玉，从六七米高的枇杷树冠上直泻而下，一簇簇、一堆堆，或昂首，或低垂，密密匝匝，千姿百态，又似凌空铺雪，极为壮观。

花香弥漫了小院，在客厅，在书房，在卧室，轻吸一口就醉了。花香也溢出了小院，常有街坊邻居拉着孩子循香而来，小院便平添了笑语欢声。

有花的季节，小院便多了一份静好，多了一份诗意。早早起床漫步庭院，呼吸清新的空气，聆听美文诗篇的诵读，神思便在欣欣然中恬淡。凝望清丽洁白的花团在微风轻拂中欢快摇曳，纤纤柔柔，更觉得像是淳朴的乡村少女，用清纯点缀着朴素的岁月，抒写着平淡温馨的日子，不妖媚，不娇艳，不粉饰，任凭岁月掠过枝头，默默地渲染生活的光彩。于是梳理紊乱的思绪，开始一天的生命序曲。

最喜欢天气晴好时，一群群蜜蜂蝴蝶在雪白的花丛中奔忙，用勤劳酿造岁月的甘甜。最无奈的是那群捣乱的小鸟，总在小院静寂时成群飞来，有白头翁、画眉，还有喜鹊和麻雀，疯狂地啄食花蕊，扑落满地的花瓣。尽管鸟语啁啾委婉悦耳，但它们也会在白色的地砖上留下一堆堆粪迹。每当我驱赶鸟群时老公就会阻拦，说应该保持人与自然的和谐共处。

心情烦闷时搬个凳子坐在枇杷树下，或看书听曲，或赏月养神，偶尔也与老公对弈，拼杀于楚河汉界，甚觉畅快。抑或在麦香花的氛围里，打理玫瑰、柠檬、君子兰、长寿花、康乃馨与四季常青的翠竹，聆听绿树鸟鸣，品味一盏清茶，心情就多了一点美好，诗情画意便会从姹紫嫣红的群芳里流出。

我赞赏麦香花，她清纯地绽放属于自己的一季绚烂。我珍重她的价值，麦香，也叫木香，常绿攀援藤本植物，其花香味醇正，可熏茶，也可用白糖腌渍做糖糕。其根是中药，也是一种香料，可理气疏肝、健脾消滞。我更钦佩她的品质，她不像牡丹那样雍容华贵，不似月季那样绚丽多姿，她万朵怒放而不张扬，总在春风中默默地开放，又在春风中悄悄地退去。它扦插即活，易于管理，所需不多，发散的枝杈犹如大写的人，耐得住酷热的喧嚣与冬雪的寂寞。

古人有诗云："木香花开易韶华，千古流芳自淡雅。最是人间留不住，清香满庭散天涯。"这是对麦香花的美誉和礼赞。是啊，那盛开的麦香花带来了满院清香，那种素朴与淡雅，那份温馨与厚实，不仅让我享受到赏花的情趣，更让我领略到生活中真善美的简约。简单就是幸福，幸福便是简单，人生亦如一场花开，绚丽的瞬间将注定生命的永恒。

原载《焦作晚报》2017 年 4 月 27 日副刊

燃烧的虞美人

雨过天晴，家门前的虞美人竞相盛开。一丛丛，一簇簇，像燃烧的火焰，在春风中招展着婀娜的身姿，曳动着亮丽的色彩，荡漾着清幽的香氛，灿若天边那抹绚丽的晚霞。

初识"虞美人"三个字，是在小时读过的诗书里。南唐李后主《虞美人》言："春花秋月何时了，往事知多少。小楼昨夜又东风，故国不堪回首月明中。……问君能有几多愁，恰似一江春水向东流。"懵懂的年龄不知其意，只是因了它的朗朗上口。而随着年龄的增长，精读细品，涵泳其情其境，便禁不住有了怅然之感。

而认识"虞美人"是在二十世纪九十年代中期，去焦作花卉市场为单位采购会场鲜花，一眼看到地上那妖艳欲滴、浓烈似火的盆花，便不忍释手，问花卉主人方知是"虞美人"，便欣然买回去，摆在办公室桌上日日观赏，惬意中便有了几分热情与超然。花谢之后我将花籽精心收藏，年年寒露时节洒下花籽，来年春天家门前便红红火火绚烂一片。

某年去公园游玩，遇见成片如火如荼的虞美人，仿若广袤无垠的时空里释放的一抹嫣红，冲天而放，浩瀚如海。其花冠如盛满阳光的玉盏，花形如展翅欲翔的彩蝶，花姿如翩翩起舞的仙女，纤纤柔柔的花瓣，质薄如蝉翼，柔滑似绫罗。单瓣的轻灵个性，重瓣的蓊郁和谐，有风欲飞，无风自摇。没想到原本柔弱的虞美人草竟能开出如此绮丽馥郁的花朵，真是令人惊艳，让人为之动容，为之倾倒。

想那风姿绰约的"虞美人"从远唐一路逶迤而来，一咏三叹，缠缠绵绵，留下了一段耳熟能详的美丽传说。此刻我耳边仿佛响起西楚霸王项羽苍凉悲壮的《垓下歌》，又好似瞥见容颜倾城，才艺双绝，舞姿美艳的虞姬美人挥剑自刎的场景！"几枝亡国恨，千载美人魂。"霸王别姬的惨烈，姬别霸王的凄美，辗转后世成为千古绝唱，大概就是因了这段凄艳的爱情故事，因了那碧血殒地长出的优柔动人的花草，给虞美人花所增添的无尽神秘与绮幻吧！

记不清多少次，看着满地娇艳的虞美人，想着它的名字和远古的曲子，总是情思缱绻悱恻，心中波翻浪涌。多少年来，驻足我心中的"虞美人"，似乎不是这袅袅娉娉的花朵，而是李后主的"春花秋月何时了，往事知多少"；是秦观的"碧桃天上栽和露，不是凡花数"；是苏东坡的"夜阑风静欲归时，惟有一江明月碧琉璃"；是周邦彦的"柳花吹雪燕飞忙。生怕扁舟归去、断人肠"；是纳兰性德的"残灯风灭炉烟冷，相伴唯孤影"。

我喜欢碧血凝就娇艳似火的虞美人，习习春风里它是一群飞翔的蝴蝶，是美丽闪烁舞动的魂灵，它经历的一场生命的涅槃，每每给我遐想和激情。

然而我更喜欢古人笔下的"虞美人"，无论是托物咏怀、伤春怨别，还是抒写闺怨，慷慨郁愤，词人优美的笔致中揉入的凄婉缠绵和浓厚隽永的意蕴，总能给我带来久久不能平息的悸动和震颤！

原载《焦作晚报》2018 年 5 月 2 日副刊

枇杷树情结

小院的枇杷熟了，黄澄澄的果实珠玑成串，枝头缀满了喜悦。

这棵枇杷树与我有扯不断的缘分，看到累累硕果盈枝，更牵动我纷繁的思绪。那是1996年春夏之交，我的哮喘病再次复发，继而转为气管炎，连续输液半个月仍未见效，止喘药中氨茶碱的反应使得我双手发抖全身哆嗦，但病情却未能缓解。而后多方寻医问药，贴过膏药，喝过糖浆，刮痧疗疾，也服用过冰糖炖梨、萝卜姜糖水、西瓜炖枣等诸多单方，均无济于事。那些日子，剧烈的咳嗽胸闷气喘让我坐卧不宁，寝食难安。

偶然从一本杂志上看到枇杷果、枇杷叶能治疗哮喘，但那时县城种植枇杷树不多，只记得县委县政府大院有几棵枇杷树。一次爱人去县委开会随便带了几个枇杷果回来，后来隔三差五又给我摘过几次，枇杷果没了又摘了些枇杷叶让我煎水喝，没想到十多天后，我的哮喘居然得到控制。而那无意中被我随手扔在小院花池中的枇杷果核，到秋天竟然长出了毛茸茸的两片新叶，次年春天，我便把小小的枇杷树移栽到花盆里精心养护。

2002年春搬了新家，包括我养的花卉也迁入新居，而那盆枇杷树已长到80多公分高，被我精心栽入花池。两年后小树渐渐发枝、开花、结果，第一次品尝了自己亲手种的果实，那酸酸甜甜的味道沁入心脾，满口清香。年复一年，枇杷树枝叶繁茂，果实越结越多，每年五月，满树果实由青变黄，犹如一盏盏金灿灿的小灯笼，又似夹杂在绿叶中串串倒挂的铜铃，远远望去，金果压枝，灿若繁星，甚为喜人。

我家的枇杷果必定会与大家分享，无论亲朋好友还是街坊邻居，更有那些喜爱酸甜味道的孩子们，放学后常来家采摘。我也经常摘些新鲜的果实带到单位让同事们品尝，大家直夸枇杷果甘甜鲜爽。

枇杷成熟季节也是鸟们最热闹时候，每天一大清早成群的鸟儿在树上集结，叽叽喳喳疯狂啄食果实。每当我驱赶鸟时，爱人总是诙谐地说："鸟们又没有地，让它们分享收获吧。"

令我百思不解的是，众多果树均为春花秋实，而枇杷树则是冬花夏实。经查证，枇杷属蔷薇科，常绿乔木，秋日养蕾，冬寒开花，春暖结子，夏初成熟。每年暮秋时节，稍稍有些凉意，枇杷树枝头便冒出一骨朵一骨朵新蕾，到寒冬时已然满树洁白，雨水过后果实如樱桃般大小，小满时就如乒乓球接近成熟了。可以说枇杷树是聚四时之雨露，集四季之气息，十月养性，一朝结果。枇杷盛花期总会迎来一群群的白头翁，盛果期来的则多是麻雀、查叽、喜鹊。忽然想起古人的一句诗"东园载酒西园醉，摘尽枇杷一树金"，只是这样的气氛和境界不属于我等凡人。

枇杷果不但味道鲜美，营养丰富，而且有较高的保健医疗功效。《本草纲目》记载"枇杷能润五脏，滋心肺"。中医认为，枇杷有祛痰止咳、生津润肺、清热健胃之功效。枇杷中还含有丰富的维生素、苦杏仁甙和白芦梨醇等防癌物质，枇杷叶洗净绒毛熬水，可以治疗支气管炎哮喘。

枇杷树生长旺盛，生命力极强且四季常青，年年岁岁和娇艳的群芳装点美化着小院的姹紫嫣红。尽管我家小院的枇杷树被旁边层层叠叠、密密匝匝的麦香花覆盖，但它们还是倔强地从麦香枝条的缝隙中钻出来，每天迎接阳光的检阅，雨露的洗礼，然后开花、结果，完成它一年一度的使命。

时光荏苒，岁月如梭。不期然这棵枇杷树已伴随我走过了20多个春秋，虽然我的哮喘病不治而愈且再无复发，但我还是习惯性地时常摘片枇杷叶泡水当茶饮用，或许这就是我与枇杷树的不解之缘吧！

原载《焦作晚报》2017年6月28副刊

苦瓜情

　　苦瓜的好处人尽皆知，我每年春季都要在院子内外种些苦瓜，秋后自留种子，以备下年再种。还记得去年清明前在花盆里育苗，待小苗出土长出两片涩叶，择个阴雨天移栽到地里。后来未栽完的株苦瓜留在盆里也开花了，隔壁大嫂说苦瓜开花后移栽不易成活，索性就让它在盆里长，我把花盆搬到窗户下面，任苦瓜藤在窗棂上攀援，竟然也结了几十个苦瓜。

　　今年我特意找了几个大瓦盆埋下种子，出苗后放在窗户下，用几根绳子系在窗棂上任其顺势攀长，没几天苦瓜藤便葱葱茏茏爬上窗棂，缠缠绵绵蔓延出一片青绿，给午后闷热的厨房蔽一片清荫。前几天绽开了几朵娇嫩的小黄花，于是窗台上便有了一道靓丽的风景，黄花点缀碧叶，相互辉映成趣。不经意间藤上挂了嫩绿色的苦瓜，大大小小错落有致，如翡翠玉琢般的青珑剔透惹人喜爱。

　　苦瓜也是我家餐桌上常见的一道美味，虽有一种清苦味但那苦分外别致，蕴含清香的味道，吃后感觉有一种苦味淡去的清新。记得母亲在世时，常在门前种植苦瓜，淘菜水母亲总是不舍得倒掉，颤巍巍地端着盆去浇菜，那蹒跚的脚步，那粗糙双手，那慈祥的眼神至今仍清晰可忆。尤其在盛夏的清晨，母亲总爱摘几个沾着晶莹露水珠的清嫩的苦瓜，给我们做些苦瓜汤，或者做苦瓜炒肉配米饭、凉拌苦瓜，说是清热败火，比药都灵。

　　苦瓜是食药同源的最佳菜蔬，降糖降压可谓人尽皆知，备受我等"三高"患者青睐。为此，每年夏天我都要将苦瓜切片晾晒干，一年四季坚持泡水喝，并尽可能喝够八杯，使自己的血糖血压趋于稳定，心情趋于宁静，生活多一份淡然，岁月多一份美好。

　　七月流火，酷暑难当。喝一口冰镇苦瓜茶，心里便有一抹清凉在喉、清爽于心的感觉，苦瓜已成为我生活中不可或缺的一味！

原载《焦作晚报》2017 年 7 月 20 日副刊

晨练交响曲

　　我喜欢在晨曦中疾走，更喜欢跟随"黎明脚步"的队伍奔跑，身边是柔柔的风，微微的凉，淡淡的爽，在晨风裹挟中舒展疲惫的身心，开始一天的生命序曲。

　　清晨的公园是一轴五彩斑斓的画卷，是一串流光溢彩的音符，是旋律铿锵的乐池，是充满温馨的港湾。早起的人们如约而至欢聚在一起，或做操，或练拳，或唱歌，或跳舞，或健身，或打球，或踢毽，宛如一道道靓丽的风景线扮靓公园的每个角落。我运动，我健康，我快乐！晨练的意义就这么简单！

　　走秀的模特队伍步履轻盈飘逸，气质娴雅，娉婷玉立的风姿，彰显着几许自信与自尊的高傲，使人领略到对美的虔诚表达。毽球队的几个姑娘小伙身轻如燕，配合得当，弯腰、伸腿、抬足，个个动作优美，球技高超，将雪白的毽球踢得上下飞舞，左右翻滚。舞剑的大哥点剑而起，一展身手，似游龙穿梭，剑过之处如一道道寒光让人眼花缭乱，惊叹不已。打羽毛球的俊男靓女英姿飒爽，刚劲有力，一个凌空飞跃，如迅雷不及掩耳之势，挥拍猛击，雪白的羽毛球上下翻腾，使人目不暇接。打太极拳的队伍老练沉稳，随悠扬的音乐起势，全神贯注，一招一式轻灵自如，一个扎实的马步，一个专注的眼神，柔和中带着刚劲。东北角传来清脆悦耳的京胡声，纯正激昂的京腔京味格外动听，虽然我不懂京剧的音律字韵，但盛老师演唱的一个拖腔瞬间令人怦然心动。老年合唱团一展歌喉，歌声优美动听，或激昂，或婉转，或高亢，嘹亮的歌声飘荡在公园上空。

　　一天之计在于晨，仲夏美妙的日出时刻充满勃勃生机，晨练的人群不仅仅是为了强身健体，锻炼心志，更重要的是愉悦心性陶冶情操，追求精神生活的质量，张扬个性的风采，寄托美好的希望！

原载《焦作晚报》2017 年 8 月 4 日副刊

盆景情缘

此生钟爱盆景，每每见到盆景，无论再忙，总要驻足观赏。

盆景自古以来被誉为"立体之画，无声之诗，凝固之钟"，盆艺家们用山、石、树、草将细微的生命浓缩于咫尺之中，抒写着天地间万物的灵秀与真谛。前不久博爱公园举办首届"园林杯"盆景展，便接连去了三次，每次都有新的感悟和收获。盆盎之中的盈盈绿意，方寸之间的鲜活生命，一直震撼、激荡着我的心扉，久久挥之不去。

徜徉于绿意葱茏的展示中心，仿佛走进美丽的花园，又似步入艺术殿堂，心头洋溢着溶溶春意。据说，这次展出的盆景大体分为树桩、山水、水旱三类20多个树种百余盆，多为松、柏、枫、黄荆、雀梅等当地树种，均为民间艺人所作。个个仪态万方意境高远，或雄壮挺拔，或婀娜多姿，或密叶叠翠，或卧如蟠龙。最亮丽的是那几盆三道九拐、错落有致的黄荆，有的伸展举臂遒劲坚毅，有的直指蓝天展翅欲飞，抑或如天龙戏水缠绵亲昵，透露出天地之间的神秀灵气，显示了顽强的生命力。

一盆突兀而起的苍柏盆景让我久久伫立沉思，沧桑虬容的树根从中间开叉，分明是半壁矗立的山峰，仿佛看到了李太白的感叹"蜀道之难难于上青天"；一盆紫砂内枯桩上斜卧一位俊俏的淑女，弯曲的枝干抽出五枝新条错落有致，淡黄色的嫩芽好似李清照轻歌低吟的神韵；一个造型别致的山水盆景如一只喜鹊登上枯枝，映衬着小桥流水亭台楼阁，极像马致远笔下的《天净沙》。

那盆椭圆浅口紫砂中苍劲的针松盘根错节，开裂的树桩牢牢扎根于斧劈石缝隙，新芽淡绿缀满枝干，生命力依然旺盛。一株获得银奖的刺柏据说上盆已20多年，经过主人的精心养护，如今仍欣欣向荣、姿态飘逸，方寸间透出洒脱豪放的诗意。

想不到盆景的作者用黄荆、黄栌、松柏这些简单的材料匠心独运组合搭配，竟然培育出那么多富有自然情趣和鲜活生命力的艺术精品。用"盆盎中溢山水之美，咫尺间盈千里之势"形容这些精美绝伦的盆艺，实在形象生动。徜徉其间，在观瞻中调节身心，在欣赏中陶冶情操，盆景的魅力足以让人倾倒。

记得 2001 年曾以不菲的价格买过一盆五叶红枫盆景，老板说是上好的红枫，因嫌盆景中泥土不好看，特意找些洁白的马牙石覆盖盆上。每年春天火红的枫叶格外雅致。可惜那盆红枫被表妹夺去，至今想起心中常有戚戚之感。

后来在花卉市场买过两个盆景，一盆榕树，一盆龙柏，喜欢榕树那迷人的青碧苍翠和薯块般的根茎，喜欢鲜亮活泼的龙体造型和那沁人心脾的嫩柏芳香。因榕树喜阴，一直放在客厅观赏。而龙柏则置于电脑旁边，伏案写作之时，曾为我增添了不少情趣。也买了本盆景培育知识的书籍深研细读，但终因不事修剪，那盆榕树长得枝叶过于繁茂，索性让它任性生长，至今已长成一米高伞状树冠，唯根部还是原始模样。

我对盆景绝非一般的喜欢，而是由衷的深爱。2002 年迁了新居，特意挑选了盆景图案的卷帘，15 年弹指一瞬，那窗帘早已淘汰，但上面那首诗还记忆犹新："盘根错节自雍容，巧匠凝神具斧工，掩却瓷盆留倩影，雀鹭合抱一虬龙。"

我不仅酷爱盆景的钟灵毓秀，更喜欢它的独特个性与法古精神，喜欢自然神韵的凝聚。寒冬它为居室带来一抹翠绿，酷夏它为焦燥的心注入一缕清凉，思路枯竭时激发灵感，情绪消沉时获取动力。独处时静观置于几案上的翠绿更觉清雅可爱，纷杂的心情也得以安宁，缓缓的诗意也便能从葱绿的缝隙中不经然涌出。于是我常常将心境溶入盆盎之中，以期获取灵感和快慰。

有时常想，人生亦如盆景，盆景须经年累月悉心培育经营，甚或数十载调护。而人生也须历经磨难，历练心智，淡泊明志，不因物喜，不以己悲，时常感恩生活的赐予，满足于精神的充裕，不轻易放弃确立的目标，才是我们想要的生活！

原载《焦作晚报》2017 年 7 月 10 日副刊

秋之遐想

秋风乍起，裹挟着丝丝凉意扑面而来，肆虐了一季的暑热即将缓缓退场。

古人云"立秋三候"：一候凉风至；二候白露生；三候寒蝉鸣。意为暑去凉来，晨生白露，随之便是寒蝉凄切、落叶飘零、绚丽璀璨的金秋时节。

岁月轮回，四季更迭，不得不感叹时光的飞逝。记得前些天朋友们还在微信群里讨论"三伏贴"，而今便是热议"中秋月饼谁家好"的话题。

我生性怕热，受不了盛夏烈日的炙烤，便日日蜗居于空调房间。看着朋友们外出旅游发回的照片，一个个包裹严实，好似宇航员，心中直发怵。想想还是宅在家里好，足不出户，吃穿用等统统网购。

离离暑云散，袅袅凉风起。秋天的问候声，先是在晨暮时分悄悄到来。尽管秋老虎余威尚在，中午依然酷热，但毕竟是入秋了，早晚总是风清气爽，甚至略带几分薄凉。

晨光熹微，清新如诗。黎明即起，搬把凳子坐在绿意盎然的小院里，听一群麻雀叽叽喳喳在枇杷树上欢唱，鸟声啾啾打破了秋晨的宁静。身边的花花草草散发着缕缕芳香，洁白的茉莉、韭莲、四季桂，粉色的绣球、月季、牡丹吊兰，四季常青的红豆杉、小叶榕、滴水观音；爬满窗棂的苦瓜藤蔓缀满黄花，酷似茉莉般的香气扑鼻；花池中亭亭玉立的罗汉竹、箬竹、笔竹临风起舞，欣欣然摇落叶片上晶莹的露珠，显得那么素雅、洁净。摆弄花草之余，我偶尔也与爱人拉开战局，沉醉于楚河汉界的拼杀中。

秋日清晨的风不再似几日前那么燥热，拂面而来的是轻轻柔柔、淡淡爽爽的感觉。走上街头，怀揣自信随"黎明脚步"队伍奔跑，在美好的晨曦中咀嚼秋天的味道，开始一天的生命序曲。夜幕降临，踏着欢快的旋律跟着队伍酷走，迎着时疾时徐的习习凉风，再也没有彼时暑气蒸煮、汗流浃背、衣服沾身的烦恼。

秋雨潇潇，清韵悠扬。那霏霏细雨从从容容自无垠的天空舒缓而来，洗濯着炎炎夏日纷扬的尘埃，所有的燥热、烦忧便被荡涤一空。"一夕骄阳转作霖"，淅淅沥沥、缠缠绵绵的秋雨洒落在久旱未雨的山坡、果园、青纱帐，滋润着即将成熟的碧绿秋田，为企盼丰收的农人带来了希冀。

秋风飒飒，落叶飘飘。瑟瑟秋风步履轻盈地穿过田野，掠红山巅，便催生了漫山遍野的色彩斑斓。火红的黄栌，金色的白杨，翠绿的松柏，使无数的游人为之倾倒。倘若你踏进秋韵如诗的果园，便又是一番迷人的景色。且不说那沁人心脾的果香，单是吸一口果园里特有的新鲜空气，就能使人流连忘返。你看那挂满枝头的累累硕果，玉翡如脂的苹果，青黄相间的冬枣，洁白如银的雪梨，串串紫玛瑙似的葡萄，或藏匿在绿叶间翡翠般的核桃、柿子。欢乐的果园等来的不仅是品鉴丰收的游人，还有赶不走的鸟群，与果农们一起陶醉于收获的喜悦。

秋天是一种廓然空阔的心绪，也是一种淡然惬意的闲适。喜欢明净如水的秋天，她虽然没有春天遍地的姹紫嫣红，也没有夏冬人间的炎凉分明，但有高天的幽远与通透，有厚重的浓彩与诗情画意。我喜欢令人心旷神怡的澄明秋日，喜欢品月赏秋的宁静夜晚，更喜欢我家小院的桂花，把袭人的芳香洒向街坊邻舍。

很喜欢古人笔下脍炙人口的诗句，范仲淹的"碧云天，黄叶地，秋色连波，波上寒烟翠"展现了水色天光极美的画面，白居易的"夕照红于烧，晴空碧胜蓝；兽形云不一，弓势月初三"却从色彩和形状方面绘出一幅晴空落照、云奇月朗的秋景图，给人以绚烂多姿、清新旷远的美感。秋天也是落寞的时节，尤喜欢马致远的"枯藤老树昏鸦，小桥流水人家，古道西风瘦马，夕阳西下，断肠人在天涯"。这首充满愁绪的词以情景交融的精妙手法，道出了一个异乡游子秋日黄昏时的浓浓乡愁，有一种无与伦比的艳丽与凄美。

夏去秋来，蛙鸣渐稀，绿叶变黄，香荷渐残。生如夏花之绚烂，逝如秋叶之静美，谁说不是一种人生的境界呢！

原载《焦作晚报》2019 年 8 月 21 日副刊

岭上秋色

迷恋于岭上秋色，沉醉于红叶诱惑，好友盛情相邀品赏那一抹如火如荼的娇艳，我又一次在渐凉的秋风中光顾寨豁乡上岭后村的石人山。

地处太行山深处的上岭后村位于玄坛庙西北的横岭之上，前有岭下的干柴洼，侧对山脚下的青天河村。因霜降已过，万亩红叶上演的轰轰烈烈大戏即将接近尾声，但五颜六色更加丰富绮丽，气势磅礴中秋色更浓。

拜谒石人山虽然轻车熟路，但因季节不同，总有一种新鲜感，静谧的松柏林道有一种原生态的幽雅与恬静。秋风掠过，涛声轻起，摇青荡翠绿意葱茏。偶有松鼠嬉戏于松林，又见一只野兔窜跳于草丛，不由联想到老葛的孙子在朋友圈里晒吃兔肉的信息。朋友说这里野兔很多，而且还常有野猪、山鸡出没，近年被列为太行山猕猴自然保护区，全赖于自然环境改观。

遥望山脊两侧，犹如一框五彩斑斓的油画，松柏翠绿，黄栌深红，白杨金黄，山崖雪白，左侧的董岭狄沟风韵未减，依然是层林尽染红云飞溅，右侧的上岭后村民居鳞次栉比错落有致，眼前的环山路曲曲弯弯玉带缠绕，远方柿子树挂满桔色"小灯笼"，脚下的青天河村金黄如月藏于碧绿水湾。山岚泻金流丹，秋风如火炫舞，美丽景色令人惊叹！

踩着脚下的碎石野草沿山道一路前行，一周前如火如荼的红叶许多已经枯黄不再夺目，山坡上长满野生植物，有桔梗、柴胡、连翘、五加皮、婆婆针，还有葳蕤的蓬草依然如故。石人山尽头怪石嶙峋，地势险峻，远处一沟红叶大概因地势避风依然红颜如火，身边许多粗大的黄栌因位于山头叶子已经凋零，光秃秃的枝杈直指青天，显示几许落寞凄切。脑子里倏然浮现出欧阳子《秋声赋》描述的秋景："其色惨淡，烟霏云敛；其容清明，天高日晶；其意萧条，山川寂寥"，颇有悲凉肃杀之气。

绝壁之巅的老石人历经千年风雨剥蚀依然屹立，雄姿未减当年。站在峭壁悬崖上饱览青天河与太行山风光，移步即景，蔚为壮观。仰望碧空云卷云舒，俯视脚下万丈深渊，大泉湖波光潋滟，湖中穿梭游船，青天河村别墅般的楼群座座相连，一览无余尽收眼底。对面群山巍峨，奇峰突兀，绵延起伏的崇山峻岭影影绰绰似一道天然长城，山脚下有一弯弯绿色层叠的梯田，几辆小车盘旋在蜿蜒曲折的山路上，好一幅绝妙绮丽的山水画卷。

　　探访归来，我的心仍然被岭上斑斓的秋色强烈震撼！不是吗？褪去春风化雨嫩绿的轻狂，摘掉果实缀挂枝头的炫耀，凭借一身热烈之情，用火红的色泽展现秋的辉煌，给人们以醉美的享受，这才是红叶展现给人们永远难忘的人格魅力，哪怕是短短的一季，抑或是寥寥数天！

原载《焦作晚报》2018 年 10 月 28 日副刊

清秋如诗

又是一年秋意浓，万紫千红落画屏。不知不觉，被道路两边晒秋的金黄引入仲秋的门槛，拂面而来的是温润柔谧的清爽。采撷一缕秋日暖阳，把奔放的情感凝结于秋的长廊，将沉积的诗意叠印于随风飘舞的叶片，在缱绻的思绪里找寻经年的念想。

时光如水，清秋如诗。心目中一直以为最美当数四月天，有茫茫原野齐放的百花，有姹紫嫣红诱人的春色；殊不知秋色更美，不仅有炎热酷暑退去后的高天之明净，五谷之金黄，还有红叶渲染的萧瑟绚烂。秋在丰盈、薄凉、热烈的色彩中交织，风姿与意境总让人看不饱、品不透、赏不尽。

天高云淡，风清气爽的清晨，悄然伫立于秋的原野，仰观云卷云舒，俯视稻谷金黄，听徐徐秋风欢快地摇曳着农人的希望。掬一捧清凉的溪水，把岁月的过往回味，采一把晶莹闪亮的露珠，将流年的心事典藏。

秋天是色彩纷呈的时节。闲暇之余携三五好友登临山巅，举目远眺，看万壑披锦层林尽染，赏千沟流丹气势磅礴，那更是福祉无限雅韵悠长。读一眼漫山遍野经霜的素红，吸一口横吹在山峰间的秋风飒爽，偶有悠悠白云飘过头顶，烦躁的思绪也会变得靓丽多彩，心头倏然掠过一种久违的畅快，胸襟超然顿开，顷刻间心灵归于宁静。

秋天是收获的季节，春华秋实，硕果累累，点缀着丰收的喜悦与欣慰。稻谷黄了、柿子红了、苹果梨子熟了，沉甸甸的压在枝头，和煦的秋阳映照着桃园，硕大的冬桃似娇羞的少女躲藏枝叶后，秋风过处时而露出绯红的脸庞，笑语盈盈向眷顾它的人们频送秋波。还有那一串串的冬枣、葡萄如翡翠玛瑙缀挂枝头，青黄红绿相间的石榴、红彤彤的山楂尽显着绰约和妩媚，满坡灯笼般的柿子不经意间绘就了满坡的风流。

秋蝉鸣唱，丹桂飘香，秋雨淅沥，落叶凋零，带来的既有无限的诗意，也有无尽的感伤。季节更替，寒来暑往，四时之景，皆不相同，春之芬芳，夏之热烈，秋之淡雅，冬之肃穆，一切皆为大自然的赠赐，漫长的光阴里一切都在流失，却别有一番不同的景致氤氲着经年的灿烂与静好。

古人笔下的秋光秋色更是简洁凝练，含蓄隽永，有种无以言表的静美。"碧云天，黄叶地，秋色连波，波上寒烟翠"渲染的是秋的阔远之境，秾丽之景；"孤村落日残霞，轻烟老树寒鸦，一点飞鸿影下，青山绿水，白草红叶黄花"，展现的是日暮时分色彩斑斓的秋景；"今夜月明人尽望，不知秋思落谁家"抒发的却是冷寂惆怅的感秋之意，别离思聚的怀人之情；而欧阳子笔下的《秋声赋》则以凄切悲凉肃杀的秋声转到社会人生，诠释了"天人合一"的超然旷达。故而秋带给人们的不仅是明朗深邃，宁静升华，还有更多的智慧和思考。

我爱秋天的明澈绚烂与幽远，爱它的清丽雅韵与萧索，更爱它的丰裕富饶与震撼！

原载《焦作晚报》2017 年 10 月 26 日副刊

秋日登山偶拾

　　骤雨初晴，秋风送爽。携三五好友，泛舟碧波荡漾的湖面观林泉、峰峦之秀，看三峡旖旎风光与婉约温润之美；听古寺禅语梵音；走玻璃栈道，于惶恐中寻踏云而行的豁然快感；漫步古丹道，揽西峡溪流潺潺；赏靳家岭绚若晚霞的红叶；静观流云飞雨，细数岭上落英，这美既是诗情画意的美，也是魂牵梦绕的美！

一

　　东山柿子压枝头，满坡橘灯竞风流。
　　无须画匠来泼彩，秋声绘就丰收图。

二

　　翠柏奇松连碧空。红叶谱秀若云腾。
　　山中岂只春色好，漫野秋光入画屏。

三

　　千沟万壑处处红，疑是霞光落画中。
　　久居冷石无人顾，惟愿霜前秋染成。

四

　　半边青黄半边红，自然亦可描丹青。
　　秋风何故不相惜，萧萧落叶任飘零。

原载《青天河》杂志 2019 第 3 期

江南烟雨（5首）

江南烟雨

乘兴春游烟雨濛，湖畔柳色浓雾中。
莫怪天公不作美，苍茫满目亦风景。

清明祭

桃红梨白寒食路，寂寂阡陌伤春暮。
荒冢野田添新愁，无语青山泪如注。

居家小吟

方忆屋后夭桃绽，又见梨花次第开。
移步庭前接新燕，赏春观景笑盈腮。

悼屈原

时值端阳艾草香，细风柔绿绕莲塘。
万人投粽祭圣贤，悼屈忧民痛断肠。

山景

一树樱桃映日酡，漫坡翡翠泛清波。
农人适事忙耕种，盼得秋来谷满箩。

原载《大鹏文学》2021年6月19日

开　镰

六月的风被阳光晒的发烫
把麦田吹成一片金黄
戴草帽的农人用指尖捻着欣喜
数着新一轮希望

直到收获那一刻
把积蓄一个冬春的期待
交给收割机旋转的刀轮
抒发田野里磅礴的诗行

金色的麦粒喷涌而出
堆成庄稼人雀跃的乐章

欢歌笑语总是惊扰童年的记忆
想起当年前辈们焦虑的面庞
还有麦浪中滴在父亲镰刀上的汗珠
母亲被麦捆压弯的脊梁
如今我羸弱的心再也经不住炽热的故事

开镰，已成为过去式词汇
被辉煌的六月悄悄收藏

原载《焦作晚报》2017 年 6 月 6 日副刊

清风摇曳诵读声

每当夜幕降临，华灯初上，博爱县人民公园中心广场西北角便传来朗朗的诵读声。时而高亢激昂、时而宛转悠扬的节奏，叩击心扉的优美韵律，吸引了众多休闲乘凉的人们驻足聆听。

这是博爱县阅读朗诵与语言艺术交流群自发组织的夏夜朗诵活动。7月初至今已经持续了整整两个月时间。发起此项活动的是该县电视台资深播音员、著名节目主持人胡天龙。他是中国朗诵与阅读联盟会员、焦作市朗诵与语言艺术学会副秘书长，曾多次参加省、市朗诵演讲比赛并获奖。其中参加焦作市大型诗歌吟唱比赛获得二等奖，在 2013 年中央人民广播电台"夏青杯"焦作赛区大赛活动中，胡天龙的唐诗《兵车行》以其独特的吟诵风格获得特等奖。

入夏后，位于县城北侧的公园装饰了五颜六色的霓虹与音乐喷泉，灯光璀璨，夜景迷人，前来运动、纳凉的市民络绎不绝。胡天龙认为这是提高全民阅读素质、传播诵读艺术、弘扬社会正能量的极佳契机。于是提议在此举办"朗诵角"，邀朗诵群的诵友们相聚，架起灯光，铺上地毯，开启音响，一场盛大的朗诵会便在柔和温馨的夜色中拉开帷幕。

朗诵者来自社会各界，有老年、中青年也有少年儿童，既有干部、职工、教师、医生，也有退休人员和农民。年龄最大的 60 多岁，最小的仅六七岁，大多是挚爱诵读艺术的微信朋友，为了共同的兴趣与喜好而聚集一起。

用心吐字、用爱发声。他们怀揣一份美好的愿望，积极投身朗诵艺术，兴致勃勃登台展示才华。一些颇有素养的诵读爱好者还带来自己的原创作品，与诵友热心交流，相互请教，切磋技艺。天龙老师也悉心指导，从音、韵、调、声带、共鸣等方面认真传授技巧。

最使人感动的是几位家住农村的女士，不仅拖着年幼的孩子，还要照顾年迈老人，但为了参加"朗诵角"活动，始终坚守一颗初心，克服困难准时来到现场。

爱美是女人的天性，灯光下的朗读者一个个神采奕奕，充满信心。尽管是夜晚，她们也打扮得格外靓丽，着意把最好的形象呈现给观众，把最美的语音释放给聆听者。

用声音与情怀诠释真善美，在诵读中传递正能量，是朗读者共同的追求。她们怀着满满的自信走上台，饱含深情诵读着一篇篇唯美的诗行，让人们沉淀一颗浮躁的心，陶醉在优美流畅的声音里，感受那种平仄起伏的韵律和抑扬顿挫的节奏，给喧腾的广场之夜带来浪漫的遐想。

"我骄傲，我是中国人"，胡天龙老师的朗诵声若洪钟，铿锵有力，震彻了宁静的夜空；"大道之行，天下为公，一带一路，和为大道"，琚绍林、毕焕然、孙杰、齐杏丽老师的合诵《天下大道》饱含深情，增进了人们热爱祖国的无限深情；《爱祖国更爱家乡》，何香丽女士真挚的家国情怀扣人心弦；吕鑫老师的《为中华崛起而读书》富有哲理振奋人心，徐娟女士的《忆故乡》温婉悦耳回味悠长；王金燕、李艳红、刘芳合诵的《中国有梦》，激情高昂，增添了为中国腾飞而骄傲的豪气；小学员栗祎雪用稚嫩的童声朗诵《家风》，颂扬了勤勉正直的家教传承，让人如沐阳光洗礼。更多诵友们的朗诵激情四射，引起观众的共鸣，增添催人奋进力量。

一个人，一首诗，一篇文，一段情。朗诵者们迸发出的激情直抵人的灵魂深处，也从一定的意义上诠释出古老国度浩瀚文字的精邃与厚重，昭示着源远流长的中国文化的博大精深！

每一次激情朗诵都是带给人们的精神大餐，如战鼓又似清流荡涤心扉，为夏夜纳凉的人们带来了感官享受，人们意犹未尽地期待着下次的重逢。

在朗诵中陶冶情操，用书香浸润灵魂。朗诵者最大的喜悦就是通过语言艺术，提升自己影响他人。60多岁的王女士退休后无所事事，精神萎靡不振，靠翻微信、玩麻将打发日子。在公园聆听几次朗诵后便积极参与其中，她说是诵读改变了自己的人生轨迹。

原载《焦作晚报》2019 年 9 月 4 日副刊

桃园行

　　三弟诚邀我们去观赏他的桃园，一个细雨霏霏的周末，我们一行六人欣然前往。同行的还有三弟聘请的林果技术员王建增夫妇。

　　三弟的桃园在博爱县许良镇谷洞峪村北山坡。出县城西行，途经丹河九道堰，穿过石佛滩摩崖石窟，小车缓缓驶进山谷，宛如进入一道绿色画廊。极目远眺，远山、村庄皆掩映在蒙蒙雨雾中，斑斓多彩的秋色在绵绵薄雾笼罩下更显得温柔神秘。车行不足半小时，便到达谷洞峪。谷洞峪坐落在丹河拐弯处东侧太焦铁路下通往郭顶村的山口。这是个依山傍水的小自然村，狭窄的街道两旁住了十几户人家，整齐的房屋紧靠如黛的山峦而建，显得别致而幽雅。村北有清冽的溪水淙淙流淌，古朴而恬静。曾经是世外桃源的小山村如今人去房空，只剩几位老人妇女坚守着大山的寂静。三三两两的老人坐在门口聊天，祥和静谧令人羡慕。因果园距离村子还有近一公里的山路，我们在村口停车徒步而行。细心的三弟看到同行的朋友慧穿着高跟鞋，就热情地张罗着找农户帮她借鞋，一位妇女进屋掂了双洗得干干净净的平底鞋让慧换上。

　　村外的山路全由大小不一的鹅卵石和碎石料铺成，坑坑洼洼不太好走。三弟告诉我们，这条路是山谷，原先修的比较平整，因下雨天大水冲刷，加上转山渠渗漏和村民用水浇地，路面像条小河常有涓涓细流不断，构成山路一景。

　　路右侧耸立着一排高大的白杨，一片芦苇在清风细雨中轻轻摇曳，不远处是嶙峋的山峰，还有一道犹如人工开凿的石墙，长四五十米，高十多米，上面滴答着转山渠水，三弟说村民们管这里叫石门。近前细看果然像两扇紧闭的大门。

　　谈笑间来到桃园。这是一条朝东的山沟，抬眼望去茂密的植被郁郁葱葱，覆盖了整个山峦。前年春三弟和他的战友合伙在此承包了几十亩撂荒多年的坡地。承包伊始，三弟先是购买桃树苗，栽树，而后硬是依靠人搬肩扛，把设备农具运到山坡上，然后清理石块杂物，平整土地，垒堰修渠，安灯走线，架设管道并引水上山。为方便住宿，三弟在山下盖了几间简易房屋，利用山上两个旧窑洞做饭歇息。还喂了几十只鹅增添生活情趣。800多个日日夜夜三弟日出而作，日息而归，用辛勤的汗水播洒美好的希望，默默相伴的是四周静谧的群山和婉转啁啾的鸟鸣。

经过三年艰苦创业，果园已初具规模，品种由开始的桃树发展到李树、梨树、枣树、核桃、山楂、石榴等果树近千棵，其中500多棵秋桃是从外地引进的优质品种，今年刚挂果就结得疙疙瘩瘩，密密匝匝甚是喜人。

我们沿陡峭山道前行，此时小雨已停，头顶一方天宇纯净若水，偶有淡淡云雾飘过。东侧数百棵生机勃勃的桃树已经成林，遍布依山势而开辟的层层梯田，西侧是茂密旺盛绿意盎然的荆丛和不知名的藤蔓攀援，茂密的植被郁郁葱葱，覆盖了整个山峦。阵阵山风拂面，野花飘香，鸟叫蝉鸣，婉转悦耳，惬意中便有了"采菊东篱下，悠然见南山"的一份超然，周身的疲劳也随之烟消云散。忽然山坡上摇摇摆摆飘下来一群白鹅，好像列队接受我们的检阅，看到人群突然恐惧地掉转头往山上狂奔，三弟和看园的老农费了九牛二虎之力往回赶，大家举起手机喜滋滋地拍下白鹅扑棱棱飞奔下山的瞬间。

站在山坡高处，望着脚下沟谷纵横高低错落的层层梯田和成片生机盎然的绿色果园，我不禁由衷钦佩三弟的胸怀和胆识，在这世外桃源般的幽境中与青山为伴与禽鸟同乐，既欣赏美景愉悦心灵，又辛勤劳作锻炼身体享受收获，岂不是一举几得的美事？

然而细想，这劳动毕竟充满艰辛，需要坚强的意志和长期的付出，年复一年的面对荒山野岭，常人很难耐得住寂寞。看看这陡峭的山路和硕果累累的桃林，我才突然发现那桃子如此甜蜜的原因，心中更增加了几分对三弟的敬意。

原载《焦作晚报》2018年9月14日副刊

179

秋雨中的回忆

淅淅沥沥的小雨从清晨到黄昏下个不停，娓娓细诉着对大地的无尽眷恋。

独坐窗前手捧一本书，心却在听雨。听雨的倾诉，雨的欢唱，雨的音律与节奏，思绪也随着雨的滴答声浮想联翩。不经意间迈过花甲的门槛。人老了，通常是眼前的事记不住，小时的事忘不了，经年的记忆总是在不期然间跃入脑海，一遍遍回放，停泊在记忆的河床。

济源五龙口镇曾是我生活过15个春秋的第二故乡，承载着童年五彩斑斓的梦。我出生后的第三个年头父亲考入济源银行，我和不满周岁的大弟弟便随母亲迁到五龙口镇一个依山傍水风景秀丽的小村庄居住。记得当时我们一家住的是两间土房，二十世纪六十年代的农村大都是土墙瓦顶的老房子，每到秋天阴雨连绵，外面下大雨，屋里下小雨，锅碗瓢盆就都派上了用场，滴答滴答的雨声常伴着我们进入梦乡。

房后有个大泥塘，村里人称之为大谷沱，种满了荷花。塘边有一片茂密的芦苇，还有一排高大的梧桐。泥塘里的水源来自五龙口山脚下的沁河，清清的溪水从村中缓缓流过，可供村里人用水，洗衣、浇地。我也经常和小伙伴们在泥塘边玩耍嬉戏，在田间地头割青草，在小河边洗衣服，至今想起仍觉得那是一个生态环境极佳，景致特别优美的村庄。那时农村的生活虽然清苦，但很开心快乐。下雨天屋里拴不住我的童心，会偷偷跑出去和小伙伴们打着破油纸伞踏着泥泞去泥塘边玩，捡石子打水漂，捉青蛙，逮螃蟹，听疏雨滴梧桐、骤雨打荷叶的声音，现在想来小时候的事无处不乐，童趣无处不在。

潇潇的雨韵带给我童真的欢乐，朦胧的憧憬。也有些许凄楚和悲伤！

秋夜的雨不停地敲击着窗棂，再次淋湿了我层层叠叠的记忆。

记得那时我曾傻了吧唧地问父亲，为什么叫听雨而不叫看雨？父亲怎么回答的记不清了，大概意思是因为下雨是有声音的。随着年龄的增长，我才真正理解听雨的含义。那雨打在树叶上是嘈嘈切切的，滴在房顶的瓦片上是叮叮咚咚的，砸在雨搭上是铿铿锵锵的，暴雨似瀑布，大雨如盆泼，冷雨飕飕响，韵律是那样的清脆可听，节奏是那样的和谐明快，犹如长短不一的平仄诗行。不禁想起著名诗人余光中老先生笔下的《听听那冷雨》，那雨形、雨态、雨声、雨情，写得情意缠绵、音韵缠绵，读来是一种耐人寻味的美！

时光如梭，光阴荏苒。儿时的记忆像条奔腾不息的河，时时冲击着我的心房，历久弥新。前年春天我重返故里。那低矮的土房早已荡然无存，代之而来的是耸立在绿化带前一排排整齐划一的三层小楼。那日日萦绕在梦中温馨的泥塘也无影无踪，日新月异的现代化新农村建设早已将旧貌换新颜，可是我对她的思恋，并没有因时间的流逝而改变。故乡的老屋、故乡的泥塘伴我成长，故乡的雨季给我欢乐，伴我在一次次甜美的梦中重逢！

原载《焦作晚报》2017 年 10 月 10 日副刊

181

感悟夕阳

　　喜欢初秋黄昏时徐徐坠落的一抹夕阳，喜欢看那片如火如荼的晚霞把天地浸染成诗意浓郁的景象，然后是红潮退去渐渐黯淡下来即将被夜幕笼罩的天空，远山的轮廓里似乎有一种依依不舍的情愫，显得凝重而安详。

　　日暮时分，习习晚风吹拂，略带着秋的凉意，一个人在马路上踽踽而行，看霞光染尽层林，观片片落叶飘零，身边偶有鸟啼蝉鸣，伴着阵阵欢快的蛙声，独自静静享受着落日的余晖，感觉有一种朦胧的凄美和怆然的思恋在心中萌动。

　　黄昏像一个独处夕阳下饱经风霜的老人，回忆曾经的辉煌。晚霞渐渐消失，暮色中的天空已成灰色，似乎更平易近人，被这种静默的气氛包裹的思绪繁杂而惆怅，既有"夕阳无限好"的欣慰与恬静，也有"只是近黄昏"时的落寞与感伤。此刻的我虽然没有"不以物喜，不以己悲"的坦荡胸怀与睿智，也未悟透"百川归海，万物归一"中蕴含的哲理与智慧，但尚能理解"上善若水，厚德载物"的真谛与含义，虽然谈不上大彻大悟，但也能随遇而安。恍惚间步入花甲之年，方懂得了时间的短暂，友情的珍贵；懂得用一种宽容、舒适和诚实的心态与方式接受自己及他人；懂得运动健身理应是每天不可或缺的功课；懂得生活就是简单，简单才是幸福的箴言。偶尔亲友相聚，尚能只言幸福，不诉沧桑，欣然传递快乐信息与正能量。日日坚持读书听诗抒写闲情，不是为了高谈阔论、附庸风雅，更不是为了哗众取宠、肆意炫耀，只是为了让生活充满阳光，让生命溢满书香，以此充实为数不多的时光与飞速逝去的年华。

　　古人云"腹有诗书气自华"，那是一种内涵更是一种修养。我只想在自己暮年到来之际多一份淡泊与雅致，仅此而已。于是，夜阑人静之时在键盘的轻轻敲击中释放心情，在文字的三千弱水中安放灵魂，追寻那份曾经属于自己的纯真与乐趣，在迷茫和困惑时给自己点一盏希望的心灯也不失为一丝安慰。看看镜中日渐老去的容颜，抚摸鬓角新添的白发，愈发感悟到生命的珍贵与厚重，岁月的清浅与无奈。

暮色苍茫中，一位蹒跚而行的白发老人弯腰推着童车与我擦肩而过，边走边逗孩子，欢声笑语惊扰了昏黄的路灯。一种奇异的感受让我顿觉领悟，心头随之豁然开朗。"莫道桑榆晚，为霞尚满天"，活着就是一场丰富的人生之旅。虽年近暮年，夕阳西下，但在人生律动的节拍里，仍须时时保持充满阳光的乐观心态，宁静致远的淡然心境，焕发生命的青春气息，这也是一种瑰丽的希望。

水无常态山无常形，人之一生，无论你能不能为社会增光为人生添彩，无论你是不是胸怀大志高洁儒雅，无论你会不会谱写靓丽的人生乐章，无论你是否立下惊世伟业，一切成败荣辱皆如过眼云烟。充分享受黄昏生活其乐融融的起承转合，拥有一份属于自己的淡泊宁静，奋力追逐日新月异多彩纷呈的时代步伐，难道不也是一种思想境界的升华吗！

原载《焦作晚报》2017 年 9 月 6 日副刊
《焦作文艺界》2017 年第六期

爱在深秋

总喜欢在秋意阑珊时走进大山，不单单是为了饱览绚烂的秋色，更为把自己融入那抹红云如霞的秋光中。

深秋的山景绮丽诱人，与朋友一起置身寂静的山谷，目及之处是漫山遍野醉人的红叶，葱翠的松柏，耀眼的金黄，没有喧闹，没有拥堵，尽情享受原生态的幽静，心境便异常安宁、澄澈。

攀上太行山巅峰，俯瞰青天河大泉湖碧波荡漾，游船往来穿梭，美丽的青天河村伴着层层梯田，隔河相望，如火红叶染遍山峰峡谷，层峦叠嶂，美不胜收。

我们一行穿过山区林场的一片青松林，清风吹过，松涛阵阵，鸟声啾啾，见一只野兔窜进树林，便让人感受到了山野的清新与灵动。迈上山坡，路边的杂草已经枯萎变黄，匍匐在地，踩上去软绵绵的，一岁一枯荣，这应该是大自然无法抗拒的规律。然而，在日渐衰败的杂草中，依然开着几簇黄色的或紫色的野菊花，乍看上去并不起眼，但它们在秋阳下独自绽放，丰富着山野的色彩。

越往前行景色越美，一丛丛黄栌如火焰般地开放，温润通透。黄栌是南太行山区随处可见的灌木，靳家岭的红叶号称十万亩红叶王国久负盛名享誉世界，"霜叶红于二月花"指的是枫叶，但这里的红叶堪比枫叶，更纯粹、更诱人。

时近中午，云雾已然散尽，伫立于观景台极目远眺，远山近岭，千沟万壑，一片色彩斑斓。满山的黄栌、漆树、红椿、黄楝、松柏五彩缤纷，层林尽染。每一缕秋红都流淌着诗情，每一片橘黄都浸染着画意，漫延着醉人的秋韵，使人瞬间生出无限遐想。

身边一群穿着五颜六色汉服的姑娘高声唱起了《万疆》，甜美的歌声回荡在如画般红叶海中。是啊，生于这个伟大的国度，充分享受社会主义的灿烂阳光，有党的英明领导，有雄厚的国力，有团结一心的人民共同抵御灾情、疫情，我们何其有幸。

自古逢秋悲寂寥，其实秋光宜人，真的无须哀叹。移步皆景，因为这里的每一处秋色都是醉人的。踏着满是碎石，铺满落叶的山道，穿过茂密的灌木丛去探访千年黄栌，斑驳的阳光从枝丫间穿过，洒在脸上、身上，暖暖的，十分惬意。那棵饱经风霜的黄栌悄然屹立千年，蔚为壮观。硕大的树冠遮天盖地，如团团燃烧的火焰，凝聚着激情，升腾着自信，期待着一年一度的浪漫，铺陈出异样的华彩，竟成了靳家岭深秋一道古朴沧桑如油画般的绝妙风景。

一阵冷风袭来，有红叶像蝴蝶一样翩跹飘落，浅红的、深红的、金黄的、暗红的、红黄相间的各色各样叶子，瞬间飘成了满天的烂漫。红叶的翩翩舞姿是那么的轻盈，那么的诗意与壮观。它从秋深似海的意境中飘下，落在头上，落在脸颊，飘忽迷离，眷恋不舍。"金阳红树间疏黄"的唯美秋色，在凉爽的山风中律动、追逐、嬉戏，被时徐时疾的秋风裹挟着，亲昵着，推搡着。与家人缓缓前行，欣赏一处又一处葱翠的绿、璀璨的黄、醇厚的橙、醉人的红，寻找入心的馨香与落英缤纷的壮美，尽情畅游家乡的山川胜景，看着亲人们脸上的微笑，便觉得生活是如此的幸福美好。

夕阳西下，余晖初开，一抹晚霞把漫山流光四溢的色彩以及远处若隐若现的民居妆点得缥缈、神秘，如同仙境。太行山的秋色是如此的丰满，置身于这绚烂的画廊，无论怎么看，怎么品，总是令人看不够品不透。

我愿沉醉在深秋的大山里，晨听鸟鸣，晚赏夕阳，在曲径幽静、摇飏葳蕤的山林中游览，那绝不亚于一次高品质的旅游！

原载《焦作晚报》2021 年 11 月 10 日副刊

又闻桂花香

清晨，轻轻推开房门，一阵浓郁的花香便扑面而来，这是今年我家的丹桂第二茬开花。按往年的规律这株丹桂每年两次花期间隔一个月，但今年花期间隔不足20天。

这棵桂树是2002年春装修房子时在小尚花卉园买的。那位女老板喋喋不休为我们介绍她园子里的桂树品种，有金桂、银桂、四季桂、月桂，最终我们花30元买下了这棵一米多高的小树，第二年秋天稀稀疏疏开了几朵花，才知道是丹桂。橘红色的花朵在绿叶丛中鲜艳夺目，愈显玲珑可爱。

15载光阴一晃而逝，孱弱的桂花树与小院的枇杷、葡萄树为邻，与身旁的翠竹、鲜花竞秀，与欢唱的小鸟作伴，纳日月之光华，聚风露之泽润。历经春秋冬夏，迎送雨雪风霜，潜滋暗长，馈赠给小院一片绿荫，渐成枝繁叶茂3米多高的大树。

每年花开时节，红彤彤的花瓣密密扎扎笑灿绿叶丛中，或仰面昂首，或含羞低垂，彼此簇拥争艳，热热闹闹轰轰烈烈开满树枝，将醉人的花香贻惠人间。轻摇一下树枝，便纷纷扬扬好似下了一阵红雨，桂花落在身上，飘在脸上，馨香粘在嘴边，花瓣洒满一地，充满柔美与诗意！"弹压西风擅众芳，十分秋色为伊忙。"除了桂花，有谁能占尽金秋的烂漫与辉煌？

记得前几年桂树的花期是一年一度，而长大后却每年花开二度，第一次在9月初，时隔一个月开第二茬。今年第一茬花开时，群里有网友讨论桂花的妙用，卫东老弟说用桂花泡水最好喝，心雨妹妹说桂花晾干装枕头，还有的说做月饼最好吃。我曾经用晾干的桂花加上核桃、花生仁烙祭灶火烧，浓香四溢满口甘甜。美女田野更是急切地要来我家欣赏丹桂的模样。那是一个霏霏细雨的周日下午，我搬了个人字梯和她轮流上去采摘。湿漉漉红艳艳的桂花透着水灵，被我们一朵朵采撷放入纸杯。田野清秀俊美的脸上溢满了喜悦，她说第一次看丹桂绽放时的漂亮，甘甜的花香又是如此让人陶醉！

是啊，凝眸注视着那一堆堆层层叠叠，酷似玲珑精致小喇叭般的花朵，带着晶亮的雨露，点缀着碧玉纷披的绿叶。更有那馥郁的"一味恼人香"，带有几丝甜意让人久闻不厌。

"暗淡轻黄体性柔，情疏致远只香留。何须浅碧深红色，自是花中第一流。"除了李清照，恐怕很难找到赞誉桂花为"花中第一流"的诗人了。它没有海棠的娇艳，玫瑰的妩媚，牡丹的富丽，雪松的伟岸，可是带给人的却是一种淡定与洒脱，温婉与贤良，让人在不经意间心旌摇曳为之动容。

久久地在小院徘徊，忘情地呼吸着如丝如缕，如幻如梦的阵阵清香，一股股诗意流淌进了我柔软的心房。此刻，人世间所有的是非得失，荣辱恩怨，都在刹那间得到了冰释，心境变得舒然而又安详。

原载《焦作晚报》2017 年 10 月 18 日副刊

寒冬，那一树腊梅

不经意间看到隔壁大嫂门前的几株腊梅开了，圆圆点点的花蕾缀挂在弯弯曲曲的枝杆上，远远望去一片炫目的金黄，沁人心脾的清香吸引了不少过往的行人！

百科资料云腊梅为落叶灌木，常丛生，有浓芳香。其花在霜雪寒天傲然开放，花黄似蜡，浓香扑鼻，是冬季观赏主要花木。腊梅花经加工是名贵药材，有解毒生津之效。

大嫂说，今年这几株腊梅开得早，按说往年都在腊月中旬以后开花，也许是前几天气温下降的原因吧，今年竟然提前十多天开了。大嫂还告诉我，今年腊梅没有去年开得好，问其缘由，方知寒冬腊月鸟雀们没处觅食，疯狂啄食花蕾，把好端端的腊梅给糟践了。低头看看树下一片片鸟屎和干花蕾，心想鸟们也有自己的生存法则，这也许是人与自然和谐中的杂音吧！

中国古诗词中以梅为题的诗词杰作很多，情感走向也极具多元化。有借梅叹国恨，有以梅喻人格，有用梅寄闲情，有借梅诉乡愁，还有以梅喻身世、拟性格的，不胜枚举。

我酷爱梅的俏雅幽韵和横斜错落的虬枝，以及娇艳含羞的蓓蕾，清丽芳香的花蕊，冷艳傲雪的姿容，冰肌玉骨的轩昂。还有疏影逸香的意境，寂寞清冷的风骨，更喜欢她卓尔不群的气质和凌寒怒放的坚守与执着。

打小我就对梅花情有独钟，印象中美术老师教的第一幅画是干枝梅，在黑板上寥寥数笔就勾画了一幅绝妙的水墨丹青。随后老师给我们讲腊梅那傲骨铮铮、凌寒怒放的抗争精神，和"俏也不争春，只把春来报"的高尚品质，在我幼小的心灵中烙下了难以磨灭的印记。参加工作后我曾买了一个茶叶桶，上面印有鲜明时代特征的红梅图案，一晃40多年过去了，我还悉心珍藏着。一次外出旅游时在洛阳龙门景区逗留，一眼就相中钧瓷花纹的梅花盆景，令我爱不释手。成家后墙上挂的第一幅画是盛开的红梅图。那疏影扶风的琼枝、暗香浮动的瓣蕊一直开在我的心底。

想想那一剪寒梅从 3000 年前的诗经中走来，穿过秦时明月，跨越古道长亭，携着唐风宋雨，久久贮留我的心田。宋代诗人陆游爱梅至深，书写了"一树梅前一放翁"的豪情，在他仕途失意时仍赞誉梅花清幽绝俗、坚贞自守的傲骨，发出"零落成泥碾作尘，只有香如故"的长叹。一代伟人毛泽东更是爱梅如痴如醉，写下了"待到山花烂漫时，她在丛中笑"的千古绝句，在那个特殊年代人人都会吟诵。

有人说梅是雪最知心的红颜。雪与梅在古今诗人笔下结成了不解之缘。宋人王安石有"遥知不是雪，为有暗香来"的名句，于是"踏雪寻梅"成了人们寒冬盼雪的乐趣，梅伴雪生，方显梅的坚强与高洁，雪为梅衬，又映衬出梅的美丽与多情，使之情趣盎然。

漫步走近丝丝缕缕的花蕊，闻着淡淡郁郁的清香，看那在寒风中屹立向上的枝条，撑出了一树怒放的金黄，刹那间我仿佛听到了梅的盈盈花语，让人顿生敬意！她是报春使者，不惧严寒冰霜年年蕴芳吐蕊，在"岁寒三友"中堪称冷艳君子，她的精神永远激励人们的斗志，坚定人们奋力进取的信心。

我很尊崇"梅花香自苦寒来"的诗句，皆因她是激励人们挑战极限经受磨砺的箴言，一如腊梅高雅孤傲的品质，永远值得赞颂和敬仰！

原载《焦作晚报》2019 年 1 月 9 日副刊

夜游平江路

我是在傍晚时分走进苏州平江路的。

因前一天在无锡参加中华作家联盟组织的采风笔会时，不慎扭伤左腿，行走不便，本想尽快结束行程，无奈小女儿提前在网上预订好酒店和返程机票，我只得继续忍痛欣赏沿途心动的风景。

预定的酒店在大名鼎鼎的苏州富仁坊步行街，听说距离景点不远，步行半个小时即到。但老伴心疼我的腿伤，喊了黄包车拉我们去拙政园。拉车的陈师傅很健谈，纯正的吴侬细语听起来轻柔有趣，一路上他热情地介绍苏州风情和各大景点，还特意嘱咐"来苏州你不能不去平江路，吃喝玩乐样样俱全，古话说得好啊：一条平江路，半座姑苏城，不游平江路，何必下江南！来一趟不容易呀，可别落下遗憾。"苏州人的推介肯定不会错，我的心早已飞到了平江路。

一、古朴街市

华灯初上，夜色渐浓，我们一家五口穿过商铺林立灯光璀璨的观前路步行街夜市，直奔平江路。

平江路是一条傍河的小街，北接拙政园，南眺罗汉院双塔，是苏州城迄今为止保存最为完整的古街，也是苏州城千年经典水巷的缩影。说是步行街，其实是一条不足两公里长的河畔小路，半边霓虹半边水色。在迷人的夜色中拾级而上，走过青石铺就的平江河古桥，便是闻名遐迩的平江路。这条南北走向的老街与河流并行，河边石级、水埠直通人家。河中有往来不断的小游船，晃晃悠悠穿过一道道石桥，摇碎了水中的霓虹倒影。狭长的平江路宽不足 6 米，路面铺着清一色的石板，在夜色中伸向两侧一个个狭窄的小巷。小巷悠长，两边全是低矮的民居。据说苏州老城是不允许盖高楼的，最早的建筑也只有两层。

河边绿树成荫小桥流水。西侧一座座白墙黛瓦的民居，久经风雨侵蚀的墙皮偶有斑驳脱落。而路东一排房屋就是商贾云集的古城夜市，工艺字画、服装首饰、美食小吃，各种商品应有尽有。还有标着苏州评弹、昆曲的茶社、博物馆等等，都足以发人古之幽思。

漫步在平江路这条"河街相邻，水陆并行"，极富江南风情的古城夜市，欣赏着小桥、流水、人家的水乡神韵，穿梭于熙熙攘攘的人流之中，体验着现代快节奏生活中少有的缓慢与悠闲。此时，我才深切感受到了这座小城的古韵与雅致。

古朴的平江路很少现代都市的元素，没有鳞次栉比的高楼，只有古朴简约的巷弄，陈旧斑驳的青石路以及家家店铺门前栽种的花草绿植，蔷薇青藤爬满墙头或老式屋檐。就连商铺的名字也是古老的，画廊、书吧、茶馆、香舍、琴斋、衣铺，错落有致依次林立在街旁。一口木式古井模型静静摆放在路中央，一架木板车斜竖在柳树旁，仿佛在诉说着历史的沧桑，为老街平添了几分幽古的韵致。老街全是古老的建筑，飞檐翘楚的楼阁，精雕细琢的廊柱，优雅别致的窗棂，明清古建筑风格可见一斑。还有山水人物浮雕的隔扇，古拙质朴素雅简洁，无不弥漫着古城的气息，凝聚着深厚的文化底蕴。

二、水乡雅韵

身处平江路，宛如人在画中游。走在繁华而不喧嚣、宁静而不冷清的街上，我们时而浏览琳琅满目的商品，享受购物乐趣，时而伫立桥上居高临下欣赏夜色中漂泊在河中的一条条小篷船。坐船绕苏州老城转一圈要一个多小时，由于孩子们急着进拙政园看荷花未能如愿。平江河不宽，船也不大，仅可载五六人，摇船的女子都着一袭蓝底白花衣服，边行船边唱江南小曲，软软的曲调悦耳动听，悠悠然越过小巷、穿过小桥，桨起桨落之处泛起片片涟漪。高处的霓虹灯红红绿绿倒映在水波荡漾的河面，变幻成弯弯曲曲轻摇曼舞的彩绸。近看小船古朴典雅，船舱里人影绰绰，远眺星光点点若梦若幻。据说船女为乘客唱曲是要另外收费的，但比进路边的茶社里听曲要划算得多。此刻很想租一条小船在夜色中漂泊，慢慢咀嚼姑苏老城的味道，尽情领略水乡园林的景致和东方威尼斯的人文情怀，一定会更深切地理解"上有天堂，下有苏杭"的丰富内涵！

不巧，天下起了蒙蒙细雨，淅淅沥沥朦胧如诗。初遇江南的雨给人绝妙的感觉，那雨飘飘悠悠，轻轻柔柔，清新而纤弱，婉约而高雅，小桥、树木、青石、古巷都笼罩在雨雾中，扑朔迷离。绝不似我们太行山脚下的雨，来得那般轰轰烈烈，酣畅淋漓。雨中的游人往来如梭兴致不减，一把把五颜六色的伞在街上缓缓游荡，仿佛在展示水乡的浪漫。伫立雨中我情不自禁闭上双眸，任多情的雨丝滴落在发间，静享着瞬间的诗意。雨不疾不徐地下着，店铺两旁的花木绿植，经雨水的滋润更加青翠欲滴，葱茏蓊郁，偌大的绿色生态气氛撞击着游人们的视觉，映衬出江南水乡的清秀和静谧，构成了一种让人心生眷恋沉醉其中的禅境。

忽然雨中传来一阵悦耳的歌声，"太湖美呀太湖美，美就美在家乡水……"循声望去，一叶小船由远及近缓缓驶来，桨声灯影里一位戴着斗笠的女子在唱歌，歌声游过夜色斑斓的桥洞，飘过流光溢彩的河面，舱内一男两女在柔和的灯光下品茶，好不惬意。我不禁沉浸在这美好的雨夜中，忘记了腿部的伤痛。小船渐行渐远，独倚河栏良久良久，那悠扬的旋律，甜美的歌声仍在耳边萦绕，我觉得自己一直走不出那江南水乡浪漫的诗情。

三、寻访《雨巷》

走出书店才发现旁边巷口牌子上的赫然大字"丁香巷"，心里倏然一动，想起了诗人戴望舒的《雨巷》：

撑着油纸伞，独自
彷徨在悠长、悠长
又寂寥的雨巷，
我希望逢着
一个丁香一样的
结着愁怨的姑娘。

难道这条丁香巷果真是诗人笔下的"雨巷"？难道诗人就是在这幽深的雨巷中邂逅那位结着愁怨的丁香姑娘？我暗自庆幸，偶然间邂逅了从小喜欢并烂熟于心的诗歌《雨巷》原创地。

于是我撑起雨伞，带着疑问，沿着湿漉漉的青石板，走进了戴望舒诗中那个悠长悠长又寂寥的雨巷！……雨水滴在伞上滴答滴答作响，我慢慢前行，细品着《雨巷》里的韵味，莫名的怅然弥漫在心头。

我在寻访和猜测《雨巷》作者当时迷惘的情绪和朦胧的希望。可我怎么也找不到，只觉得《雨巷》就是一首优美的抒情诗，给人一种感伤又期待的情怀，也给人一种惆怅而又幽深的美感。回味着、联想着《雨巷》中的诗句给我的遐想，我在那个不足 3 米宽寂寥的雨巷走了 20 多米，路灯越来越暗，我便拐回来，仔细打量着四周。这里的一切应该和戴老诗人笔下的情景相吻合，幽深的小巷，旧式的二层小楼，雕花的窗棂。一丛丛一簇簇丁香、蔷薇点缀着古朴的墙头，多情的青藤像瀑布倾泻在小巷的青石上，我的思绪被这繁茂的绿植包围，身处其间，不知今夕何夕！行人寥寥的小巷，哪有结着愁怨的姑娘？倒是有两个打着雨伞身着粉色旗袍的姑娘讲着轻柔绵软的苏州话说说笑笑擦肩而过，俊美的脸上洋溢着青春的气息。我想时代变了，人们的生活也应该是如此幸福美好而富有情趣。

四、姑苏美食

平江路到处飘荡着古朴的旋律，多数店铺与餐馆都是仿古装饰，既简约又典雅，每个不经意的角落都有精心的布置，处处显示着经营者的匠心。

在平江路一个挂着"中华老字号"的烘焙店，女儿和孩子们进去观赏了老作坊制作甜点的过程，买了现做现卖的正宗苏州蛋卷和糯米糕，轻咬一口，味道纯正，香酥可口。在另一个小店，我们还品尝了苏州有名的奶酪、赤豆小圆子、桂花糖，其口感酥软甘甜，绵滑细腻醇香。还有当地一绝的狐狸家的酸奶、街源家色泽金黄、酥脆味香、梅菜浓郁芳香的梅菜扣肉饼，都是地道的特色美味，经不住这些舌尖上美味的诱惑，孩子们逐一进行品尝，并买了些带回去留待慢慢享用。苏州的每种特产和风味小吃都让人口舌生津回味无穷。

夜色阑珊，小雨渐停，老伴仍意犹未尽地拍照，女儿和孩子们也乐此不疲地挨着店铺边转悠边吃美食，沉醉不知归路。对面是一所有评弹的茶馆。我虽听不大懂评弹，但知道那是国粹。据说苏州评弹历史悠久，历经几百年至今不衰，清乾隆皇帝还曾多次聆听。苏州评弹曾入选第一批国家级文化遗产保护项目名录。

不觉间已凌晨一点，街市上仍有摩肩接踵的人流，我们在一个巷口品尝了姑苏美味：绿豆汤、糖粥、酒酿饼、糯米糕团，各具风味。

姑苏水乡平江路是来了就不想走的地方，那洋溢着古镇风情的秀丽妩媚，繁华而又清新的购物环境，还有优雅怡静充满古朴气息的狭长小巷，以及碧水间唱曲划船的江南女子，都给我留下了深深的记忆，江南水乡美的气息时时氤氲在我的心间。

2020 年 9 月 11 日

静旎庭院入画来

　　许多朋友羡慕我家优雅的小院，其实我更羡慕三弟家的大院，恢弘而不奢华，简洁而又雅致，一年四季充溢如诗如画的静旎之美。

　　三弟的院子曾是一个旧厂，面积较大。主房坐北朝南，是我们当地流行的住宅格局。庭院的一切均按三弟自己的赏景方式设计，结构简约平实，格调明快精巧，休闲居家自然而轻松，清新而不落俗套的构思极富人情味。

　　院子里修了水池与河道，水池里长满碧绿的睡莲，竞相怒放的花朵与含苞待放的花蕾争奇斗艳。流水潺潺的河道里种满了莲藕，袅袅婷婷的荷花正在盛开，粉嫩娇艳，荷叶如伞随风摇曳，有鱼儿嬉闹其间，还有一蓬蓬莲蓬果，充满南国水乡味道。河道边茂密的翠竹郁郁葱葱已经成林，有金镶竹、罗汉竹、云竹、斑竹，微风吹来沙沙作响，平添了几分幽静淡雅与柔美。石砌的河道转角处摆放几尊石墩，上面雕刻着龙凤呈祥和五禽图，彰显了一种古朴典雅和现代风情的生活格调。

　　院子四周种了很多果树和观赏树木，满树的石榴已长红了脸庞，几棵红梨树、苹果树、柿子树、枣树果实累累缀弯了树枝，几棵高大的核桃树即将成熟收获，满树珍珠般的樱桃早已过了收获季节。

　　院子中央是横贯东西的一排葡萄架，攀援而上的枝蔓爬满绿色长廊，密密匝匝的葡萄已经成熟，像一串串碧玉翡翠玛瑙珠玑，晶莹剔透。忍不住摘几颗品尝，脆嫩甘甜，香沁心脾。

　　院子南面是一个偌大篮球场，四周竹树环绕，那是侄儿何焱篮球冠军梦的诞生地。侄儿从小酷爱篮球，11岁时个子就长到1.8米，先在焦作体校练球，后进武汉体院深造，球技突飞猛进，个子也长到2.05米，三弟媳十分支持儿子的爱好，专门为儿子在家里修建了球场，确立了侄儿为篮球事业拼搏奋斗的志向。经过多次参加比赛侄儿渐渐有了成就感，他的天赋也得到了开拓。他曾在安徽江淮、福建闪电等队走南闯北数百次参加比赛，取得了骄人的战绩，队友们亲昵地称他"小姚明"，甫说，那个子模样和脸庞还真有点"姚明"的味道。现为国家一级篮球运动员的何焱，近年来多次参加全运会、青运会、大学生运动会等大型比赛，今年五月的全运会曾与易建联、孙悦同场竞技。

三弟为人厚道性格豪爽，也热情好客。大院很有气场，成了他们聚朋会友，品茗酌酒、博弈打牌，迎来送往的活动场所，别有一番乐趣。

勤劳的弟媳每年都在甬道边、果树下种了时令新鲜蔬菜，有绿茵茵的青菜，红彤彤的西红柿，小灯笼似的青椒，还有豆荚、油菜、丝瓜、大葱、菠菜、香菜……这些不使用农药和化肥的"绿色蔬菜"，是城里买不到的无公害蔬菜。

后院养了一群鸡、鸭，还有一群摇摇摆摆的鹅在转悠。家里吃的都是土鸡蛋土鸭蛋，亲朋好友来了吃饱喝足，还会带一些回去。

院子里还有几只小猫在安歇，一条大狗在警卫，洋溢着家的情趣和温馨，日子的祥和与欢乐。

坐在阳台悠闲品茶，看满院翠绿花香，听树上小鸟欢唱，尽情呼吸院子里丝丝新鲜空气，任狗儿猫咪在身旁嬉戏，休闲中心情更加释然淡定。

大院景色四季分明，春暖花开时这里是一轴色彩斑斓的油画，杨柳吐翠，桃李盛开，海棠、玉兰和各种花草竞相绽放，满院花团锦簇姹紫嫣红；夏日炎炎酷似地中海风格的写意画，绿树成荫，鸟声啾啾，蛙叫蝉鸣，荷花满池，给人以恬静幽远的感觉；秋高气爽是一幅浓缩的田园风光，葡萄、苹果、核桃、梨、石榴硕果累累挂满枝头，尽享收获的喜悦，更有丹桂飘香；冬来俨然一幅深深浅浅水墨丹青，玉树嶙峋，斜阳残雪，庭院银装素裹，恬静中多了一分壮阔与凝重。

美哉，温馨优雅旖旎如画的何家大院！

原载《焦作晚报》2017 年 8 月 23 日副刊

涌出心尖的感动

蓦然回首，2019 年的时光已在不经意间悄然逝去。春夏的鸟语花香，秋冬的残荷冰霜，都踏着日月轮回的晨光晚霞步履匆匆，在过往的风景线上定格。坐在小院冬日的暖阳下，翻阅两个微信平台上发表的 600 多篇心血凝成的原创图文，从抒写生活闲情到采写身边榜样，传递社会正能量；从挖掘历史文化到宣传家乡山川美景，助推全域旅游；从弘扬博爱美食文化到帮助农民推销农产品，为群众排忧解难。一幕幕场景历历在目，禁不住心潮翻滚，久久难平。

五年前，年逾花甲的我们办起了微信公众号"郊城漫笔""怀川夜语"，一路走来有苦有乐，有失误也有收获，有坎坷也有历练，有遗憾也有欣喜，有惆怅也有感动！

虽然我们老眼昏花，但仍为赶写文章、编辑图片而经常通宵达旦彻夜不眠，甚至夜半三更突发灵感起床奋笔疾书。清灯孤影呕心沥血不言其苦，夜阑人静勤奋笔耕乐在其中！总觉得岁月匆匆如白驹过隙，未拥抱清晨即握别黄昏，未感受春夏便迎来秋冬。那些跌宕的文字是不可动摇的执念，陪我们度过了无数个黄昏与黎明，诠释一生中美好的快乐时光。

庆幸有文字为伴，退休后的生活不再寂寞孤单。一篇篇或浓或淡的往事从指尖轻轻划过，激动的心海翻起了涟漪。微信公众号是心灵之桥，让我们有缘在茫茫人海中结识了一大批有学识、有才华、有品位的微信好友，能够一起分享快乐，分担忧愁，平添了生活的美好！洋洋洒洒的千字留言不啻是一份纯朴的感情，一份真挚的关爱，一个感动的瞬间。

收获的鼓励与感动还远远不止这些，去年正月初一，红色许湾的群众自发在村头广场拉起"欢迎何世国贺淑幸夫妇回家过年"的横幅，尚建民书记和几位村民们在村口等候，并在村委会为我们摆上百家宴。此情此景，让我们倍加感动，如沐春风。彼时我们才真正感到被老百姓认可才是一种无与伦比的幸福与满足，往日所有耕耘的艰辛、忙碌与付出都在刹那间得到了释然！还有山里人送我们的锦旗、县委宣传部赠阅的报刊、山村大姐送来的时令蔬菜和土特产，无不是我们的奋力前行的动力所在。

徜徉在文字中我们度过了以梦为马的时光，找回了昔日遗失的梦幻，才有了更加精彩的期待。我们将不畏征程艰险不惧山高水长，只为寻觅在水一方那片春暖花开的辉煌。在创作中感悟生活，在憧憬中追逐人生，讴歌新时代的美好，见证生活的酸甜苦辣，留一份回忆和念想。

回眸昨天，时光荏苒，光阴如梭。我们唯愿花甲之年不甘沉沦，以"老牛自知夕阳晚，不待扬鞭自奋蹄""宁移白首之心，不坠青云之志"自勉，愿为家乡的崛起与振兴尽一份绵薄之力。

原载《焦作晚报》2020 年 1 月 3 日副刊

听书之乐

  不知何时起迷上了听书。也许是老眼昏花的缘故，也许是声情并茂的诱惑，那叩击心扉的韵律和节奏，成了我生活中不可或缺的功课。

  "要养成读书的好习惯"是父亲生前对我们姐弟的谆谆教诲。小时候父亲常跟我们讲"开卷有益"的道理，鼓励我们多读书，读好书，因为"书中自有黄金屋，书中自有颜如玉"。当时年少懵懂，对父亲的话不甚理解。只记得那时爷爷留给父亲不少藏书，可惜"文革"中被红卫兵抄家付之一炬，之后好长时间父亲总是闷闷不乐。我上初中期间父亲立了家规，每天饭前让我们姐弟轮流读报，无论时事政治还是凡人逸事，一人一段，读错字或读结巴了，父亲都要责令我们从头再来。记得有次一篇文章我连读了16遍才过关。再后来父亲将"唐诗宋词"也搬上了饭桌。就这样长此以往常年坚持，在读书看报中积累知识，强化理解和记忆，也提高了我们的普通话水平。至今想起来，还真的感谢父亲当初为培养我们读书习惯而苦心孤诣的教育方式。

  前几年患眼疾做了手术，看书时间长了眼睛酸疼，女儿便为我在手机上下载了《为你读诗》与《在线听书》，闲暇之时，总是沉浸在优美的语音里，思绪随着朗诵节奏或缓或急，或轻或重，或愉悦动听或凄楚悲凉，心情在跳动的旋律中跌宕起伏，在别人的文字里总能听出自己的情愫和感悟。听书远比读书便捷，甚至吃饭、散步、做家务以至于乘车途中皆能打开收听，品读优美的文字，咀嚼诱人的篇章，情不自禁陶醉其间。

  听书是珍贵的必修课。影响国人的首届"中国诗词大会"后广为流传的一句话，就是"得阅读者得天下，得语文者得天下"，可以说是读书人的黄金准则。通过聆听、背诵、揣摩、领悟，于潜移默化中滋润心田激发灵感，思想在净化中升华。每天清晨醒来，第一件事就是打开手机收听朗诵，晚上又总是在婉约的清音中入眠。

夜阑人静之时沐浴书海，为心灵补水，为大脑充氧，感悟自然与人生。一天不听书，难免有几分空落几许彷徨。听过国嘴名家董卿、方明、雅坤、敬一丹的朗诵，也常听身边朗诵协会微友们的美声。最令我感动的是微友炫丽一方为我推荐国家一级作家杨东明配音散文、小说，且能看能听。琳子推荐的微信读书"有书共读"内容也极为精彩。微友白冰小朋友得知我眼不好使，专门录制我最喜欢的余光中、余秋雨的作品，陪我度过了一个个浸染书香的日子。

习惯成自然，久而久之感觉到听书是一种无与伦比的享受。独处的时光是快乐的，可以沉淀一颗浮躁的心，寻找一份感动与温暖，倾听着那抑扬顿挫的音符恰似汩汩清流，注入枯涸的心田。听台湾诗人余光中告诉我们《雨声说些什么》，领略余秋雨老师诉说《我在等你》的心情，跟诗人徐志摩道一声《轻轻的我走了》，随舒婷去看《日光岩下的三角梅》，追崇海子《以梦为马》的豪情……有书听的日子温馨而浪漫，有诗有远方也就有了新的希望与寄托，有了新的境界与深度。用书丈量四季轮回的光阴，酿造智慧世界的琼浆，"明其理、悟其意、修身心"，那种惬意的享受总能给我无尽的欢愉之情。

听书还可以医疾疗伤。最近看到一则消息，言读书听诵可以治疗心因性的疾患，感觉很神奇。后来翻阅杂志，证实确有其事。说的是中国古代《韩诗外传》中有个叫闵子骞的人，因贪图功利忧闷烦躁抑郁成疾，经人指点通读孔子的《论语》，结果所积心病不治而愈。无独有偶，《三国演义》中也有"读书祛头风"的故事，说的是曹操读了陈琳所写讨曹檄文，困扰已久的头疼风因此"痊愈"。《唐诗纪事》中也记载有人读杜甫的诗居然治好了疟疾。由此可见读书的确是治病良方，疗的是心疾！

在四季更迭时光流转的光阴里，能时时与书为伴或读或听，是一种静美之约，是一份浩然之气。窗外北风呼号寒气逼人，屋内的我独坐墙之一隅，倾听着曼妙的旋律伴随甜美的诵读，沉浸于温润的书香中取暖，乐享似水流年！

原载《焦作晚报》2017 年 12 月 13 日副刊

第六辑

亲情永驻

父　亲

想您的时候，总爱深情遥望
村边那一片静静的竹林
今年的父亲节，恰是您的生日
您走的那年冬至，却是我的生日
岁月轮转的又一次巧合
把您的慈祥再次叠上我的悲戚

那天你走得太急
没有吃的那碗饺子还冒着热气
您的人生刚满一轮花甲
就匆匆上路去找您的父亲

儿女们都还记得
您是天底下最称职的父亲
想起您一句句
领我们背唐诗宋词
读出盘中餐的粒粒辛苦
想起您手把手
教我们横平竖直书写人生

在我刚刚踏上社会的时候
您总是把厚厚的关爱装进信封
把谆谆叮咛塞进电话
声声嘱托如山如海
伴我走过一个个黄昏与黎明
您把关爱铺成一条小径
一双大手推着我

走出青涩，走进社会
走出困顿，走向光明

弹指二十七个春秋
记不清多少次泪湿衣襟
今天是您的生日
女儿想用一碗饺子
还您关爱，谢您厚恩

原载《焦作晚报》2017 年 6 月 17 日副刊

五月的诗行

——写给母亲

说不清世间有多少称谓
——只有母亲最神圣
说不清人生有多少崇敬
——只有母亲最光荣

无论是您的母亲或做母亲的您
抑或是我的母亲或做母亲的我
一声声呼唤
都在编织一个美丽的梦

哦，这是无数次伟大的奉献
这是亿万年孕育的辉煌
母亲，来自女娲补天炼石的燧火
母亲，来自仓颉造字缔结的文明
来自人类栉风沐雨的祈求
来自天地日精月华的生命

当我们扑进母亲的情怀
去抚慰母亲眼角的艰辛
当我们走向母亲的岗位
去承担母亲肩头的使命
多少次希望膝下
一千次，一万次真情的呼唤
母亲会永不疲倦地甜蜜地回应
这是充满希望的爱

未来，属于那些稚气的呼声

母亲啊，这个五月完完全全属于你
女儿想把对您的爱镌刻成心中永恒的丰碑
为此我笨拙的笔已失眠了整整一个春天
您的慈爱您的微笑
您的皱纹您的银发
无时无刻不萦绕在我缱绻的思念里
激励我敲击一行行悲戚的乐章
在苍凉的心扉留一缕岁月的畅想

原载《青春诗历》1994 年

母爱深深

吃过腊八粥那个凄冷的黄昏
您走了
女儿的忧伤犹如雨中残荷
滴滴落落一路洒过

又是一年腊八节
那碗带着母亲体温的腊八粥
在心里整整熬了六年
丝丝氤氲的缭绕中
朦胧着您的银发与慈祥的笑颜
摆上祭品，焚香三支
在您的慈爱里含泪默拜
用沉甸甸的思念倾诉
两千一百九十个黄昏的悲戚伤结

无数次的呼唤，在梦里
从春花初绽到夏荷嫣然
从秋叶金黄到瑞雪飘飘
您的慈爱飘过我生命的四季

我用一行行诗句
写下，想您
追忆您的勤劳善良
怀念您的淑德贤惠

思念的木浆划开儿时记忆的心海
依稀的旧时光里

仿佛听到月华下您嗡嗡的纺车声
陪伴着我们进入甜蜜的梦乡
您用油灯点亮漫漫长夜
为我和弟弟缝补一年四季的衣裳
仿佛看到您蹲在老井旁的雪地上
呵着手为我们拆洗被褥
想起您在灶台前忙碌
精心烹炒的菜肴满屋飘香
您总把对子女的深情纳进鞋底
把对长辈的孝顺捧在碗里
柔弱的双肩扛起全家的希冀
一双巧手装扮了街坊邻居
靓丽了多少儿童的脸庞新娘的发髻

母亲，您识字不多却能洞察世事
您淳朴大度中饱含睿智
您絮叨的人生哲理
成就了我进取的刚毅
您的爱如山似海博大精深

滋养了春露洁白了秋霜
浸润了朝霞染红了夕阳
您终其一生辛劳
养育我们姐弟五人
您无怨无悔一个个放飞
又为我们带大儿孙
您说这才是您
一生的责任，一世的慰藉
每当与人谈起
您慈祥的脸上总挂满笑意
历尽风霜久经苦难的母亲啊

女儿笨拙的笔万千话语写不尽
难以释放对您的情思缕缕

　母亲，您走了
我躺在您温暖的床上想您
任晨曦把梦剪成烟缕碎片
任无声的泪水淋湿思念
此刻胸中奔涌着的
不是激流，不是瀑布
是荒草掩映中
那口早已唱不出歌的枯井

今日腊八，您的祭日
敬奉一碗热气腾腾的腊八粥
感恩您如山的大爱
今夜，我枕着思念去看您

2018 年 1 月 24 日

父爱如山

想念父亲，总是在辗转反侧的夜里。

父亲离开我们整整28年了，但他的音容笑貌犹在，清晰如昨。父亲是在寒冷的冬至早上走的，一碗热气腾腾的饺子还没顾上吃便匆匆上路，人生的道路上他仅度过了60个风雨春秋。又到冬至，又逢祭日，一遍遍回放刘和刚的《父亲》，啜饮着如烟往事，两行清泪禁不住涌出眼眶。

父亲宽厚、谦恭、好学、俭朴，他的教诲是我人生起步的重要资本。

父亲少时家境贫寒，没上过正规学校，8岁起便跟着爷爷到湖北老河口做怀药生意，一边学记账一边学文化。抽空还跟爷爷读四书、五经，偶尔练练书法。由于父亲能吃苦耐劳，勤学好问，自学了很多知识。二十世纪五十年代初父亲以优异成绩考上济源市银行。七十年代初爷爷过世后父亲为照料奶奶调回博爱县工业局做财会工作。

父亲是一名称职的会计师。他把"业精于勤，行成于思"作为励志准则，对工作兢兢业业一丝不苟有目共睹，爱岗敬业无私奉献有口皆碑。父亲承担全县工业系统每年的会计培训工作，他对财会事业的严谨、认真和执着在我幼小的心灵中埋下了种子，多年后他的同事提起来仍啧啧夸赞。

父亲对我们要求严格，打小要我们养成读书自学的好习惯，做社会有用人才，昏暗的灯光下父亲陪我们读书的情景仍历历在目清晰可忆。我参加工作的年代阅读书籍不多，父亲就剪辑报纸上的好文章寄给我，一摞摞信封装满对我的教诲与关爱。后来又鼓励我参加"刊大"与"人民日报新闻函授"学习，继而要我报考河南广播电视大学，帮我撑起了信念的风帆。我没有辜负父亲的希望，努力工作勤奋读书笔耕不辍。工作39年间曾300余次获得全国、省、市、县有关单位表彰，我的先进事迹还被全国妇联收入《巾帼英才名录》。我深知这是父亲长期教育激励的结果。

父亲热爱生活兴趣广泛，通晓琴棋书画，也涉猎集邮、打拳。他说精神生活能伴随终生的快乐，多掌握门才艺，多份爱好，人生才充实有情趣。他画的马和花鸟虫鱼栩栩如生，他的口琴也吹得非常熟练。在月华如水的晚上，我们总能听到悠扬悦耳的琴声，有时我们唱歌父亲吹口琴伴奏。他还教会我下象棋，可惜我悟性不高。倒是二弟秉承了父亲的意愿，书法、绘画皆通，打拳更是出类拔萃。父亲常说"字如人脸"，写不好字是很没面子的事，一定要练好。周日他总是剥夺我们玩耍的时间，一笔一画、横平竖直里倾注了父亲的心血。他教我们打算盘，说算盘是张纸，戳破就能使，至今我还能熟背父亲教我的演算口诀。

父亲默默吞下生活的苦涩与酸楚，他对自己克勤克俭却对我们体贴入微。但凡有好吃的，总要留给我们，说孩子们长身体动脑子需要营养。记得那时父亲一年四季就一件衣服，冬天让母亲装进棉花是棉衣，春天掏出来当夹衣穿，而逢年过节总给我们姐弟添置新衣。"新三年旧三年，缝缝补补再三年"是他的口头禅。包括二十世纪六十年代初父亲节衣缩食，每月拿出三分之一工资供养姑姑读书求学的事我也是前不久才得知。电话那头姑姑声泪俱下诉说"长兄如父、老嫂比母"的恩德，使我对父亲肃然起敬。在穷苦年代，父母挤出钱来帮姑姑完成学业，该是何等的深明大义手足深情。

父亲50多岁了还经常熬夜写稿，也屡屡鼓励我写。有次他竟然在自己的稿件上署我的名字，这里蕴藏着对我的祈盼。为搞好单位的外宣工作，父亲常常深更半夜废寝忘食。某年夏天他写了一篇新闻投到《焦作日报》，编辑打来电话询问数据，父亲怕电话说不清楚，便顶着如火骄阳乘车一个多小时跑到报社核实，严谨认真的态度令报社编辑深为感动。

父亲晚年患心脏病多次住院，稍有好转便坚持上班，领导劝他休息，他总说"谁没有个病，不算啥"。记得那年冬天他患中风住进医院，而我正在市里参加电大考试，三天后考完归来，闻讯奔到医院，看到病床上的父亲嘴歪眼斜，我哭成个泪人，埋怨他不该瞒我。而父亲却语重心长地说学年考试很重要，不能耽误。

211

窗外不知何时刮起了风，风把思念挂上树，压弯了枝头，又是一个寒冷的冬至！我的老父亲，我想你啊，你对我们的爱那么深沉、厚重，你茹苦含辛把我们姐弟五个养育成人，还没享福呢，你就走了，走得那么仓促，没来得及说最后一句话，没让我们在床前尽一天孝，更让我们无以报答你凝重如山的父爱！父亲，我们欠您的太多太多，忏悔的话不能言说，只能沉淀在思念的痛里，等将来到了那边我再向您慢慢诉说！

原载《焦作晚报》2017 年 12 月 25 日副刊

我的母亲

母亲是一个了不起的女人，她勤劳、善良、宽厚、贤慧、明理、恪守孝道且心灵手巧……再多的溢美之词用在母亲身上我都觉得不过分。

母亲柔弱的双肩挑着全家的重负。六十年代初，因父亲在王屋山区 531 办事处工作，我们一家便迁到济源五龙口镇一个依山傍水的小村定居。一家人的生活仅靠父亲每月 30 多元工资和母亲的终日劳作艰难度日。

那是穷过渡年代，母亲白天下地干活挣工分，晚上把我们姐弟哄睡后就靠在床头，就着昏暗的煤油灯纳鞋底，要么就是坐在纺车前纺棉花。四季轮回的每一个夜晚，我们姐弟几个都是在母亲吱吱咛咛的纺车声中入眠，其中甘苦几人能知。我大概是三年级时跟母亲学会了纺棉花，初中时学会织布，由此便能为母亲分担些家务了。

母亲上过文化速成班，认得不少字，生产队换届选举她担任了妇女队长。母亲吃苦耐劳，正直无私，与人亲善热情，街坊邻居有事总爱找母亲唠叨，为此母亲很受邻里乡亲的拥护爱戴。1971 年冬，作为农民中的劳动模范，母亲出席了县里的表彰大会。

母亲有着很好的名声，婆媳、妯娌、姑嫂、邻里关系处得非常好。提起母亲，人们无不夸赞。母亲孝敬公婆在村里也是出了名的。我祖母九奶奶以刁蛮著称，提起她，村里人都说不好惹，但母亲硬是以自己的柔顺感化了她，婆媳两人得以和睦相处。单从吃饭来讲，母亲就做得很难得，做饭前必先问祖母想吃什么，做好后再双手端到祖母跟前让她品尝口味轻重。

听父亲说，母亲刚过门的那年家里收玉米，白天她跟着祖父祖母在地里忙活了一天，到了晚上，母亲让全家人早早睡下，独自一人撕玉米皮到天亮。

1973 年，小姑姑在武汉钢铁学院上学，寒假时到济源看我们，母亲看小姑的棉衣单薄，便量体裁衣，熬夜为小姑赶制了一件厚厚的棉大衣，小姑感动得逢人便说"大嫂真好"。叔妯是干部，一家在城里工作，每年春节，都是由母亲蒸好大馍、枣花给他们送去，一直到母亲生活不能自理才罢。

母亲经常向我灌输许多做人的道理。不仅言传更是身教，尊老爱幼。崇德向善、以德报怨、忍让为上、任劳任怨等美德，都来自于母亲的传承。我的婆婆是继母，面对这样的情况，母亲多次教导我一定要对她好，还要善待小姑、妯娌，家和方能万事兴。时隔多年母亲的教诲犹在耳边回响。

母亲干农活是一把好手。在济源农村居住时我家有6分自留地，母亲便在这6分自留地里做起了大文章，除了种植大路菜，如白菜、萝卜、胡萝卜、大葱、大蒜之外，还种植了药材，印象里种的是地黄。爷爷爱抽旱烟，母亲还专门种植了几垄烟叶。农村水利条件差，浇地是个麻烦事，逢到我家浇地时常是半夜，母亲为了让父亲和孩子们睡个囫囵觉，常常自己深夜起来跳进水里开堰引水浇地。母亲的腿疼病也就是那时落下的。

年轻时母亲有极强的耐力，每天不知疲倦地劳作，累了、病了从不声张。但我只要看到母亲躺在床上就知道母亲要么是累了，要么是身体不舒服了，劝她去买药或看医生，她总说歇会就好了。

母亲有一双巧手，她的缝纫手艺是自学的，看到谁穿得衣服样式好，自己回家一琢磨就能做出来。她做的娃娃鞋更是样式新颖别致，常常惹得街坊邻居羡慕，就连在城里上班的小媳妇也来求她帮助或剪样或制作。对登门求教的人母亲总是笑脸相迎，有求必应，从不厌烦。我们的衣服自然都是母亲的一双巧手精心缝制，大的改小的，小的再镶上好看的花边改成大的，合身可体，让邻居大婶大娘眼馋得不得了。

母亲心里时刻装着我们，唯独没有她自己。她常说，孩子们正是长身体、动脑筋的时候，需要增加营养。但凡家里有点好吃的，总要留给我们。吃饭时母亲总是将饭菜盛好让我们先吃，自己到最后端碗，菜没了就将就吃点咸菜，"不爱吃菜"是母亲的口头禅。后来才知道，母亲严重的痔疮及肛裂疾病也是年轻时常年不吃菜落下的。

母亲做得一手好面食，每逢过节，母亲总要做出许多花样面食让我们享用或送邻居品尝，如油炸小杏花、猴捣碓以及各类花鸟鱼虫等面点，都做得栩栩如生，让人舍不得吃下去，邻居们也经常上门讨教。

母亲不仅能吃苦耐劳，还是一个热爱生活的女人。她天生有副好嗓子，小时候，我经常听母亲一边做家务一边小声哼豫剧，什么《大祭庄》《三哭殿》《窦娥冤》《穆桂英挂帅》《花木兰》等戏里的唱段，唱得有板有眼。有一年，乡里在大礼堂开会，母亲还登台唱了一段《朝阳沟》里王银环的"走一道岭来又一道沟"，字正腔圆的唱功赢得了在座近千人热烈的掌声。

母亲的爱并不只是普通劳动妇女对子女的溺爱，更有一种灌输责任和担当意识的大爱。记得 1981 年秋，我当时在被服塑料厂上班，上的是三班倒。大女儿刚一岁多，由母亲照看，我每天下班后便骑自行车回去。那天下着大雨，恰逢磨头至四沟段修路，路面上堆着的土方被大雨冲得一片泥泞，我想打电话请个假，而母亲却坚决地说，当工人就得遵守纪律，上夜班的人还等着你去接班。为了不耽误我上班，母亲早早给我做好饭，然后和我一起上路，我们娘俩冒雨轮流背着自行车一步一滑走过 5 公里的泥泞，那天，我按时接了班。

为掌握更多的文化理论知识，在母亲的全力支持下，我先后参加了《人民日报》新闻函授班、山西刊授大学和河南广播电视大学学习。在认真做好本职工作的同时，我运用所学到的知识，积极撰写稿件，大力宣传单位在服务"三农"、变轨转型中的作用及先进典型，相继有近千篇新闻稿件、散文、诗歌、论文在各级报刊登载。为此我曾 300 余次受到国家、省、市、县级有关部门表彰奖励。现在想起来，如果当时没有母亲帮我照看孩子，让我安心学习，就没有我工作中的进步与业绩。可以说，我所取得的点滴成绩都应归功于母亲，没有母亲的帮扶就没有我的一切。

母亲常说，公家的事再小也是大，自家的事再大也是小，干工作不能交差应付。1985 起我开始接触办公室工作，主要从事文字材料的起草。母亲很支持我，相继帮我带大了两个女儿，住到我家后还包揽了很多家务。我们一家人脱下的脏衣服以及鞋袜即使藏匿得再严实，也会被母亲找出来帮我们洗干净。为了不让母亲劳累，换下的衣服我总是及时洗，由此养成了从不积攒脏衣服的良好习惯。遇到晚上有加班写材料的任务，母亲总是沏好茶水放到书桌上，电视也关掉，生怕影响我的思路。我工作中有了成绩，母亲知道后比我还开心。我在报刊上发表了文章或受到表彰，母亲总要高兴上好几天。那年听说我破格评上了高级政工师，便喜滋滋问我相当于啥级别，我回答说也就是副教授吧，乐得母亲一整天都合不拢嘴，连声说俺闺女有出息了，你爸九泉之下也会高兴的。

有一年冬天，家里更换锅炉，因急着上班，一大堆建筑垃圾和炉渣未来得及清理，爱人说抽个星期天找同事来家帮助清理吧。没料想我们下班后，发现垃圾已经被母亲清理得干干净净。我问母亲是如何清出去的，母亲微笑着说是用双手使劲拽着笾筐，双腿顶着笾筐底边一筐筐弄出去的，还说老了不中用了，干了整整一下午，清出去 20 多筐垃圾。我的眼泪刷地掉了下来，眼前浮现出这样一幕场景，年逾古稀的母亲蹒跚着脚步，摇晃着身躯，艰难地一步一步负重前行，干着我们嫌脏嫌累都不愿干的活……我至尊至亲至爱的母亲啊，写到这里我已是泪流满面，泣不成声，悲痛思念的泪水犹如决堤的水模糊了双眼。

母亲是农历腊月初八晚上六点十分离开我们的。当我们发现再也留不住母亲后，立即通知了就近的亲友，待亲戚离去后，母亲寿终正寝，走完了她 82 年的风雨春秋。腊月肆虐的寒风怒吼着、疯狂地把母亲从我们身边夺走了，在那阴森、漆黑、冰冷的竹林中，我们送母亲最后一程。

慈祥善良的母亲，您终其一生为我们操劳，您实在太累了！女儿衷心祝愿你在天堂能够静静安息并获得永恒的快乐。

原载《青天河》杂志 2017 年第 1 期
《焦作晚报》2017 年 5 月 8 日副刊

母亲节情思

又是一个双休日，读高中的女儿准备上街，我照例训斥她未完成作业不准外出，固执的女儿声称有要紧的事要办，回来时拿着一个用精美彩塑装裱的礼品盒。"不知又是哪个同学过生日。"我心里嘀咕，因为女儿的同学之间已经形成了习惯，几乎每个女孩子过生日都要赠送礼品，有时还要命令家长下厨"搞服务"。我既不想管，又懒得问，由她去吧！

次日早饭后，我照例坐在桌前赶写材料，女儿在洗衣服。忽然间，我想起女儿昨天拿回来的礼品盒，便随口问道："今天中午又去谁家赴生日宴会？"女儿诡秘地笑笑："妈，我今天哪儿也不去，就在家陪着你。"我心里纳闷，却没有把女儿的话当回事。午饭时，我们一家三口坐定，女儿从她的卧室取出礼品盒，双手捧到我面前："母亲节，献给我亲爱的妈妈。"女儿边说边催促我打开包装纸。待我漫不经心地拆开包装纸，一只深红色的包包、一张贺卡映入眼帘，粉色的卡片上写着："妈妈，今天是您的节日，女儿衷心祝您节日快乐，以前也许我很不懂事，也许很任性，常常惹您生气。但在今天——母亲节之际，女儿愿再次听到您的教诲，并在心里道一声：妈妈，其实我很爱您。"当我得知女儿为给我买这只包，是从每月为数不多的生活费和零花钱中攒出来时，我的眼睛湿润了，我发现女儿已经长大了。此时此刻不由得使我想起了自己的母亲……

我的母亲是一位纯朴的农村妇女，二十世纪五十年代当过村里的妇女大队长，她那羸弱的身躯不仅撑起了千户人家的半边天，也承受了一个贫困家庭的重荷。六十年代初，我们全家随父亲迁往济源一个偏远的村庄，母亲操持了全部家务，含辛茹苦将我们姐弟5人拉扯成人，父亲调回博爱工作后，母亲也带着我们回到了农村老家。上有年已九旬的婆母，下有一大群子孙，母亲总是将做好的饭菜先端到婆母跟前，然后照顾年幼的小孙子。亲戚朋友或孩子们回来带一点好吃的，她从不忘记先孝敬婆母。人老了难免糊涂，祖母时常找些岔子，但母亲总是默默地忍受着，从未跟祖母红过脸、拌过嘴。正因为如此，我们这个四世同堂之家，才受到了邻里的赞誉。

母亲对我的关怀也是无微不至的，至今还像当年一样时时为我操心，我偶尔遇到不顺心的事，母亲总是善意解劝，教诲我严以律己，宽厚待人。逢年过节，母亲也总是做些好吃的让弟弟们给我送来，怕我工作忙顾不上照顾自己。母亲偶尔在我家住几天，几乎包揽了所有的家务活。我想尽心孝敬母亲，总要亲自做些好吃的，但她一概不吃，总要找胃口不好等种种借口，专吃剩饭剩菜剩馍。为此，我没少跟她发火。一次，我一气之下把剩菜全部倒掉，反遭到母亲一顿训斥。我有时也买些好吃的去看望她，但最终还是好过了我的侄儿、侄女们。我责怪自己粗心，竟然在母亲节忘记了自己的母亲，哪怕是给她一点点的回报，也会弥补我心中的那份悔恨。

这天晚上，我带上女儿，专门去看望了我的母亲。

原载《焦作日报》1997 年 6 月 6 日副刊

父亲节怀想

没有父亲的父亲节是一种难以言喻的痛！

二十世纪九十年代初的那个冬至，父亲突发心梗，仓促地没有留下一句话便匆匆离开了我们。陪伴他走过一生的那把乌黑发亮的算盘仍挂在墙上，每当夜阑人静之时，想起在财会岗位上兢兢业业奋斗一生的父亲，那噼里啪啦的清脆声响，娴熟流畅的节奏总是萦绕在我的脑际挥之不去。

30年蓦然回首，有父亲陪伴的每一寸时光都是幸福的怀想。记忆中的父亲凝重宽厚、乐观开朗且兴趣广泛。他干了一辈子财会工作，爱岗敬业认真负责，不仅算盘打得精，文章写得好，而且练了一手好字，画画、打拳、集邮、吹口琴也样样通晓。

忘不了父亲教我们姐弟打算盘的细节：一张小饭桌摆在当屋，放学后我和大弟弟分坐两侧，按照父亲的要求先完成老师布置的作业，然后悉心练习算盘，什么"打百珠""三盘清""九回头""滚绣球"还有16两称的算术口诀都背得滚瓜烂熟，"一625，二125，三1875，四25，五3125……"等等，至今仍记忆犹新。父亲常说"算盘是张纸，戳破就能使"，正是有了当初父亲的严格训练，才为日后自己从事统计、会计工作理财记账奠定了基础。

父亲不仅要求我学习打算盘，还严格督促我练习写字，他说："字是人脸，字写不好将来出去办事会被人笑话的。"练字时父亲总要求我们坐姿端正，握笔正确，横平竖直规规矩矩，一笔一划严肃认真。二十世纪六七十年代的择业上岗，打算盘和写字这两项基本功无疑是从事管理工作必须具备的素质。

父亲闲暇时还教我下象棋，他说下棋能锻炼人的思维能力，还说棋如人生，必须步步为营深思熟虑，每一步都要小心谨慎，临危不乱处险不惊才能稳中求胜。虽然我还未能完全读懂和参透棋艺的精妙，但从与父亲的对弈中领悟到人生哲理。

刚上班的那年，父亲从济源银行调到王屋山区"531"办事处任职，距我工作的化工厂约 40 公里，虽不能经常与父亲见面，但每周都能收到父亲的家书，信件很厚，让小姐妹们妒忌。里面并不全是父亲用毛笔书写的长信，还有他剪辑的大大小小不一样的报纸内容，塞满了信封，什么名人格言、哲理典故、古人勤学苦读以及励志的故事，还有当时流行的政治与社会评论文章。印象比较深的有"程门立雪""闻鸡起舞""王国维论治学三境界"等，至今我仍悉心珍藏。部分重要的内容父亲还用红笔勾划作了标记，甚至还有他的读后感、体会，要求我勤学善思。后来听当兵的大姑和在当时在武汉钢铁学院就读的三姑说过，我父亲在给她们的去信中也常常附寄这些资料，姑姑们说是"精神食粮"。现在想来这也许是贺家祖传的耕读家风。

父亲是一种岁月，一种回忆，他的关爱与教诲更是我一生受用不尽的财富。

物是人非的日子里，除了怀念还是怀念。时常想起全家欢聚其乐融融的场景，怀念父亲看着我们那种温暖宠爱的目光，想起他期盼的眼眸，甚至怀念他陪我们学习时严厉的呵斥与批评，让我一次次沉浸在对谆谆教诲的思念中不能自已。直到现在，我每次回娘家总是久久遥望村西头那片青翠茂密的竹林，只有在那里我才能释放久久的思念。有一次我偶然在老屋抽屉里翻出父亲和弟弟们在菜地白杨树下那张发黄的照片，凝视着父亲慈祥的笑容，想起他生前的点点滴滴与千般疼爱，想着他辛劳一生而无缘含饴弄孙安享晚年，我顿时泪如雨下，抽泣不止。

父亲，你是女儿心头永远打不开的一个结。感恩你呕心沥血陪我长大，遗憾我不能伴你到老！此生不复遇见，思念唯在梦中。在这个没有你的节日里，我只有默默祈祷你在那边一切安好，永远快乐！

原载《焦作晚报》2021 年 6 月 17 日副刊

母亲的烤菜角

又到杏花烂漫时，又逢二月二龙抬头，我们这里的习惯是家家户户炸菜角。想到菜角，童年那些铭刻心底的陈年旧事就在脑海不停地打转。

二十世纪六十年代中期，家家户户日子清苦，我们当时住在济源五龙口镇一个小村，全家 5 口人仅靠父亲每月 30 元工资艰难度日。那年二月二恰逢周日，早上睁开眼我就问母亲："今天是不是要炸菜角？"母亲说家里只剩下两棵白菜和萝卜，西地河沟边的野菜长出来了，咱去挖些回来就做。于是我匆匆起床掂着小柳条篮，带上小铲刀，跟着母亲来到西地的小河边、麦田埂上挖野菜。春雨后的野菜鲜嫩肥壮，荠荠菜、刺叶菜、面条菜、蒲公英，我和母亲一会儿就挖满了篮子，顺便在村头水磨房边清澈的河水里择洗干净。

回到家里，母亲掂起油瓶叹了一口气，转身对我和弟弟说，油不多了，昨晚添到灯里了，妈给你们包饺子吧。我们住的农村条件稍好一点，村民家家都吃豆油，既可食用又能点灯照明，偶有机会买肉就要点肥的，回家炼油补充不足。母亲夜间常常靠着床头，就着微弱的油灯光纳鞋底或缝补衣服。一听母亲说不炸菜角，少不更事的我极不情愿地嚷嚷着非要吃炸菜角，母亲想了一会儿，便让我去邻居李奶奶家借烙烧饼的炉圈，说给我做比炸菜角更好吃的。

接下来母亲开始切菜，又从屋顶上摘下吊着的篮子里取出半碗炼过油的油渣剁碎，抓了把粉条用热水泡泡，然后将野菜、油渣、碎粉条拌在一起，母亲调馅、和面，包好了捏成菜角的模样，先放到火炉上面的铁鏊上加热定型，然后放到炉圈里面烤。闻着烤菜角的香味，我和弟弟馋得直流口水，当母亲从炉中取出焦黄酥香的烤菜角时，我和弟弟双手捧着狼吞虎咽吃起来。现在回想起来，那是我平生吃过的最好的美味。

还剩下 3 个烤菜角，母亲放在篮子里挂到房梁垂下的绳钩上，说是留给父亲吃。那天下午母亲出门，我搬个高凳站在上面，手伸进篮子里掰了半块，结果因失衡从板凳上摔了下来，正巧碰到门栓上，顿时血流满面。母亲闻声赶来，用草灰捂在我碰伤的额头上，说幸好伤口不太大，先止住血再说。至今我的额头上还落下一道明显的疤痕。

之后好长时间我都想不明白，母亲为啥偏偏将馍篮吊挂在屋顶，是防止我们偷吃吗？后来看到许多人家都如此，才知道是为了防鼠。

光阴似箭，岁月如梭，一晃50多年过去了，尽管每年二月二我都要炸菜角、炸油糕，用的是好油好面好菜，但总是做不出母亲烤菜角的味道，吃不出童年的温馨记忆！

2018年3月11日

在歌声中感悟孝道

最近网上一首亲情歌曲《万爱千恩》红极一时，火爆刷屏，听哭了无数人。

青年歌手王琪作词谱曲并演唱的《万爱千恩》，讴歌了人间千古不变的永恒话题，表达的至真至诚的亲情引起了众多人的共鸣。

世界上最伟大的爱莫过于父母恩情，这种爱只求施予不求回报，最无私，最纯洁，最珍贵。从儿女呱呱坠地到父母鬓霜垂暮，有谁能尽数其中的茹苦含辛万爱千恩？歌手王琪用朴实细腻的歌词与旋律，淳朴到骨髓的哽咽，娓娓倾诉父母至亲至爱的深情，触痛了人们的泪点，唤起了太多人思亲的柔情百结。作为一首唱响时代的公益歌曲，倡导及时行孝，敬养父母开心快乐安享晚年，的确值得推崇。《万爱千恩》正是缘于这个感恩基调，才赢得数以万计听众的好评如潮。

一遍遍回放令人荡气回肠的《万爱千恩》，一次次泪流满面。"是不是我们都不长大你们就不会变老，是不是我们再撒撒娇你们还能把我举高高……"歌曲朴实、真挚的没有一点粉饰字眼，却深深触痛了我的心灵。无数漂泊在外的游子和追金逐梦的学子，他们为工作为学业辛苦打拼背井离乡，与父母聚少离多，这首感人肺腑的亲情绝唱，必定会在他们心中掀起思念的波澜。

"看着你们黑发变白发我怕你们再等不了"，"叫一声爸妈能有人回答比啥都重要！"白话般的歌词却包含着让人泣血的感悟。"辛辛苦苦把我养大，我却没在你身边尽孝"，"下辈子我一定好好听话，不再让你们操劳。"这是忏悔，是自责，是思念，是内疚，更是直击心扉的动人表白！

古人云"怀胎十月，乳哺三年，辛苦百千，殷勤寸念"，父母给了我们生命、希望和未来，为养育我们成人，他们受尽悲酸苦楚，出力流汗省吃俭用，甚至不惜付出生命代价。为了支付昂贵的学费，为了给子女还房贷，为了让儿女过上幸福生活，倾其终生劳作，无怨无悔奉献，负重前行，从不苛求儿女的回报。直至暮年仍不敢奢望儿女在跟前陪伴尽孝，但求子女懂得感恩，就足以慰藉自己孤寂的心灵。

世上没有谁不感念父母的无疆大爱！爱是与思念同行的！思念是什么？是目睹旧物时"忆曾逢，泪看高堂少一人""惟有泪千行"的悲悯情愫；是祭祀扫墓时"风吹旷野纸钱飞""青烟散去，满眼是菩提"的痛彻顿悟；是夜半三更惊梦时"醒来孤影对窗棂""无处话凄凉"的思念之情；是老之将至时"无边暮色遮泪眼""揉碎素笺，忍写断肠句"的凄楚哀伤！

我的父母已离开多年，平时我小心翼翼，不敢打开思念的心弦，想起就热泪盈眶。世间什么爱都不可能永恒，唯有父母对子女的爱能温暖我们一生。想起双亲，一颗彷徨无依的心灵就仿佛找到了栖息生命的家园！

常含泪背诵余光中老先生的《乡愁》："乡愁是一方矮矮的坟墓，我在外头，母亲在里头。"这首诗曾无数次勾起我对父母的深切思念。韶华已逝，似水流年曾淡去我多少回忆，但却始终改变不了对亲人的绵绵思念！

天下的儿女可曾想过，你们的父母已渐渐老去，再不能拉你背你呵护你，为你披荆斩棘遮风挡雨，却亟待你的温情陪伴膝下承欢！

有一种爱，永远在你的身边，请你不要忽视！有一种情，呵护着你的心灵，请你加倍珍惜！有一种遗憾叫"子欲养而亲不待"。有些事可以等，但唯独对父母的爱与孝敬不能等。趁亲人健在，常回家看看。否则你的事业再红火，挣钱再多，学历再高，也将成为一辈子难以释怀的愧疚！

忽然想起一句名言：世界上最遥远的距离不是形同陌路，而是天人永隔！

原载《焦作晚报》2019 年 5 月 10 日副刊

伤感的腊八粥

　　每逢腊八节，我总是情不自禁地想起母亲，想起母亲做的香甜可口的腊八粥。

　　腊八节吃腊八粥是中国古老的传统习俗，也是中华民族的文化元素。"小孩小孩你莫馋，过了腊八就是年"，老俗话说得真是不错，过了腊八节，吃过腊八粥，就为即将到来的年节增添了浓浓的喜庆氛围，同时也为红红火火的春节拉开了序幕！

　　然而自从这个节日成为母亲的祭日，热气腾腾的腊八粥便充溢着我无尽的思念与悲戚，再也吃不出甜蜜的滋味……

　　常常想起母亲在我家住的那些年，每逢腊八节，母亲总是早早张罗腊八粥的食材，豇豆、红小豆、花生、柿饼、核桃、蜜枣、红薯、糯米、小米等等。母亲说：能穷一年不穷一节，做粥的材料哪样也不能少，不然做出的腊八粥就没味道。

　　母亲是我一生中最敬重的人，她虽然只读过一年文化速成班，识字不多，但她待人热诚，为人忠厚，知情达理，乐善好施。二十世纪六七十年代，母亲曾担任过几年村干部，由于她积极肯干，任劳任怨，办事公道，深受群众的拥戴，还光荣地出席了县劳模表彰会。母亲虽然文化程度不高，但懂得知识不少，嘴里总有讲不完的道理和故事，每个传统节日的来历，她都能绘声绘色地讲出来，让我佩服至极。打小我就从母亲口里得知，腊八节吃腊八粥不仅仅是出自于明代开国皇帝朱元璋少时家境贫寒的典故，也喻示着五谷丰登、幸福美满，承载着人们祈盼幸福的情感。所以每逢看到母亲将精心做好的腊八粥和果盘供奉在牌位前，虔诚地双手合十喃喃自语时，就觉得过腊八节特隆重，特有仪式感。因为只有这天才能吃上渴盼已久的、甜丝丝的腊八粥。

　　母亲做腊八粥很用心。每到腊八节，母亲总是在头天晚上把买来的豇豆、红豆、花生米等食材认认真真地淘洗干净，然后开始熬煮红汤，以备次日做腊八粥使用。腊八节这天，母亲四点多就起了床,把红薯削皮切成一寸见方的小块,随后把所有的食材混在一起煮半个小时,然后再放进切碎的柿饼,再焖上半个多小时。赶在我们起床前,母亲就把一大锅冒着热气,散发着甜味的腊八粥做好了。我和爱人围坐在火炉旁美滋滋地吃上一碗去上班,临走前母亲还特意让我们带一些,给顾不上做腊八粥的同事们品尝。吃着母亲细煨慢炖、用心熬成、清香四溢的腊八粥,尽管处于三九寒冬,心头却总是暖乎乎的,洋溢着说不出的幸福与温馨。就连同事们吃了也喷喷夸赞母亲的厨艺。

每年做腊八粥,母亲总是要多备些食材,做上满满的一大锅,说是再存放两碗到农历大年初二,等女儿、女婿带着孩子们来拜年时,连同祭灶火烧、大馍枣花、苹果橘子一并送给她们,昭示出嫁的闺女永远是娘家的成员。

腊八节,眼前仍不时浮现出母亲在厨房忙碌的身影。朦胧中,母亲的满头银发和慈祥的微笑,丝丝缕缕缠绕心头挥之不去……尽管经母亲悉心传授我也学会了做腊八粥,但五味杂陈的心情伴随着那碗交织着思念与伤感的腊八粥,再也吃不出母亲的味道来!

原载《焦作晚报》2019 年 1 月 14 日副刊

清明节思忆

　　清明，是一个在亲人眼中寄托沉甸甸思念的日子，无论天南海北咫尺天涯，人们怀揣追忆先人一颗诚心，匆匆行走在归乡的路上。

　　每逢此时，我心头总是阴云笼罩，昨晚又梦见母亲。还是那个老院，那间老屋，母亲蜷缩在床头说渴了，等我端水进屋却不见了母亲的身影，我找啊找啊，惊梦时分思绪翻涌，泪如雨下……

　　悠悠哀思，殷殷感怀，独处一隅，将思念悄悄叠进纸钱，默默地走进母亲的世界，在揉碎的哀怆中回味那份浓浓的亲情，仿佛只有在静谧的氛围中才能释放对亲人的思恋，抚慰积郁心底的悲痛。想起母亲生前的言谈举止点点滴滴，总有种温暖而又凄楚的感觉挥之不去，禁不住悲从中来，任无声的泪水在脸颊流淌。

　　二十世纪九十年代初父亲病逝后，鉴于母亲一人在乡下不便，偏巧我那时在机关工作繁忙，小女儿也需要照顾，便接母来我家居住。慈爱的母亲除了看孩子，还包揽了洗衣、做饭等所有家务。

　　母亲不仅勤劳善良、为人忠厚，而且明事理、识大体，对我和爱人的工作非常支持。当时爱人在报社工作，白天采访，晚上在家里冲洗照片。母亲的卧室就是冲洗照片的暗室，爱人常加班到凌晨两三点，严重影响了母亲休息，我多次提出给母亲换个卧室，而母亲不让，反复说上了岁数睡觉少，不让我们折腾。

　　我和爱人都从事文字工作，白天干不完的工作晚上要带回家加班。只要我们打开电脑，母亲便泡好茶水端到跟前，再关掉电视，然后带着孩子出去玩，生怕打扰我们的思路。

　　母亲待人厚道，每逢单位同事和朋友有事来家，她总是端出水果点心热情招待，家里有啥拿啥。平时做点好吃的也让我们上班带给同事们品尝，如过节的菜角、油糕、腊八粥、豆包、菜馍等。

　　泪眼迷蒙中我恍惚看见母亲蹒跚的身影，满头银发，面容慈祥，如梦似幻！母亲照顾婆婆端水喂饭无微不至，在昏暗灯光下倚着床头纳鞋底，在月色如银的小院撕玉米，在炎炎烈日下收麦子扛麻袋，一幕幕一桩桩浮现眼前。漂泊的思绪穿过岁月长河，深深的思念在心头漫延……

清楚记得二十世纪七十年代那个寒冬，最疼爱我的外婆患胃出血住院，生命垂危。那时医院没有血库，虽然找卖血的人输过两次血，但外婆的血色素仍然很低，医生说是因为卖血的人在抽血前喝了大量盐水才导致血液浓度不高。情急之下我瞒着父母偷偷去验了血型，得知我的血型与外婆相吻合后，就让护士抽了500CC，看着我的血液一滴一滴流入外婆体内，我焦躁的心情才得以宽慰。那年我不足20岁，年少懵懂，只想把外婆从死亡线上拉回来，结果因抽血过量而继续坚持上班，引起休克昏倒在地。计划经济年代物资紧缺，听说需要高糖蛋白补充营养，母亲便托人找关系给我买营养品，在我少气无力卧床休养的十多天里，母亲一匙一匙喂水喂饭，直至我精神好转。由于我的唐突给母亲带来沉重的负担，既要伺候重病的外婆，还得照顾我，想起来我就痛彻心扉。

母亲是我一生中最敬重的人，她虽然只读过一年文化速成班，识字不多，但宽厚明理待人热诚，又乐善好施和睦乡邻，很受村民拥戴。担任村干部期间积极负责，任劳任怨，还光荣地出席了县劳模表彰会。

母亲深明大义，常说"公家的事再小也是大，自己的事再大也是小"，时时教导我以工作为重，遵守纪律爱岗敬业。生大女儿那年，按国家规定产假是56天，当时正值三伏天，父亲想托人去厂里帮我请几天假，可母亲仍坚持让我按时上班，说不能破坏规矩。上班后母亲帮我照看女儿，不足两个月的孩子是个"夜哭郎"，有时一哭就是通宵，母亲怕我睡不好影响工作，每天晚上帮我带孩子。后来一次闲聊时母亲说漏了嘴我才知道，那一个多月母亲怕自己打瞌睡，困劲上来了就狠狠拧自己一把。我可敬可爱的母亲，为了儿女们的幸福总是默默吞下生活的苦涩与艰辛，那种无偿付出，让我们永远无以回报！

母亲的如山大爱撑起了我的精神世界，遇到困难时她鼓励我乐观坚强，工作出了成绩她总是提醒我不要骄傲。每次遇到挫折，我总是情不自禁地想起母亲，冥冥之中仿佛是母亲在给我动力，催我奋进！

最让我愧疚的是，2002年冬天母亲举止开始反常，我隐隐觉察到什么却没有及时有效地给母亲治疗，成为心中永远的痛。记得一天中午下班回家，发现餐厅地上到处是水，室内木质踢脚线都泡坏了，我问母亲，她神色慌张从厨房出来，衣服湿漉漉的，木讷地说：怕停水，想多接点！那一刻我愣了：老家农村是每天中午放自来水，大家习惯把盆盆罐罐都盛满水备用，母亲以为这是老家，不仅把厨房里的锅盆都接满了水，还把电饭锅取出来接。她不知道电饭锅外壳不密封，那水总接不满，结果流了满地。现在想来那是母亲失忆的先兆，而我却浑然不知，当时还埋怨她。想到此我感到揪心般的难受，再一次泪如泉涌，恨不得抽自己耳光。

母亲的记忆一年不如一年，时常茫然地待着不知所措，一次洗盘子不慎打碎了一摞盘子。直到2004年发现母亲常呼唤逝去多年的亲人，经常对着穿衣镜喃喃自语，甚至把我当成长辈喊，我们姐弟才感觉不妙，送母亲去医院检查，结果是大脑萎缩，典型的老年痴呆症，医生建议打一段脑活素试试，母亲嫌贵坚决不允，经我们再三劝说才勉强同意。结果一个疗程下来母亲的病症没有丝毫好转的迹象，我和弟弟们彻底绝望了！

渐渐地母亲不认识身边的亲人，由间断失忆到完全失忆，发展到时而胡言乱语，间或缄默无语，并开始四处乱走，不知道自己的床榻，直到最后再也站不起来了。我至亲至爱的母亲倾其一生心血，养育了我们姐弟五人，不求一丝回报，还无怨无悔帮我们带大儿女，到了晚年竟如此悲哀，以至于我们做的一切努力都基本无效，让我时经常陷入深深的忏悔之中！

真心感谢我的四个弟弟长年累月，甚至放弃工作轮流守候床前长达八年，端汤喂饭精心侍奉母亲直到寿终正寝，走完了漫漫人生之路。寒冬腊月肆虐北风怒吼着，在阴森、漆黑、冰冷的竹林中，我们姐弟肝肠寸断，心痛欲裂地送母亲最后一程……

追忆成殇，边叠着纸钱边想念母亲的千般好处，愧疚自责的心阵阵发痛，手不停地颤抖，伤感的泪水一次次模糊了双眼，打湿了记忆。我慈爱的母亲走了，"子欲养而亲不待"的悲恸何时才能了却？父母在，人生尚有来处；父母去，人生只剩归途。想想这个世界上，再无人像她那样爱我、忧我、疼我，听我述说喜乐哀愁，忍不住痛哭失声。

我亲爱的母亲啊，清风拂不尽对您的绵绵怀想，细雨诉不完对您的深深思恋！如果时光能倒流，我定会好好守护在您身边，哪怕是陪您聊聊天散散步，抑或为您端茶喂饭……

在我心里，母亲从未走远！

2018 年 4 月 7 日

浓浓两地情

闻知我的父母当年曾茹苦含辛节衣缩食供大姑读书，如今已近耄耋之年的大姑对在身旁求学的女儿关怀备至疼爱有加！历历往事饱含亲情，千山万水隔不断血浓于水的思乡情结！

每每想到远居千里之外可敬可爱的大姑，我心里总有说不出的酸楚。我父亲兄妹 5 个，父亲是老大，下面有叔叔和三个姑姑。二十世纪五六十年代"穷过渡"时期，家境贫寒生活清苦，在济源银行工作的父亲每月仅有 30 元工资，除了养活全家，还要遵从爷爷的嘱托拿出 10 元钱供大姑读书，一拿就是 5 年。六十年代初大姑考上焦作市第一高中读书，高二那年母亲生了二弟，父亲给大姑写信说家里又添负担了，性格要强的大姑理解我父亲的苦衷，想辍学又怕爷爷怪罪。恰逢兰州空军部队来焦作招收女兵，大姑便毅然决然找到带兵的领导报名坚决要求参军。大姑那年 21 岁，带兵的嫌年龄大不让报名，大姑就三番五次死磨硬缠，一再表明自己能吃苦。大姑的执拗与诚挚终于感动了带兵的女指导员，如愿以偿成了焦作市走出的第一批空军女通讯兵。她在部队认真学习，刻苦训练，较短的时间里便熟练地掌握业务技能，每次比赛成绩都名列前茅，赢得首长和战友们的好评，也得到一位军中才子的青睐。最终大姑与这位祖籍山东的军官喜结良缘，退伍后随姑父定居青岛。

自从与大姑分别后，我们虽十年八载难见一面，但书信来往不断，也时常打电话问候。她常在信中教育我热爱生活，努力工作，勤奋读书，给了我极大的精神鼓舞。岁月苍老了容颜但苍老不了记忆，印象中的大姑永远是一身军装，英姿飒爽的样子。有时和大姑通话一聊就是一个多小时，大姑依然热情开朗，思维敏捷，善解人意，每次都能从她那儿汲取知识和力量。一次聊到"腹有诗书气自华"我一时想不起出处，大姑在电话那边脱口而出"是北宋苏轼的名句"，令我肃然起敬。

6 年前的暑假，我们趁旅游之际带女儿、外孙去看望大姑。大姑听说我们去激动得彻夜难眠，提前一周整理屋子迎接我们。那年大姑72岁，时常腿疼行走不便，但精神矍铄，非常乐观。她说自己参加了小区的老年合唱团，会唱几百首经典歌曲，每天还戴上老花镜坚持读书抄录经典名言，过得很充实。

我们是午后到的青岛，大姑和姑父精心准备了丰盛的晚餐，海虾味道鲜美，螃蟹肉质细嫩，章鱼鲜嫩洁白，让我们过足了海鲜瘾。饭后聊起家常，谈到家乡日新月异的变化，大姑听得入迷，继而惊叹不已，说可惜腿不好使，怕是难回家乡走一走了，说着说着泪水涌出眼眶。次日，年迈的姑父和表弟媳陪我们转了马山风景区，领略了雄伟壮观的石林风貌，游览了烟波浩淼的东海滩，还在海边为我们购买了鲜活肥美的对虾。临行前大姑姑父送到车站，掏出1000元给我，我执意不收，大姑反复叮咛着"穷家富路"硬塞到我手里。车渐行渐远，大姑被风吹乱的白发和挥动的胳膊却一直在晃动，而我早已泪眼婆娑！

2013年女儿读研首选山东大学，她说不仅盯着山大"985"的牌子，更冲着和蔼可亲的大老姑。今年秋女儿的学院迁到青岛，离大姑家近在咫尺，周末节假日她经常去大姑家小住。大姑对我女儿宠爱有加，每次都做可口的饭菜和香喷喷的大虾款待，走时还千儿八百塞给她些零花钱。女儿也时常网购些滋补品寄去感恩大姑的关爱。我知道大姑是用爱心与责任让女儿在求学的路上走得更轻松些。一次我打电话嗔怪大姑不该如此溺爱，只听大姑在那头哽咽地说："当年大哥大嫂节衣缩食供我上学，才有我的今天，知恩图报，才能告慰九泉之下的哥嫂！"

每年我都给大姑寄当地的土特产，尤其是山药和豫竹方便面，也给在济南读博的小女儿寄。我常常思忖，家乡的土特产为何具有神奇般生命力，竟赢得远方亲人的青睐，是无法抵御的味觉感受还是遐迩闻名的品牌效应？我想都不是，而是一种植入骨髓的大爱，是一份积淀于心底的情怀，更是一缕血浓于水难以割舍的浓浓乡情！

原载《焦作晚报》2017年11月30日副刊

三 弟

再过几天就是春节了。

在外打工的三弟来电话说："过罢小年我就放假回去了，姐姐不要牵挂，我在这里挺好的。天寒地冻的，姐姐要早睡晚起，注意身体。"弟弟一番话，顿时心里暖乎乎的。

三弟是个打工族，一年四季在外漂泊，四海为家，而家却成了暂住的旅馆。屈指数来，三弟这次离家已经整整5个月了，他去了那个连接蓝天白云的海港。因为国家在那儿修建一个大型工厂，弟弟的工作是负责架设、铺埋管道。弟弟走后不到1个月，便来电相邀，说连云港依山傍海、海天相接、恬静幽雅，《西游记》里的花果山就出自那个神奇的地方，让我抽空去那儿旅游。

此后，弟弟每周便打电话述说工作情况：活不累，每天工作8个小时；环境很好，伙食不错；工友们都是农民工，来自全国各地，很团结，彼此间很照顾；工余时间还能蹭蹭网；晚上出去溜达，玩累了烤一串小龙虾，就几口啤酒，蛮惬意的；老板很义气，不拖欠工资，往返车票能报销，闲时老板还跟伙计们拉家常，时不时在微信上发个红包让大家抢抢之类的话。听后我很为弟弟开心。

三弟自小命运多舛，体弱多病，9岁时得了慢性肾炎，当弟弟听说化验结果3个加号为重度肾病时，哇的一声大哭起来，哽咽着问医生：我的病还能看好吗？同室的几位病友听后心里都酸酸的。为此弟弟休学1年。

三弟从小就聪明、乖巧，无论干什么，一看就会，一点就通。学习成绩也相当好，那年县里数学比赛曾拿过第二名的好成绩。按说三弟应该继续复读考大学的，但因当时二弟正读大学，父亲常年工作不在家，而我和大弟都已上班且四弟尚小，家里的农活也极需给母亲当帮手。于是三弟自愿放弃继续求学的念头，在家帮母亲干活。后来适逢企业招工，三弟便到县荧光灯厂当了一名工人。三弟在厂里干的是照明灯管封口工序，技术性强，精密度高。三弟爱岗敬业，工作踏实且责任感强，进厂不久便熟练地掌握了这门技能，一年后升任带班长，并连续十多年荣获"五好职工"。

然而命运一波三折，灾祸再次把弟弟推向苦难的深渊。2001年腊月二十日是个黑色的日子，三弟12岁的独生儿子被人下毒致命，对我们全家来说无疑是晴天霹雳，三弟和弟媳更是发疯似的捶胸顿足，号啕大哭。那些日子，弟弟弟媳每日以泪洗面，整个人傻了似的。想起孩子，两口子经常在半夜抱头痛哭。虽然人犯受到了法律的严惩，但失去爱子的痛苦却彻底击垮了三弟和弟媳。亲友虽多次安慰但无济于事，三弟说"孩子都没了，我们活着还有啥意义"，弟弟内心的痛苦我何尝不知，乖巧的侄儿毕竟是我们家的心头肉啊！直到又一个新生命的诞生，弟弟脸上才流露出些许笑容。

孩子出生不久，弟弟所在的工厂破产，弟弟也随之失业。最困窘时三弟连孩子的奶粉钱都没有。念三弟可怜，生活无着，每次见到他我总是倾尽所囊出钱资助。可三弟生性刚直，不愿接受施舍，经我再三劝说才勉强收下。三弟对人热心善良，邻里亲友家里有事，总是热情相助。那年冬天，他的一个同学患了脑出血，弟弟知道后，半夜开着自家的小三轮帮着送到医院抢救，并守候床前悉心照看，直到脱离危险期，他的同学逢人便夸说三弟帮他捡回了一条命。

为谋生计，弟弟四处奔波寻求活路，养过鸡，装过磅，干过煤场，打过零工，历尽艰辛受尽磨难，同时还要轮流伺候卧病的母亲。直至2012年冬母亲过世后，弟弟才随同本村的几个伙计加入了打工行列，经过岗前培训，成了一名地道的技术工人，每年辗转各地铺设安装管道。三弟这次有幸到连云港打工，环境好，待遇高，冬天干活车间有暖气，宿舍有空调，为此三弟很舒心，时不时在微信上发张照片让我们观赏。前段三弟传来一张照片，身着海蓝色的新工装，笑容可掬地站在楼顶管道旁，头上白云朵朵蔚为壮观。看弟弟得意的样子，我打心眼里感到高兴。

今天就是小年了，辞旧迎新之际，大街小巷鞭炮声声。愿三弟的工程尽快竣工，得以回家团聚，过一个快乐祥和的春节。

2017年2月8日

写在小弟生日时

小弟，今天是你的生日。曾听母亲说过：生你时东方朝霞满天，是母亲自己剪断脐带，让你来到世间。姐记得母亲说的这一切，早上起来第一时刻打开电脑，默默为你送上祝福。

姐平时和你在一起说过好多话，但从未给你写过信。今天敲击着键盘，心中便有千言万语。

这几年你和你三哥辗转各地，四处打工谋生，姐心里总有丝丝凄楚之感，担心你在外受苦受累，怕你嘴笨木讷吃亏上当。尽管你每次外出总安慰我说工作环境和各方面条件都不错，让姐不要惦记，姐也深知你勇于吃苦耐劳的性格，但每每想起总是放心不下，一再叮嘱你干活不要逞强，注意休息，照顾好自己。总希望有朝一日终结这份天南海北遥远的牵挂！

母亲在世时，你们总想加入庞大的打工队伍，外出挣大钱。可亲人在，不远游，赡养孝敬老人乃孩儿们的天职，恪行孝道，责无旁贷，于是时时守护在卧病多年的老母亲身旁尽孝，酷暑盛夏，寒来暑往，从未有过丝毫怨言。3000 多个日日夜夜，母亲的一颦一笑都承载着我们姐弟 5 人的快乐、悲伤与忧愁，那是一种全家共享的天伦之乐。

小弟，读高中时你就是个勤奋用功的好学生，你本可以复读考大学的，但父亲不幸早早离世，你为了减轻家里的负担，放弃了继续求学的机会。你爱好文学，每次来家都要在我家的书橱里翻看你喜爱的诗歌、散文、小说之类的佳作或外国名著。你总是有借必还，归还上本再看下一本，并时不时评价一下书的内容，偶尔也畅谈自己的看法。

父亲走时你还不到 20 岁，尚未成家立业。生活的清苦给了你太多的磨难和无奈，但你意志坚强乐观向上，无论身处何时何地，总能以积极的心态面对困难。工厂破产了，你无怨无悔，说下岗的人多的是，咱趁年轻力壮外出多挣点钱，有点积蓄也好让两个儿子过好点。

你虽然腼腆木讷，但厚道善良，平素干活多说话少，老实人偶尔会被人欺负，为此我和你3个哥哥都没少操心。古人云：厚德载物，正是你宽厚大度的品质积累了人缘，积聚了人气，赢得了亲友们的赞赏。现在看来吃亏是福，这是你做事为人的精明之处，更是你成事立业最大的底气。

你仁慈懂事，前年你在山东打工，趁节日放假你专程去济南看了我当时读研的女儿，并给她留下200元零花钱，让你外甥女心存感激，常念叨四舅的好。今年是你的本命年，春节前她买大红袜子时也专门送你一双，说要为你讨个吉祥。

你常说，姐家里有活叫我，大事干不来，就有把憨力气。为此只要家里有脏活累活险活我总是第一个喊你，而你从不拒绝，总是不遗余力去做。那年春天你站在梯子上帮我修树，用力过猛差点摔下来，至今想起还心有余悸。去年腊月的一个傍晚，我开车被人撞了，兄弟们之间你是第一个冒着严寒跑来安慰我，帮我处理事故，陪我度过了难挨的大半个晚上。

小弟，值你生日之际姐想说，父母在世时，我们是亲姐弟；父母远去，我们仍然是至亲至爱的手足，这份情义将伴随我们终老。

突然想起今年是鸡年，是你48岁生日，也是你本命年的第四个轮回，在此姐祝你一生快乐无忧，平安幸福！

原载《焦作晚报》2018年6月14日副刊

怀念小姑子

又是一年冬至来临。

冬至，于我而言是个黑色的凄楚的日子，因为它是我父亲的祭日。在财会岗位上兢兢业业奉献一生的老父亲刚办好退休手续，尚未安享晚年的好日子，便因心脏病突发而撒手人寰。虽然时已28年，但父亲走时的情景仍历历在目，每每想起便潸然泪下，悲恸不已。

冬至，也常使我情不自禁想起生命中另一个重要的人——我至亲至善的小姑子。

那年我刚刚退休在家帮女儿带孩子，已经内退的小姑子另谋职业在县城东一家企业做仓库保管员。妹夫在市里上班，她女儿在新乡读大学，儿子也在市里读高中。冬至到了，想着小姑子一个人过节怪孤单的，就约她中午来家吃顿饺子。于是一大早就给她打电话，电话那头她客气了一番便爽快地答应了。然后我让女儿分别买了羊肉、猪肉，香菇、莲菜，做了两样馅，还特意备了几个菜，准备好好款待小姑子一番。

时过中午，可小姑子还没过来，电话打过去得知有人取货暂时走不开。直到1点20分她才匆匆赶来，来时还拎了一箱奶，我跟老伴同时埋怨她"不就是吃碗饺子，还买什么礼物"。小姑子笑着说，"家里有小孩子理应带点东西"。随后我便问她爱吃啥馅的饺子，她笑着答"那就两样都吃点吧，也品尝一下大嫂的手艺"。

清楚地记得那年冬至的天特别的好，正午时阳光和煦，没有一丝风，我们坐在小院里吃着饺子拉起家常。聊工作，也聊家庭，但更多的是聊她可爱的女儿和宝贝儿子。小姑子收入低，负担重，孩子们学费高，花销大，日子过得紧巴巴的，虽平素节衣缩食，但仍入不敷出。我便宽慰她，两个孩子学习好、有出息就是你最大的福气，挺一挺困难时期很快就会过去。小姑子微笑着说过两年兴许会好一点。那时她偶尔咳嗽几声，说是感冒了，我们也全然没当回事。就这样我们一直聊了近两个钟头，这也是我们姑嫂俩30多年来聊得最开心的一次。

没想到 3 个月后小姑子的身体状况却成了我们全家最揪心的话题。轻微的咳嗽不断，而后竟查出了肺癌。在最短的时间内做了切除手术，之后又做了多次化疗，严重的药物反应让她倍受折磨，痛不欲生，常人难以忍受的痛苦她都默默忍受了。妹夫和家人四处求医问药，大家都期盼着她能早日康复，她毕竟是我唯一的小姑子，家里尚有一双求学的儿女离不开她的照顾。尽管小姑子意志坚强，以顽强的精神抗拒着病魔的侵蚀，以乐观的心态与无情的癌症作斗争，但残酷的现实仍无情地击碎了我们一家人美好的希冀，一年多后，无法抑制的癌细胞扩散，还是残酷地夺走了她年轻短暂的生命，我可怜的小姑子在世上艰难地走完了她 49 年的生命历程……

我可怜可亲的小姑子，你走得太急了啊，嫂子一直放不下你，一直想念着你！你虽然文化程度不高，但你知晓很多高深的道理，你待人和蔼可亲，言谈注重分寸，处世轻重有度，你的贤惠、善良、俭朴可谓我终生的楷模。你的音容笑貌常浮现在我眼前；你关切的问候常萦绕在我耳边；你送我的茶具我还珍藏着；你外出旅游给我捎的精美饰品、衣服、纪念品等礼物我都妥善保存；你给我找的治疗糖尿病的单方还在抽屉里留存；尤其是你在病中，还给我编织了花型新颖别致的绒线帽，我始终舍不得带，看到它就热泪盈眶。这些信物将一直陪伴着我！

又是一年冬至时，天气阴冷，寒风萧萧。窗外不知何时起了风，风把思念挂上树梢，压弯了枝头！亲爱的妹妹，倘若九泉有知，请再次品尝大嫂亲手做的饺子，同样是羊肉、猪肉两样馅做的……

可是，我的小姑子，我的好妹妹，您在哪里？

2018 年 12 月 23 日

又是一年元宵节

春节的喜庆气氛还在料峭的春寒中弥漫,元宵节便踏着匆匆的步履赶来了。

县城主路挂满了红灯笼,中山路的霓虹灯流光溢彩,火树银花扮靓了街头的夜空。走在川流不息的街市,老伴不时举起相机抓拍美景。突然间手机响了,是大女儿喊我们参加外孙的生日聚会。我的思绪陡然回到13年前的元宵节。

2005年元宵节,我们原计划约朋友去市里看焰火、逛灯展,偏巧大女儿临产住院,于是我和爱人便匆匆赶往医院。产科医生检查后告知女儿顺产困难,需要做剖腹产手术,上午11时女儿被推进手术室,我们和亲家在手术室外如坐针毡,焦灼不安地等待着小生命降临。

11时35分,手术室传来一阵阵响亮的啼哭,我们喜出望外,激动得手足无措。一会儿护士抱着孩子出来对我们说:"男孩,7斤3两。"我接过孩子,紧紧抱在怀里就往病房奔去,亲家也笑眯眯地跟在后面。护士见状忙提醒说:"光顾孩子,不要大人了?"我和亲家相视尴尬一笑,才知道确实有点忘乎所以了。

一整天,我们都在医院里忙活。我目不转睛地看着襁褓中的小脸蛋,那么圆润,那么粉嫩,那么水灵,或哭或笑或酣然入睡,一切都是那么天真可爱,那么招人喜欢,欢愉和欣慰之情溢于言表。我不停地抱着外孙走来走去,忙着喂水、换尿片,忙乱并快乐着,忘记了一切纷忧,也忘记了元宵的焰火和灯展。

女儿静静地躺在病床上,忍着刀口的疼痛还坚持不用止疼棒,憔悴的脸上挂着微笑,倦容中带着初为人母的喜悦,我不禁为女儿的坚强所感动。

子夜时分,当我和老伴从医院出来,一轮圆月已挂中天,街上烟花燃放早已结束,小城渐渐归于平静。

元宵节我们虽然没有吃上汤圆,但想起粉嘟嘟的小外孙,心里又甜如蜜。虽然没看焰火却依然心花怒放，虽然未观灯展但心里又点燃了一盏希望光明的灯，生活也由此充满了乐趣。

　　时光飞逝，岁月如梭，一晃 13 年过去，如今的外孙已从文静腼腆的幼童长成阳光帅气的大男孩，但襁褓中的笑靥仿佛仍在眼前！

2018 年 3 月 8 日

家有娇骄女

倏然一晃，小女儿返校已经 3 个月有余。看看她疫情居家期间做美食试验网购的一大堆食材，想想连日来橙色预警的高温天气，心里直犯嘀咕。女儿在山大读博，今年是毕业季。自读研起，寒暑假便很少回家，或参加各类培训班、研讨会，或趁假期旅游。屈指算来，7 年间所有假期加起来也没有这次在家待的时间长。

女儿打小喜欢美食，但从初中起便在外地求学，对县城的擀面皮、浆面条、胡辣汤、豆腐汤、卯麻烫等街头特色小吃念念不忘。她总说这些美食上有家乡的味道。可今春要命的新冠疫情突发，所有店铺商家按下暂停键，女儿春节前两天才赶回来，未来得及品尝美食便被禁足在家。

疫情虽然无情，却阻断不了人们对美食和美好生活的向往。蜗居那段时日，尽管我每天换着花样做饭，但女儿还是嫌家中饭菜乏味。看到网上众多亲友在家自制擀面皮、面包、蛋糕、烧烤，她也兴致盎然地网购了几袋高、低筋面粉和辅助食材，黄油、糖霜、麦芽糖、抹茶等配料一应俱全。还专门购置了大小两个电饼铛、烧烤机、绞肉机、榨汁机，家里闲置多年的面包机也派上了用场。

自此女儿便动手鼓捣起她的美食来，涮锅、炸串、烤牛排、烤面包、蒸蛋糕，变着法子做吃的。而我们老两口饮食简单，不喜欢大鱼大肉或高脂肪食品，有时难免唠叨几句，说她是"吃货"，倒招来女儿一顿抢白："你们 50 后不会享受生活！都啥年代了还拿你们的老思想禁锢别人。"老伴说现在的孩子都这样，劝我别管，任她性子折腾。我自知拗不过她，也就睁只眼闭只眼落个清静自在。

疫情期间女儿在家就两样事，写论文，做美食，偶尔练练瑜伽、跳跳绳，这便是她生活的全部内容。

初次做面包不得要领，烤得又薄又小像个煎饼，第二次稍微有点进步，我和老伴笑话她做的是烧饼。但她绝不会尴尬，还反击我们："别讥讽我。失败是成功之母，阳光总在风雨后。"我劝她把心思放在撰写毕业论文上才是正理，想吃就到面包店买去，好吃不贵。她听后瞥了我一眼，说道，"全民宅家防疫，买不到！"怼得我哑口无言。继而她振振有词地辩解："自己动手是体验过程、增进兴趣、享受时尚生活，说不准将来咱家还要出个烘焙达人！"

女儿真能下功夫，大有不到黄河心不死的劲头。她不断找原因，有时一个人边捣鼓边咕哝，是酵母粉放少了，高筋面加多了，还是烧烤时间长了短了，等等，如此这般反复摸索，直到第五次终于做出了酥软香甜可口的面包，她高兴得一连在朋友圈晒了好几天。

当一个人真正花一些时间去努力经营一个爱好时，生活自然会给予相应的回报。女儿掌握了做面包的技巧后，还在创新上做文章，别出心裁在面包中嵌入红豆、葡萄干、红枣、葵花籽，或菠萝、香蕉、苹果等水果，做成的面包别有一番风味，且色、香、味俱佳，馋得小外孙女每次来都缠着她做面包吃。

每次加工好面包她都摆在面前像玩味艺术品似的反复欣赏，多角度拍照晒图，然后才开始享用，有时边吃还边喃喃自语："世间唯读书与美食不可辜负也。"

为享用美食，女儿可谓挖空心思，乐此不疲。制作伊始总要打开手机按照语音提示的步骤进行操作。老伴爱吃糖果、蜜三刀之类的甜食，她就专门网购了麦芽糖，自己和面让我帮着炸，还戏谑地说反正宅家闲着也是闲着，倒不如学把手艺，将来若找不到工作，咱就开家面包店。

其实小女在家向来是"饭来张口，衣来伸手"的茬，长这么大我很少让她下厨做家务，偶尔高兴时她让我教她炒菜做饭，而我则要求她以学业为重，我常说她姥姥那句口头禅："狗大自咬，女大自巧，到成家立室时自然啥都会了。"但我们仍忧心忡忡女儿身上的娇、骄二气，总觉得她生活中注重形式而不在乎内容，只能接受美的善的一面。老伴常说她单纯、幼稚、骄横，说话直率，办事没分寸，不会察言观色，社会实践、生活常识方面的知识浅薄，将来走上社会难免吃亏。

也真的是，女儿生性胆小，但凡见到流血就大呼小叫，看到电视上出现血淋淋的场面就双手捂住眼睛，镜头过了才敢继续看，且从不看恐怖片。我说你出去若遇到坏人咋办，她说没你想的那么糟。

总之我们很担心她的一切，上大学时老伴曾写下"晨钟暮鼓与女书"十多篇，从学业、生活、婚恋、处世到工作、事业泛泛而谈，洋洋万言的文字中饱含了对女儿的教诲与期盼，而女儿却不以为然，一直认为我们是说教批判，不懂得发现她的优点，为此我们同女儿感情上一直磕磕绊绊没少打嘴官司。

女儿总嫌我们生活节俭，不舍得花钱，总想按自己的方式和心愿改变我们的生活习惯。只要在一起就跟我们灌输"断舍离"生活哲学，看到家里的一切旧物件总要悄悄扔掉，还总是抱怨我们省吃俭用。家里有一些闲置物品，大到电磁炉、电饭锅，小到电热壶、茶具、酒具等，有次被女儿翻出来堆了一地，逐一拍照，挂到"闲鱼"上卖了，许多东西也被以"跳楼价"处理了，气得我们目瞪口呆啼笑皆非。

细细想来女儿虽然在我们跟前蛮横，但也确有可贵之处，她待人真诚乐于助人。遇到想读研、读博的学弟学妹，她总是积极推介热心相助，跑前忙后不辞辛苦帮查档案，提供复习资料，忙得不亦乐乎。同学们无论谁有了困难，只要求助于她，她总是视为己任从不推脱敷衍。

女儿马上要毕业了，目前正积极准备应试，天南海北面试了十来家，有年薪数十万的学校，也有待遇优厚的科研单位，且都拿到了录用通知。但女儿总是犹豫不决，她还是痴迷于执教，非"985"不进，非高平台不就。我和老伴又气又急，想让她脚踏实地找份轻松稳定的工作，不至于活得太累，可她执意要拼搏奋斗，说青年人不能贪图安逸奢求稳定，高压之下才会有动力，才可能有作为。

女儿身上虽有娇骄之气，但也有90后一代勇于创新、敢于直面人生和追逐梦想的勇气！最终无论选择安逸、搏击或挑战，抑或选择冒险，我们都祝愿她成功，盼望她幸运！

2020年6月9日

243

生命的守候

2020年的开局弥漫着悲伤,一场意外始料未及。

1月17日是小年,在淮南打工的三弟怀揣劳作一年的工资卡喜滋滋地归来,常年居住在杭州女儿家的大弟弟也早早返家并订好饭店,本想在春节之际我们姐弟五个家庭20多口人欢聚一堂,过个温馨的祥和之年,然而一场突如其来的横祸,无情地击碎了全家人的美梦。

一

1月19日下午3时许,在家里干活的三弟突发脑出血昏倒,邻居拨打120后,博爱县人民医院救护车急速赶来将三弟拉到医院。三弟情况不妙,CT检测脑部出血15ml。他剧烈呕吐,不停挣扎,继而昏迷。我们姐弟几个也慌做一团。医生建议再次做CT检测,出血量高达85毫升,三弟瞳孔扩散,生命危在旦夕。

我们心急如焚求救医生,医生当机立断决定为三弟做开颅手术。"开颅风险极大,一定要有心理准备",医生的叮嘱使我们不寒而栗。

整整5个多小时,我们姐弟四人寸步不离,焦灼不安地守候在手术室外。室内是命悬一线的三弟,室外是血脉相连的亲人,悲痛欲绝的三弟媳埋头抽搐泣不成声。一样的心情,同样的感受,大家没有什么语言能劝慰可怜的弟媳,所有的话语都冻结在每个人的嘴边,只能在心里默默祈祷三弟能逃离死神的魔爪。

想着勤劳善良命运多舛的三弟,我泪眼模糊,历历往事涌上心头。

三弟出生于上世纪1966年冬,他从小聪明乖巧讨人喜欢。9岁那年他不幸患了慢性肾炎,当听说化验结果三个加号为重度肾病时,三弟哇得一声大哭起来,哽咽着问医生:我的病还能看好吗?同室的几位病友听后心里都酸酸的。为此三弟休学一年。

三弟爱学善思,悟性颇高,无论学啥,一看就会,一点就通,高三那年曾拿过全县数学竞赛第二名的好成绩。按说三弟应该继续复读考大学的,但为了帮衬母亲干农活,懂事的三弟自愿放弃求学的念头,后来到县荧光灯厂当了工人。他爱岗敬业,责任心强,上岗不久便熟练地掌握了操作技能,升任带班长,连续十多年荣获"五好职工"。

然而命运一波三折,三弟35岁那年,12岁的独生儿子被人下毒致命,三弟和弟媳悲痛欲绝,直至两年后又一个新生命诞生,弟弟脸上才露出些许笑容。孩子出生不久,工厂破产,全员下岗。为谋生计,他四处奔波寻求活路,养过鸡,装过磅,卸过煤,干过小工,历尽艰辛受尽磨难,同时还要轮流伺候卧病的母亲。直至2010年冬母亲过世后,弟弟才随同本村的几个伙计加入了打工行列,经过岗前培训,成了一名技术工人,每年辗转全国各地铺设安装管道。后来他又把下岗的四弟带出去打工,他常说,四弟老实,带他干活能照顾他,也好让姐姐哥哥们放心。

每次打工回来,他总是和四弟来看我,然后喊上大弟、二弟我们一起聚聚,讲他们漂泊在外的酸甜苦辣,奇闻趣事,其乐融融。可如今身处险境生死未卜的三弟,却不知能否挺过这个坎与亲人们把酒言欢,畅叙手足之情。想到此,我心如刀绞。

往事历历,扭头看着身旁默默垂泪的三个弟弟和处于极度悲恸中的三弟媳,我如坐针毡,心海波翻浪涌。

二

凌晨一点半,三弟被医护人员推了出来,头上缠满纱布,身上插满管子,面部被呼吸机遮盖。主刀的孔医生告诉我们:"手术顺利,但仍有再度出血的可能。"与死神搏斗5个多小时的三弟终于从死亡线上被拉了回来。我们姐弟面对医生鞠躬行礼连声道谢,感激涕零,悬着的心终于放下。

三弟被抬进重症监护室,面部浮肿,高烧不止,人事不省,询问医生后得知此阶段是开颅后脑水肿高峰期、感染危险期,均为术后的正常反应。医生还告诉我们能否醒来得看三弟的造化,或许落

245

个偏瘫，或许全瘫，严重的可能会成为植物人。

医生的结论使我们惊恐不安，也加剧了弟媳的悲伤。她精神崩溃，整日失神落魄，一连几天不吃不睡。我劝她往好处想，我说，今后只要姐有一口饭吃，就不会让你们饿着！大家都会帮你的，千万想开些。

在这里，每天都能看到未抢救过来的患者被推出去，其亲属撕心裂肺的嚎啕令人胆颤。三弟媳更是惶恐不安，我第一次感觉到人的生命竟是如此脆弱。

ICU 病房规定每天只准一人进入探视。身在咫尺不能近前相见，我们姐弟只能默默地陪着弟媳守候，祈祷三弟早日脱离危险。为了安慰可怜的弟媳，我们姐弟四人虽手头不宽裕，也纷纷凑钱接济。但较之于每日 6000 元的高昂费用仍是杯水车薪。

三

自新冠肺炎疫情爆发后，全县也加强了管控，公园、村街、社区陆续被封。医院被封后，规定只准留下一名家属陪护。我们只能在送饭时通过弟媳了解三弟病情。

此时的三弟有了些许知觉，二弟在探视时拍下视频传到家人群里。十多天后我首次看到了手术后的三弟，头上裹满纱布，脸上戴着呼吸机，枕边放着监控器，脖子上缠着喉管。三弟活过来了，但何时康复能否恢复正常仍然未知，尚须漫长的等待。躺在 ICU 病房的三弟每天靠打营养液和白蛋白维持着微弱的生命。病情不时有反复，令人揪心。

正月十一早上弟媳打来电话，说三弟病情加重，医生建议转院治疗。随即，医院联系了市二院来接诊的救护车，随车来的王医生看了三弟的病情，告诉我们途中任何不测随时可能发生，车上没有医疗设备不能实施救助，院方将不承担任何责任。三弟危在旦夕，虽然考虑到疫情防控期间去市二院医治难免有诸多不便，但为了拯救三弟的生命别无选择，只要有一线希望我们就要竭尽全力！

四

在市二院重症监护室住了三天后，省院检测结果反馈过来，血小板等三项指标均为阴性，我们悬着的心才稍稍有了放松。当天下午，也就是手术后第 19 天，三弟被转入普通病房，医生告知可以通过鼻饲喂些流食，每次食量为 200 毫升小米汤。

处于疫情防控的关键时期，医院规定只准两人陪护。而刚有轻微知觉的三弟虽然右半身能动，而左侧依然僵硬。可怜的三弟有时会下意识地撕扯面部的呼吸机和胃管、喉管，照护难度很大。憨厚的四弟自告奋勇留下陪三弟媳在医院，他眼含泪水实诚地说："在外打工一直是三哥照顾我，现在三哥有难，我理应在身边，姐哥年龄大了身体又不好就不要在这里，只要不出去干活，我就老在医院陪三哥。"四弟的话情意浓浓，感动得我几度哽咽不知说啥好。

护理重症病人是苦差事，何况是做了开颅手术神志不清的三弟。喂水喂饭，擦屎接尿，抹澡翻身，闹得四弟和弟媳常常通宵不眠。但淳朴善良的四弟没有丝毫怨言。后来三弟开始进高压氧舱吸氧，需要两个人陪伴，二弟义不容辞担当起这项任务。因疫情期间县城到焦作实行交通管制车辆限行，去焦作市二院唯一的交通工具只能是电动车。二弟是扶贫驻村干部，疫情期间农村防控任务较重，为了不影响工作，二弟每天早早起床，顶着料峭的春寒，骑着电动车奔波 19 公里，早上 8 点准时赶到医院。吸氧、针灸、按摩，直到做完这几项康复科目，二弟才匆匆骑车返回去村里上班，一跑就是一个多月。64 岁大弟弟尽管多病缠身，也骑着三轮车去医院换岗，他说关键时候不能把四弟累垮。

一个多月后，三弟终于有了一些知觉，间或能睁开眼睛，看到我们时能下意识地激动，下巴会微微抽搐。尽管三弟仍处在昏迷之中，喉管胃管都没取，不能说话交流，但毕竟有了意识，对我们全家人来说无疑是莫大的欣慰。

五

三弟手术后第 50 天晚上，四弟在群里发了条令人振奋好消息，三弟会拿笔写下自己想表达的话，我让弟媳拍照发过来，看到纸上歪歪扭扭写着："再过3—5天我就好了。"看到此，我情不自禁地笑了。难受时他会连写几个"头晕"，口渴了会写"想喝水"，医生和他说话，他会写"王医生我听不清楚"。

有次去探视时我专门买了他喜欢吃的籴丸和盐焗鸡。由于三弟的喉管和胃管还没取掉，吞咽食物不方便，弟媳先夹了一个籴丸放进他嘴里，我在旁边反复交代他细嚼慢咽，别噎着，看到三弟津津有味地咀嚼着，我心里满是怜爱与欣喜。接着我又让弟媳撕了块鸡肉塞到他嘴里，三弟冲我笑笑握紧了我的手。我知道三弟此刻的大脑是清醒的，待到喉管摘取后，相信三弟会很快恢复语言功能的。中午三弟的几个同学去看他，三弟又是一番激动，轮流拉住手不放，张张嘴说不出话，拿起笔费劲写了几个字："我再过10天8天就好了"。令人惊奇的是三弟潜意识中还清楚地记着许多亲友和同事的手机号，让他写，他竟能一一写出，丝毫不差。他的同学离开时对他说，等你好了拉你一块去春游，三弟微笑着在纸上写了个"好"！

晚上，接到了三弟手机的视频通话，弟媳告诉我，是三弟自己在手机上找到我的号拨打的，同时他还跟两个哥哥也视频了。虽然听不清他说什么，但凭着口形我知道他在一遍遍叫我"姐、姐"，心里顿时暖意融融且略带一丝莫名的酸楚。

在这乍暖还寒、病毒肆虐的时节，三弟全然不知外面发生了什么，也不知疯狂的病毒吞噬了多少生命，他甚至不知道自己得了什么病。他不明白病房所有的人为何戴着口罩，他甚至怀疑是自己得了传染病，所以他总是用诧疑目光直视着。我们不得不一次次向他解释，是这个世界病了，有一种新冠肺炎病毒在蔓延，无论在哪人人都得戴口罩。他听着听着，疑惑的眼睛忽闪着似懂非懂。

六

一人有难牵动全家。几个月来，长期在医院护理三弟的四弟和三弟媳每天都在家人群里通报三弟的动态，从各项指标的检测结果到病情发展；从高压吸氧到针灸按摩的疗效；从康复训练效果到吃喝拉撒睡等细微环节都不错过。三弟的每个微小的好转都能给我们带来开心和愉悦，使我们倍感欣慰。总之，三弟病情一天好似一天，这正是我们姐弟和所有亲友的热切期待。

三弟的病情同样也牵动着姑姑们的心。正在医院输液的二姑听说三弟做了开颅手术，立即赶到医院看望，还让人捎去了2000元。远在山东的大姑一月之内打了十多次电话询问三弟病情，并通过邮政寄来了3000元。堂弟堂妹、表弟表妹也纷纷伸出援助之手。当我向亲人们道谢时，大家说，我们是一家人，理应帮助。

是啊，"我们是一家人"，这是流淌在心脉之间的清泉，这是血浓于水的殷殷亲情！比起被病毒侵蚀而一床难求的疫区患者，三弟是幸运的，一则是没有错过抢救的最佳时机，更重要的是苦难袭来时，有手足情深的亲人关怀呵护昼夜相伴，精心照料，相信难捱的日子即将过去。

晨起暮落，时光匆匆，三弟的病情是我们一个多月来唯一的牵挂。回忆这段失望与希望交织、泪水与欣喜浸透的日子，我的心中充满了感慨。

常常想起我们姐弟小时候在一起的情景，想起严厉的父亲，慈爱的母亲，那个虽然贫穷却温馨的大家庭。尽管日子过得艰难，吃不饱穿不好，但是我们生活的非常开心快乐！我们姐弟继承着父母勤劳善良、正直宽厚的优良品质和性格，爱学习、爱劳动。待人实诚、乐施好善，长大后都在各自的工作岗位上进取奉献。父母离世后虽然各忙各的，但无论我们置身何处，血脉相通这条亲情纽带永远割舍不断。即便再忙再累我们姐弟也会经常联系，隔段时间便相约团聚畅叙手足之情，我们永远是相亲相爱的一家人！

衷心期待我的三弟早日康复，期待明媚灿烂的春天越来越近！

2020年3月8日

追忆姑父

　　转眼间，我的姑父郭光智已离开17年了。但时光的流逝阻隔不了深切的缅怀之情。他的音容笑貌、他的高大身影仍盘桓于脑海，依稀的记忆从清晰到恍惚，挥之不去。

　　姑父是个很有作为的人，他不仅有胆魄有能力，而且从组织部、人事局、团县委到乡镇领导、教育局局长、电业局局长，无论在哪个部门任职，他都坚持知责于心，担责于身，履责于行，清廉从政一心为民，数十年如一日初心不改，以对党对人民的忠诚与豁达的人格魅力，影响身边的每一个人。更可贵的是他一身正气、以身作则的家风家教，既是子女、亲友学习的典范，也在乡邻群众中有口皆碑。

　　我老家在许良镇下水磨村，曾祖父早年带着两位爷爷在湖北老河口做怀药生意，家境殷实。邻里都知道，老胡同贺家楼院人丁兴旺，婆媳、妯娌、姑嫂和睦相处，40多口人同吃一锅饭，儿孙绕膝其乐融融，令人羡慕。我的父辈和姑姑们从小都受到了良好的教育。希花姑是我大爷的女儿，和谐的家庭环境培育了她贤淑、善良的性格。她知书达理，气质高雅，是我们贺家楼院的"一枝花"。相比而言，姑父家境贫寒，仅读了三年私塾，以至于我大爷当年对姑姑和姑父的婚事颇有微词。姑姑中师毕业后先在县城一完校教书，之后调到文化馆、妇联会、银行、县档案局工作。上世纪六十年代初，姑姑与光智姑父相识并结为连理。他们夫妻恩爱相濡以沫，同甘共苦辛勤养育了三女一子，度过了那段艰难困苦的时光。

　　姑父出身于普通农民家庭，走上领导岗位后，仍然保持了艰苦朴素的劳动人民本色，牢记党员干部的使命任务，坚持为人民服务的初心不变，时时、处处、事事克己奉公，率先垂范，在同事和群众中传为美谈。姑父常年奔波在乡村，经常与社员群众同吃同住同劳动，从来不讲究衣着打扮，上班总骑一辆破旧的自行车，脚底一双钉掌的老布鞋，衣服也是打补丁的中山装。不论走到哪里，那身穿着都让村民倍感亲切，大家也和他无话不谈。

姑父对自己抠对家人严，却对下属关怀备至，慷慨有加。姑父虽身居领导岗位多年，但从不以权谋私，为子女、亲戚朋友办事，亲友们言谈中略有不满。大女儿春玲对此深有感触，她参加工作在县商业局上班，遵从父亲的教导，立足本职爱岗敬业，在平凡的岗位上默默工作，从不与同事比工种、比收入、比吃穿。九十年代初企业改革她曾经下岗，没有经济来源，生活极其困窘，便想让父亲帮忙给调入事业单位工作，被姑父严词拒绝。姑父坚持说下岗职工很多很普遍，要靠自己的本事寻出路再就业。

夫妻之间的理解支持与言传身教，是传承优良家风的关键。姑姑两位哥哥的儿子均在农村，他多次求姑姑帮忙，想让姑父为孩子安排个收入稳定的工作，但姑姑一直劝哥哥放弃这个念头，她清楚姑父的性格和为人，绝不会利用手中权力为亲友谋利益。 姑姑毕竟是多年党龄的干部，对姑父的工作既理解又尊重，更不会吹"枕边风"怂恿他干违反原则或出格的事。

姑父对孩子们的要求非常严格，特别注重正面引导。他调任教育局长期间，正是 20 世纪 70 年代教育事业百废待兴的时期。他大胆进行教育改革，一手抓基础硬件设施建设，一手抓教师队伍素质提升，迅速扭转了落后局面，高考上线人数逐年上升。1984 年还出了个全省高考文科状元，成为博爱县教育史上的"巅峰时期"。姑父并没有把此事作为个人荣誉，反而以此为例教育子女：你们生在好年代有福气，一定要树立远大志向好好学习，掌握知识本领，将来报效国家。春平是老两口唯一的儿子，但姑父对他从不溺爱，在言行上认真管教，思想上严格要求。春平也没有辜负父亲的厚望，考取了河南省一所有名气的大学，毕业后考上公务员，从基层一直做到副县长，最后到县人大工作。他始终以父亲为榜样，工作踏实勤恳，处处以身作则，勤勉高效工作，热心为基层为群众排忧解难，受到上级的肯定和群众的认可。

姑父经常要求孩子们注重实践，在干中学，学中干，兢兢业业立足本职，这也是他的座右铭。无论担任乡镇领导，还是在教育战线，以至电力部门，他都抱着一颗对党的事业无比忠诚、为人民服务始终不渝的初心，干一行、爱一行、专一行。在电业局工作期间，为了熟悉业务，看懂复杂的电力报表及各类数据，他不耻下问虚心求教，短期内实现了从门外汉到内行的跨越。同事说他是事业上的好搭档，下级说他是勤奋工作的领头雁，职工们说他是任劳任怨的公仆，和蔼可亲的兄长。

姑父在姑姑眼里是"工作狂"，但在儿女们心目中，却是既严厉又慈爱的"好父亲"。他偶尔检查孩子们的作业，就会特别认真专注，只要发现谁的作业字迹潦草，或做错了题，便会毫不留情的教育批评。闲暇时，他会用怜爱的目光看儿女们津津有味享受他带回的零食，陶醉于家庭的温馨。

人们常说"最好的爱是陪伴"。姑父陪伴孩子们的时间很少，但他深知父母是孩子的第一任老师，家庭教育是不可忽略的重要环节。因此不论工作多忙，他一有机会便给孩子们灌输家风家教理念，让他们从小打下良好的思想、品德与人格基础，使其健康成长。姑父的家国情怀教育也是儿女们人生和事业的起点，他从苦难深重的旧社会走过来，见证了新中国成立之初的羸弱和繁荣时期的富强，因此对党的忠诚和国家的热爱深镂于心，为此他时刻教育子女听党话、跟党走、感党恩，树立爱国之心报国之志。

退休之后有了更充足的时间，姑父便时常给子女讲述旧社会和老辈人经历与苦难，教育孩子们不能忘本，珍惜当下。特别是子女们和女婿、儿媳纷纷走上了领导岗位后，姑父对他们要求更加严格，一再告诫要清楚自己身上的使命担当，以德立身，忠于职守，清清白白做人，老老实实做事，用实际行动践行党性观念。还要求孩子们勤俭持家过日子，多年来孩子们将父亲的教诲铭记在心，女儿们衣着朴素从不穿奇装异服，不佩戴任何装饰品。

姑父晚年每逢生日，举杯的第一句话便是"感谢党，感谢社会主义"，接下来便是老生常谈："现在的幸福生活来之不易，你们都是共产党员，身居重要岗位，工作一定要以大局为重，要讲党性、讲原则、讲民主，在各自的岗位上建功立业。"在他的熏陶和耳濡目染下，孩子们个个勤奋努力，对职责的敬畏从不懈怠。

在子女们心中，伟岸的父亲就像指引他们成长的灯塔，永远伴随着他们砥砺前行。他们很惊奇父亲文化程度不高，却为何他掌握了不少名言警句。他们更佩服，每次孩子们做错了事，父亲总是在自己身上找原因。一次姑姑带年幼的春平去阳庙，适逢集会，在一个摊点看中了一个玩具摆件，姑姑认为没用就不给买，春平哭喊着不走。姑父知道后就说："养不教，父之过，孩子固执是自己宠爱娇纵的。"二女儿春莉上初中时因贪玩导致当天的作业没写完，实在睁不开眼睛想去睡觉，姑夫说自己疏忽了对孩子生活习惯方面的教育，今后一定让她养成良好习惯，"今日事今日毕"，凡事不能拖延。正是姑父的悉心教育和影响，孩子们才个个争气且事业有成。小女儿春霞任职电业局期间，工作繁杂忙碌，每每遇到困难总会想起父亲语重心长的嘱托，诸如"做人要诚信，处事要冷静，待人要宽容，办事要果断"等等，谆谆教诲字字珠玑，淳朴家风受益终生。

姑父是一名好党员、好干部，他一生光明磊落清正廉洁，无论是社会主义建设初期还是改革开放时期，他都对党忠诚信念坚定，从政 40 余年作风务实爱岗敬业，一身正气两袖清风。姑父患病之后，孩子们尽心尽力服侍，想带他到大城市治疗，但他认为在哪看病都一样，不能过多花费公家的钱。他在生命最后的那些时日，尽管渴盼儿女们厮守身旁，但还是深明大义，反复交代时任许良镇党委书记的儿子："镇里的工作重要，别常来看我，有医生在，你别操心……"弥留之际他把孩子们叫到床前说："你们的母亲很明事理，对家庭贡献最大，希望你们照顾好母亲的晚年生活。"还告诫儿女们："你们都在部门上班，切记要努力工作，遵守党纪国法，我一生清白，没有拿过公家分文，希望你们也要不贪不腐，严格管好自己。"孩子们含着热泪铭记于心。

好的家风是一种无声的教育，无言的嘱托，无痕的传承，也是最基本最具影响力的社会正能量。用"君子风范，清风傲骨"八个字来形容姑父的一生再贴切不过。姑父用他的一生影响着我们，教育和激励着后人。他的事业，他的初心，传颂在干部和群众的口碑里；他的人格，他的品德，就是留给孩子们的珍贵遗产，永远被晚辈收藏并代代传承！

2023 年 4 月 5 日

第七辑

岁月记忆

故乡的年

故乡的年
是从街上飘进家门的
一声响亮叫卖
女孩要花儿要炮
诱人的渴望长成儿歌
小孩小孩你别馋
过了腊八就是年
于是掰着小指头数到爆竹声响

故乡的年
是挂在村口老槐树下的
一缕淡淡乡愁
寒冬的风如激情的号角
吹响村头的大喇叭
呼唤游子归来的行囊
用挚朴的乡音洗去一路风尘

故乡的年
是除夕夜架在老院子中央的
一堆旺火
父亲劈柴我捡树枝
直至柴禾摆得高高
母亲说先点旺火后放鞭炮
熊熊火焰能燃起来年好光景

故乡的年
是贴满门头与院子里的

一幅幅红色憧憬
把殷红窦绿的春天奢望
倒入粗瓷杯盏
大伯大娘叔婶姑姑
举杯品酌"不醉不休"的豪放

故乡的年
是高高悬挂在屋檐下
那只旧竹篮里的糖果
多少次垂涎欲滴
贪婪的仰望
也动过不少歪心思
为此曾挨过父亲几巴掌

故乡的年
是跟着奶奶颤巍巍赶集时
一阵欣喜若狂
掩饰不住心中的期待
只要勤快嘴甜
说不定能换来
炒凉粉与香喷喷的腊肠

故乡的年
是深藏在睡梦中
一生挥之不去的念想
绚丽多彩也裹着苦酸
梦醒时分枕已湿
父母慈容不见
小伙伴们也没了踪影

故乡的年

如一坛浓烈醇厚的老酒
历久弥新韵味悠长
那个刻印在记忆中的小村庄
村头那棵古槐
街心那口老井
树木荒草掩映的老屋
连同那些年节的记忆
横亘在心头
凝成无休止的思念

晨起暮落
时光匆匆
故乡的年清晰如昨
永远扎根在心间
忘不了放不下
无论身在何处
我依然留恋故乡的年

2021 年 2 月 5 日

送晓恒学弟远行

时维三月，序属仲春，阳光明媚，草木葱茏。闻弟即日远行，赴湘料理商务，临别作文赠之。

余友晓恒，年逾知命，与之相识卅余载，此间同窗共读五年。当时余年当而立，而友年方弱冠。其才俊洒脱，品德高尚，虽未与之义结金兰，却以姐弟相称，且学业互助，无话不谈。后恒弟外出创业，十余载未曾谋面。间或电告平安，小叙颠簸劳顿之苦。

丙申之秋，街头偶遇，恒弟诉其父母双双卧病床褥，无奈归来尽孝，余闻之愕然。时其父耄耋之年，其母亦年逾古稀，体弱多病，生活难理。清化乃孝悌之乡，弟乃父母膝下之独丁，当以奉养父母为己任。但因事业在湘发展尚好如日中天，不忍弃之，虽分身乏术，仍欲恪尽孝道，乃往返穿梭于豫湘之间，以期兼而得之。

嗟乎！余谓弟：其心至诚，其情至切，虽费心劳形历尽万般辛苦，然皆为业孝两全，足为邻右所赞，堪为世人之楷模矣！

2017 年 4 月 11 日

竹坞记忆

童年像一幅色彩斑斓的画轴，又似一串欢快跳跃的音符，无数次萦绕在我温馨的梦里。打开记忆的闸门，童年趣事便如潮水涌来，挥之不去。

我的童年在太行山脚下依山傍水的沁河之滨五龙口镇度过。传说此山曾盘踞着五条巨龙，滔滔沁水从这里截山奔泻而出，五龙口由此得名。也有考证于明代万历年间，天下大旱，地方官府为造福一方百姓，率民众在沁口附近相继开挖利丰、广济、广惠、永利和兴利五条水渠，形成了五龙分水之势，故称五龙口。这里山川秀丽，河水清澈，林果繁茂，碧野无垠，是闻名遐迩的鱼米之乡，而最使我眷恋的是一群魂牵梦萦的童年小伙伴。

那时我上小学三年级，正值无忧无虑的年龄，漫长暑期于我而言是最快乐悠闲的时光。卸下沉重的学习负担，远离老师父母的唠叨，在广袤的原野上尽情地演绎童年的质朴与烂漫。我们可以随心所欲睡到日上三竿，然后和一群"疯丫头""野小子"结伴到田间地头割青草，在沁河边戏水，在小路旁采花，甚至摘些青涩的柿子，在河床上挖洞渍着吃！在辽阔的天然游乐场上我们与小鸟比歌声，与蝴蝶比赛跑，上树摘鲜果，下河摸鱼虾，偶尔也会偷些嫩玉米和茄子架在火上烤得焦黄焦黄，在扑鼻的香味中抢着吃，而后招来大人们的喝斥。那时的暑期生活无拘无束，美好得放浪形骸无以复加。

二十世纪六十年代中期的农村贫困，既没有五花八门的书报杂志，也没有漂亮的芭比娃娃，更不会有王者荣耀、三国杀和铺天盖地的培训班。小伙伴们家里除了几本翻烂了的小人书，可供消遣玩乐、开发智力的东西几乎没有。虽然没有玩具，但我们很会制造乐趣，蹲在街心的老槐树下观太阳冉冉升起，赏夕阳徐徐降落，听知了在树上欢唱，看蚂蚁在脚下奔波。间或有人回家取来卫生球，瞅准成堆的蚂蚁一圈一圈地划，直搞得蚂蚁晕头转向，找不着北，我们便手舞足蹈！

玩足了疯够了，我们会从家里搬张小桌子，几把小凳子，围在一起做作业，写累了再玩。玩最多的是男孩女孩都很得手的"抓子儿"，把用瓦片敲成的小块磨圆，手里拿一个抛起来，然后抓住地上的再接住，比谁抓得多抓得快。更爱在地上挖个坑弹玻璃球，输者由赢家在鼻子上弹一下，玩得不亦乐乎。

　　最惬意的还是去外婆家小住，那是我最温馨的港湾，她会把积攒的所有爱迸发出来。外婆家在古人谓之"竹坞"的地方，家家门前水，户户竹为邻。门前那条清澈的溪水终年流淌，一直通向村外的禾田。屋后那片郁郁葱葱的竹林承载着我的童趣和欢乐！

　　外婆家的表兄妹贵林、小闹、小俊，是我从小玩到大的伙伴。我们或跳在冰凉的水里用竹竿做的水枪干仗，直到衣服被喷得湿漉漉才罢休；或钻到在竹林里捉迷藏，有时趴在低洼处一待就是好长时间，弄得一身泥土还被蚊虫咬得浑身疙瘩。

　　少不更事的年龄当然会惹出祸患。清楚地记得一次我们在地里偷摘了些嫩玉米，贵林从家里偷来火柴，我们藏匿在竹林里烤着吃。不巧被我外公看到，踩灭火并把我们大骂了一通。外公跟外婆责问谁挑得头，我如实回答是自己出的点子，还轻描淡写说烤了好几次都没事。外公气得把我夹在腰下就向屋后的粪坑走去，直到我头朝下面向粪坑那一刻才号啕大哭说再也不敢了。事后我多次想，假如我不求饶，外公会不会把我扔进臭烘烘的粪坑？

　　有时我也会和小俊表姐拿本书去村外的小河边，看碧绿的禾苗随风起伏，听小溪流水潺潺有声。或坐在柔软的草地上，吮吸着清新的空气，然后翻开课本朗读，身体沉浸在美好的自然中，心灵陶醉在书本的境界中，那是一种无与伦比的享受。

　　光阴似箭，荏苒岁月毫不留情地自草长莺飞间流走，无论是再走草木葳蕤的沁河滩，还是寻踪繁密青翠的竹坞郡，都追不回逝去的童年。那种无所顾忌的罅隙之美，开放之美，放纵之美，美得让人窒息的暑期生活只会频频出现在依依难忘的梦里！

原载《焦作晚报》2018 年 8 月 13 日副刊

皎皎明月夜

雷雨刚停不多会儿，一轮皓月便从中天那浓厚的云层里钻出来，给大地镀上了一层银辉。从机关加班写材料出来，我拎着雨伞，沿着宽敞的柏油马路缓缓地向家中走去。

子夜时分的大街上行人寥寥，一片沉寂。屈指算来，今天已是农历八月十七了，虽不是满月，但高悬在灰白色天幕上的玉盘依然那么圆润那么明朗。举目望去，似乎不是云彩在移动，而是月儿在云中穿行。远处几颗星宿不时眨巴着眼，发出微弱的光，像镶嵌在空中的粒粒珍珠，和月光云彩交相辉映。

乍从狭小的办公室走出，漫步在冰清玉洁的路上，吮吸着雨后清新的空气，欣赏着皎洁的月色，自然又是一番情趣一种感受。这明月，这良宵，倏然把我的思绪拽回到五年前的一幕……

七十年代末恢复高考制度后，社会上掀起读书自学热潮，程度不同地唤醒了年轻一代的求知欲。机关厂矿自上而下组织补课，学习风气空前高涨。记得当时有一句非常激励人心的口号，就是"要把'文革'十年所损失的时间给补回来"。

那时我是被服厂的一名工人，为弥补被十年蹉跎岁月造成的知识断层，充实空虚的心灵，我先后报名参加了《人民日报》新闻函授和"山西刊授"大学，同时还参加了县工会职工业余学校半脱产补课学习。当时教古文的赵世荣老师是博爱县颇有名气的语文老师，赵老师40岁开外，性格开朗，平易近人，讲一口流利的普通话。她讲课经验丰富，精于教学技巧，授课中不时将文人趣事、警句箴言穿插讲述之间，把晦涩枯燥的文言文讲得有声有色，让大家在轻松愉快的笑声中获得知识，同学们都说听赵老师的课是独特的精神享受。

由于我古文基础差，就经常到住在县一中的赵老师家里"吃小灶"，久而久之便成了她家的常客。赵老师忙时我也随手帮她搞家务，带她9岁的宝贝女儿玩，而她也不把我当外人，就这样我们竟成了莫逆之交。

记得那年刚过罢中秋节，我匆匆吃过晚饭，到赵老师家求教明初文学家宋濂的名篇《送东阳马生序》。赵老师概括地讲了全文，简述了作者从少及壮历尽种种艰辛刻苦读书的过程，讲到"天大寒。砚冰坚，手指不可屈伸，弗之怠"一段时，赵老师声音有些哽咽，我也被古人勤奋的学习精神与虚心求学的态度所深深感染。赵老师循循善诱告诉如何提高对古文的领会、阅读与理解能力，如何把握古文的语法、语境，通过这些浅显易懂的道理，培养我学习古文的浓厚兴趣。

接着赵老师生动地解析了作者借书求师之难，饥寒奔走之苦的经历，诠释了学业能否有所成就，不在天资的高下和条件的优劣，重在主观努力。宋濂之所以成为"一代文学宗师"，正是基于他的勤奋执着，"自少至老，未尝一日去书卷，于学无所不通"。最后她着重强调本文虽为"马生"序，也足以震撼天下学子，其劝勉之意力透纸背，令人慨叹！

赵老师还旁征博引，讲了诸葛亮"非学无以广才，非志无以成学"的治学名言，结合当前社会上尊重知识、尊重人才的良好风气，鼓励我努力下功夫勤学苦学，求得真学问，立志报效祖国。

在赵老师抑扬顿挫的音韵和轻松诙谐的讲课中，不知不觉一个小时过去了。我起身告辞，赵老师热情相送。出得门来，但见一轮明月冉冉升起，如水的月华静泻在宁谧的夜空，"啊，好美的夜色……"赵老师似乎有点情不自禁，"小贺，难得这么好的月夜，走，咱们到外边赏月去。"于是，我们踏着溶溶的月色，走出宁静的校园。

"哎，说说看，月亮的别称都有哪些？"赵老师在考我。

"金钩、玉钩、银钩、玉兔、玉盘、嫦娥、婵娟，还有……还有银盘、铜盘。"搜肠刮肚，我印象中也就这么几个。

"知道南宋豪放词派代表辛弃疾吧？"赵老师发问了。

我茫然地摇了摇头。赵老师便讲起辛弃疾生平，讲到他的《太常引》。她轻声吟诵"一轮秋影转金波，飞镜又重磨，把酒问姮娥……"接着她告诉我，词中的"秋影""飞镜"都喻指满月。

谈着走着，我们信步来到县城南关村外新修的小渠旁。这一带的玉米已经收割完毕，映入眼帘的是一片无垠的开阔地，远处高大的乔木，眼前茂密的灌木，脚下潮润的小草，都茏在夜色中，像披了一层轻纱，蒙了一层薄雾。

我们肩并肩坐着，赵老师口若悬河滔滔不绝，讲了《诗经》《古诗十九首》，又讲了李清照、苏轼、陆游的咏月之诗。讲到兴头，她禁不住高声吟诵，什么"暮云收尽溢清寒，银汉无声转玉盘""独上红楼思悄然，月光如水水如天""秋色恼人眠不得，月移花影上栏杆"……

皎皎明月之夜，吟诵明月之章，真是情景交融，诗意浓浓，我对赵世荣老师渊博的学识简直佩服得五体投地。

最终，我们的话题又回到学习上。赵老师对我同时参加两个函授学校很不赞同，她说，自学很容易流于形式，何况你的语文基础又比较差。还告诫我学习如同吃饭，切忌贪多，食而不化是收不到好效果的。

接着她劝我报考电大，并建议我攻读汉语言文学专业，她愿意尽力辅导，做我的坚强后盾。可以毫不夸张地说，我执拗的渴求上电大的决心，就是在赵世荣老师启发下萌生的。

凉风习习、秋虫唧唧，蛙声阵阵、荧光闪闪，不觉间月到中天，一阵清风袭来，不禁打了个寒战，我们才打住了话题，匆匆返回。

时间如白驹过隙，芳草黄了又绿，绿了又黄，月亮亏了又盈，盈了又亏。一晃5年过去了，我终于夙愿得偿，手捧烫金的河南电大毕业证书，不由得想起赵世荣老师，而她呢，却调到焦作市十二中任教去了，难得与我一起分享愉悦之情，而那唯一的月光下的倾谈却成为我终生难以忘却的回忆。

每当我漫步月下，踯躅街头，总是不期然想起匠心匠气"传道、触惑、授业"的赵世荣老师，重新回味咀嚼她的谆谆教诲，思念之情油然而生！今夜此时，身处异地，赵世荣老师该和我同吟"但愿人长久，千里共婵娟"吧！

原载《朔竹》1985年第三期

闲聊李耀中老师

我与耀中老师认识缘于二十世纪九十年代初期。

那时我在博爱县供销社上班，分管系统工会工作，业余时间挚爱写作，经常给各级报刊写稿，因此与时任《焦作工人报》编辑的李耀中老师结识，但并不熟悉，也未曾谋面。

记得1991年初，《焦作工人报》在一版下方开辟了《五彩人生》征文栏目，我便时常写些人物通讯投稿，主要宣传县供销社系统的劳模与先进人物。我爱人当时在县化肥厂工作，我们经常一起笔耕到深夜。那年代没有电脑，有时停电，便一起就着微弱的烛光写作，经常被熏得两眼酸涩、鼻孔发黑。某次征文活动，我有《三尺柜台写人生》《铁算盘辛泽武》《游子的感慨》3篇文章获奖。因我工作繁忙，恰好来博爱采访的李耀中老师便热心帮我捎来。

初见李老师他大约20来岁，高高的个子，戴着眼镜，儒雅中透着豪爽，沉稳中略带幽默，谦恭而又和善。他知道我们俩在单位都从事文字工作，酷爱文学，便说早想为我俩写篇文章，题目就定为《墨海情缘》。但我因担心自己没有成果被人笑话，就谢绝了。

后来因工作调动，我们中断联系20多年。去年一个偶然的机会，我和李老师有了联系。2017年4月，女儿为我和爱人申请了公众号，闲暇时我和爱人常发表一些记述乡情村貌和生活感悟的作文发在公众号上。暮春时节我家小院麦香花盛开，洁白的花朵缀满枝头，浓郁的清香充盈了小院，我便写了篇《盛开的麦香花》。"母亲节"前女儿的一篇《母爱，荷与叶的深情》也发在公众号。李老师看到后便与爱人商议，为我们办个家庭文学版。不由得想起20年前，李老师便想为我们写《墨海情缘》的想法，理解了李老师的确是个有心的老报人。感激他的关注与厚爱，也敬重他的才学与人品，尊重他对昔日文友们念念不忘的殷切之情。

2017年9月14日

那些年，我们一起走过

时光如水，生活一页页翻过，恍惚间跨过了花甲的门槛，许多人许多事，随着岁月的流逝而逐渐淡漠，成为支离破碎的梦境，但有一个名字仍清晰地烙印在我心坎上，从未模糊。

那是二十世纪七十年代中期，我和一个俊俏娴雅的姑娘在服装厂上班，她叫牛俊香，虽然小我一岁，却有大姐姐的风范，说话慢条斯理，处事沉着冷静，胸襟宽广，善解人意。我们上班时朝夕相处，下班后形影不离，说些女孩子间的悄悄话。由于彼此理解、包容和默契，便成为最要好的闺蜜。我们相携度过了一段最懵懂、最纯真的欢乐时光。

两个女孩子正值追梦的年龄，也少不了年少轻狂。她看似文静，内心却蕴藏着过人的胆识，我也时常有新奇的想法。当时我们住集体宿舍，后来父亲在离服装厂不远的街道为我租了间民房，有时间我便邀她到家里玩。一次闲聊，她提出和我合伙做衣服挣钱的想法。当时，藏蓝干警服很时尚，她说想了好多天，咱一定能做，估计能赚不少钱。

说干就干，于是我俩凑钱买来一匹藏蓝布和一些针头线脑，又在厂里捡些裁剪师傅扔掉的碎画粉，以床代案将布铺开，比比划划开始裁剪。为减少麻烦，我们将衣服尺寸都定为中号，用我家的脚踏缝纫机加工。我俩白天上班，下班就开始忙碌。警服都是四个里兜，我掌握不好兜的宽窄距离，俊香总是耐心给我示范，嘎登嘎登的机器声似美妙的旋律常常响到深夜甚至凌晨。早上我俩睡眼惺忪爬起床上班，下班后却精力充沛，每天晚上都能缝制三四件。衣服做成后锁眼、定扣、剪线头、熨烫，忙得不亦乐乎。干了 10 天，卖了 450 元血汗钱。小试牛刀便尝到了甜头，除去成本我俩净赚225 元，相当于那时我俩 7 个多月工资。

那时，我常跟俊香去她外婆家。外婆住在美丽富饶的竹乡，门前有一条终年汩汩流淌的小河，河水清澈见底，间或有小鱼小虾在水里欢快地游来游去。我俩经常端着饭碗蹲在小河边，边看鱼虾边吃饭。有时也和她一起在河边洗衣服，洗着洗着我们就脱鞋跳在水里玩。夏天的河水微微地凉，淡淡地爽，我们在清流中嬉戏打闹，好不快活。她外婆家屋后是一片绿茵茵的竹林，院子很长，种了满院的果树和蔬菜，以及高高低低的豆架。我俩时常会在院子里浇菜，摘豆角。俊香知道我爱吃竹笋炖粉条，一次专门让她外婆为我们做了一锅，我一气竟吃了两大碗，笑得她前仰后合。

后来我调离服装厂到县供销社机关上班，由于工作繁忙疏于联络，隐隐约约听说她辞职了，此后也曾多方打听没有音讯，于是便长期失联，成为无法释怀的思念。

经历了兜兜转转的人生，接触过形形色色的朋友，经历了世事沧桑心里仍挂念着俊香，珍惜着那段快乐幸福的时光，感叹岁月的无情，在这摩肩接踵的茫茫人海中，也结识了几个投缘的好友，但只有俊香是与我一起相拥过青葱岁月的知己。

有天在街头偶遇原先的同事，寒暄之后提到牛俊香，她说一直有联系，这两年就在我家对面一家服装店当服装设计师。我激动得彻夜未眠，翌日一大早就去找她。见面后激动、倾诉、感慨多多。岁月的风霜虽然苍老了她的容颜，但那双炯炯明眸依然美丽如初。谈到各自的家庭，儿女，她直夸我读博的女儿聪明，而当我再三问及她女儿现状时，她才说，博士毕业后跟女婿去了美国，在亚历山大大学教汉语。我惊诧万分连夸她女儿优秀，而她却风轻云淡地说："不优秀能行吗，又没人帮她。"她就是这样恬淡自如而又不事张扬。

重逢后自然少不了常聚一起畅叙友情，虽然时光荏苒，两鬓如霜，但忆起美好的过往还是无拘无束津津有味。我们时常不约而同地谈及当年的人、当年的景，包括那些并非轰轰烈烈但却铭刻在心底的趣闻旧事。偶尔谈到当初的同事，得知有的常年患病，有的瘫痪在床，有几个已经阴阳两隔，不由唏嘘，深深感慨生命的脆弱人生的无常。

繁华落尽，平淡归真，青葱的岁月止于怀念，如今重逢后的苍茫我们仍然认真面对，如同几十年前的初初相识。

原载《焦作晚报》2017 年 8 月 24 日副刊

《青天河》杂志 2017 年第 2 期

流年情深

与付霞相识是 1984 年夏秋之际。当时我从博爱县服装厂调到新建的童装厂担任会计。工厂要在全县范围内招收 20 名学徒工。新工人要经过绣花、机工和专业文化考试。"三关"过后，付霞以第一名的成绩被录用。

服装厂的工种有裁剪、粘活、机工、熨烫等。这批新入厂的学徒工大都心灵手巧，加上师傅要求严格，不久都成了熟练的操作工。

记得那年秋天童装厂接单一批外贸童装，要求加工的童装必须有花草和小动物图案。付霞当时只有 20 岁，虽然年龄小，但虚心好学，勤奋努力，入厂前就学过机绣，可谓轻车熟路，很快在学徒中脱颖而出，在这批外贸童装加工中发挥了积极作用。

新建的童装厂知名度不高，为加大企业宣传，我经常利用业余时间给新闻单位写稿，宣传厂容厂貌和新产品。新闻稿件常见于《焦作日报》或博爱县广播站，偶尔也写散文诗歌等"小豆腐块"发表于报端。一天翻阅报纸时突然发现日报副刊上刊登了付霞的一首小诗《绣》，尽管没几行，但清新自然很有韵味。匆忙赶到车间询问，付霞莞尔一笑算是默认，瞬间便对这个小妹妹刮目相看。之后我们经常在一起切磋文学，鼓励她坚持写作，后来逐渐成了知心文友，谈人生，谈理想，谈诗词，谈心中美好的希望！

一年后，我调到县供销社工作，付霞也在那年冬天调到县工商银行。之后的岁月里各忙各的，虽同在一座小城却相见甚少，偶尔街头小遇，也只是简单地寒暄问候，只是她仍然习惯喊我"贺老师"。

岁月匆匆一晃已 30 多年。我退休后帮女儿带孩子，生活紧张而忙乱。外孙女上学后，才难得有了闲暇。先是翻阅书籍打发时光，而后又申请了"郊城漫笔"微信公众号，与老伴上山下乡拍照采风，咏大美山水，抒感悟闲情。

2017 年 6 月，我在微信公众号发了《盆景情缘》一文，惊喜地发现了付霞的精彩留言："贺老师你好，多年后重读你的文章，甚觉清新隽永，文采飞扬。小小盆景将山水间的清幽和灵秀，人世间的豪迈与沧桑尽情展现眼前，对生命的感悟也跃然文间。想必贺老师的书房也是茶香墨韵，芳华书里，书房中的盆景和花草惊艳了岁月，温柔了许多时光！好喜欢你的文章，为你点赞！"读完，泪湿眼眶，须臾间便有一种迫切见面的冲动，忙激动回复，重建了联系。

前年我们几个热爱文学的朋友组建了群，大家一起游赏博爱山水美景，书写风情诗篇。无论是聚会的餐桌上抑或旅游赏玩途中，付霞总能即景赋诗，辞藻无需华丽粉饰，却似大珠小珠落玉盘，顷刻间润泽一片。我的文章只要在公众号发表，付霞总是在第一时间关注点评，或讴歌美景或补充文意，流畅的文字妥帖的语言，体现了她长期厚重的诗词歌赋知识积淀，字字句句的艺术渲染更展示了她的灵气和秀慧。我静静地聆听或细细品读，很感谢有这样充满阳光的文友相伴！

多才多艺的付霞不仅喜欢吟诗作赋，而且缝纫、厨艺样样精通，才女兼绣女，更是烹饪高手，让我难以企及。付霞喜欢古诗词，更希望追求完美，每每写诗填词，总是苦思冥想精雕细刻。我佩服她流畅的文笔，精辟的语言与跳跃的思维，就像灵光在天空闪烁。

去年十月份，付霞因一次小小的意外摔伤，导致严重股骨颈骨骨折。闻讯前去看望，看到她因疼痛折磨而强挤出的笑容时，心里顿生痛楚爱怜。她反而安慰我：姐姐，现在我可有时间看书了。她把这次突然而至的灾难，看作是上天眷顾的"美意"。以惊人的毅力战胜伤痛，读书，写作。在那段特殊的日子里，创作美文 10 余篇，诗词 60 余首。她的文章还在征文活动中获奖。

付霞，一个坚强的文艺女性，虽然经历了人生太多的磨难，但她从未停止追梦的脚步！她曾经说：如果一颗心浸透诗韵，生命就是播种文字的阳光，收获的将是绿色的诗行，让你的精神享受清爽。

时光如水，珍贵的友情似五月艳阳，唯愿在我们变老的路上，携手同行，共沐书香！

2018 年 9 月 27 日

我与《焦作日报》的未了情

屈指算来，我与《焦作日报》结缘已整整33年了。

1984年4月25日，我的第一篇新闻稿《博爱被服厂产品远销国外》被《焦作日报》刊用，同年12月27日我的第一篇散文诗《雪》发表在《焦作日报》三版副刊，编辑是刘金忠老师。通篇只有109个字的散文诗至今还精心保存。

"你姗姗而来/既没有雷公公那震耳欲聋之威/也没有风婆婆那肆虐凶残之势/只是悄悄地/悄悄地带着对田野的挚爱/人世的眷恋/一往情深地扎入大地母亲的怀抱。日照下/你慷慨溶解自身/去洗涤一切尘埃/给大地留下一片湿漉漉的思考……"至今读来，虽显稚嫩，但自己却分外珍惜，以致时隔33年仍记忆犹新。就是这篇极不起眼的小短文，承载着《焦作日报》的厚爱，把我拉上了写作之路。一年间，我竟接连发表各类稿件40余篇。

1985年5月，博爱县供销社机关因办内部《信息报》将我"挖"去，后来阴差阳错留到县社人事科。二十世纪八十年代的供销社系统正处于鼎盛时期，所辖22个基层单位，3300余人，是服务"三农"的前沿阵地，具有点多面广的多种优势。社领导十分重视外宣，所以写稿的任务责无旁贷地落在我肩上，白天处理科里日常工作或深入基层调研，晚上经常通宵达旦写稿。在机关工作短短的半年时间我就在各级报刊、电台发稿130多篇，清晰地记得那时的《焦作日报》还是4开小报。

那时县里为激励通讯员写稿实行"三稿酬"，特别规定在市级党报发稿作为评先或优先领取三稿酬的条件，县委宣传部月月通报发稿情况，更调动了我的积极性。后来我被聘为《焦作日报》特邀记者。"勇争第一"的强烈责任感驱使我为单位争光，为自己争气。为此我勤奋笔耕，未敢怠慢，清灯孤影不觉寂寞，呕心沥血义无反顾。偶尔也写文学作品，散文《静静的夜》《母亲节情思》《蝉蜕的故事》及小说《小城》和杂谈《我这样看理想和实惠》以及十余篇人物通讯和一些论文皆出于夜深人静之时。

每逢拿到散发着油墨清香的《焦作日报》，看到自己作品变成铅字，内心就充满激动和欣喜。孜孜不倦的执着也换来了不菲的收获，1997年春我采写的《博爱农资公司开赴新疆种棉花》被《焦作日报》刊登在头版，并推荐参加了当年中国中等城市党报短消息大赛，获得二等奖。《试论工会组织在新形势下的教育职能》和《怎样正确理解社会主义初级阶段工会的职能作用》分获市首届、第二届、第三届社科优秀成果二、三等奖。在稿件频频见诸报端的同时，各种荣誉也接踵而至，我曾先后获中华全国总工会读书自学活动先进个人，省、市提高妇女素质年先进个人，并被破格评为高级政工师，全国妇联还将我收入《巾帼英才名录》。

我深知点滴成绩皆缘于《焦作日报》的磨砺，是《焦作日报》报社组织的通讯员培训，教会了我如何去捕捉新闻，独辟蹊径；通过副刊编辑老师给我修改的文章，使我汲取了文学营养，懂得了不同体裁文学作品的创作要求，体会到了遣词造句、用笔章法，这一切都成了我永久的牵挂和不变的情怀。使我在写稿实践中提升了笔力，潜移默化中增强了文采。1984年以来我在《工人日报》《中国妇女报》《中华合作时报》《河南日报》《河南科技报》及各级电台、网络发表各类体裁的作品1400余篇。退休后我重拾旧梦，将身心沐浴在文学的阳光中，把逛街和打牌的时间耗在读书写作上，进而品尝精神食粮的快意和愉悦。闲暇之余，总喜欢徜徉在文字里寻一份静谧，在抒写闲情中养育心灵。尽管家里订有其他报刊，但每次写文章总想发给自己钟情多年的《焦作日报》，因为那是我习作的园地，成长的摇篮。她蕴藏着我的气息和时时萌发的创作激情，影响我的一生，曾伴随我走过青春时期的奋斗历程，有一种特殊的难解难分的情缘。

我将永远铭记《焦作日报》对我的哺育之恩，在她60华诞即将到来之际，真诚地奉上自己的祝福，祝福《焦作日报》欣欣向荣，永立强者之林！

原载《焦作日报》2017年6月22日第10版
"党报心怀川情——纪念焦作日报创刊60周年特刊"

南街村之行

人间最美四月天，处处春意盎然，我们10名85级电大中文班老同学决定来一场说走就走的旅行。此行目标是河南省临颍县南街村。

小车在高速公路上奔驰，辽阔坦荡的原野平川，五颜六色的花草林木，在视线中飞速飘过，宛若一帧帧流动的画面。顾不上欣赏美景，此时我脑海里一直在描摹着即将看到的"红色亿元村"该是怎样的景致。

车到临颍南街村口小憩，细细观赏宽阔洁净的街道，路两旁繁花似锦绿意葱茏，左侧公园草坪如茵，一群老人坐在长凳上聊天。右侧花园碧桃盛开，有游客舞动红旗摆拍留影。还有身着艳装的女士带着孩子穿行于桃林花下，或追逐或拍照或赏景，怡然自得。

路边草坪上竖立着一面面红色牌子：读毛主席的书，走毛主席的路，做毛主席的好学生；说真话，干真事，行真理，真人共为天下。名言警句随处可见。

沿坦畅的柏油路开车进村，路边、墙上、草坪、花坛到处都有引人注目的毛主席语录或标语，高音喇叭播放着红歌，大家的思绪也被拽回到那历经久远如火如荼的红色年代。

我们乘坐"人民公社号列车"开始红色南街村旅游。首站是南街村史陈列馆，墙上挂着各级领导、新闻单位、外国友人来此视察参观的图片和文字，以及南街村的荣誉、成就和发展轨迹。一面面牌匾、一摞摞锦旗仿佛在诉说着这个1000余户的南街村走过的辉煌。二十世纪八十年代实行家庭联产承包责任制后，人们在探索出路中彷徨，当时依靠烧砖瓦起家的南街人在支部书记王宏斌带领下，一方面改"玩泥蛋"为"玩面袋"，选择了方便面生产，另一方面收回土地重走集体化道路，减轻每家每户的种田负担。南街坚定不移信奉毛泽东思想，依靠当地粮食资源，不断完善与之配套的相关企业，发展壮大了集体经济实力。

从陈列馆出来我们走进南街村热干面厂，全封闭的生产线，整洁的车间，精密的数控，先进的流程，让大家充分感受到现代化管理模式的神奇。

气势恢宏的东方红广场入口处竖着歌颂伟大领袖毛泽东的宣传画，广场中心是高十多米的毛主席雕像，广场后侧两端有马克思和列宁画像，四周红旗林立随风飘扬。

途经南街村整齐划一的六层现代化公寓楼，这是全体村民居住处。南街村实行供给制，每户村民都可以分到 74 到 92 平方米的住宅公寓，各种家具、厨具、灯具、用具均由集体统一配备，幸福的南街人永远没有住房还贷的压力。住宅公寓的中间路旁有一条自南往北的双层长廊，专门供老人或孩子们下雨天行走，出门不用带雨伞。

途经朝阳门广场、金水桥、八角楼，我们远望高大的城楼，恢弘的仿古建筑，城楼上悬挂的孙中山画像，还有"天下为公、世界大同"标语。导游介绍了南街村几十年雷打不动的村规，村民每天清早在《东方红》乐曲声中走进工厂，下午在《大海航行靠舵手》旋律中回家。3800 口人的南街村只有 500 多亩耕地，交给十几个农场职工机械化耕种，其余劳动力全部从事工业生产。

沿路走马观花目睹了南街村村委、南街村集团、科研楼、销售中心、啤酒厂、工艺美术厂、南街村小学与高中、游泳池等，感觉这不是一个村，而是一个工农商一体、产学研结合、集文化教育商业旅游多种综合功能的小型都市，一个独具红色乡村魅力的文旅景区。

踏入南街村观光园，全封闭的热带园林景观霎时让人眼界大开。植物园占地 9980 平方米，内有百花园、百果园、青竹园、沙漠园、热带雨林、农家园等七大主题景区。园内培育 1206 个各地树种，近两万株花卉植物。盛开的玫瑰、扶桑、百合、牡丹、三角梅、矮状牵牛、红火炬、仙客来等千娇百态、姹紫嫣红，扑鼻而来的阵阵花香令人爽心悦目。

植物园、青竹园、沙漠园内春色流苏，数不清的奇花异草应有尽有，到处是五彩斑斓青翠欲滴；高大的椰子树、美人树、沙枣树、水果之王榴莲，洋溢着优美的南国风情；瀑布清澈，榕树新奇，粗大的罗汉竹、挂果的芭蕉，让大家情不自禁摆拍留影。

南街村号称"共产主义小社区"，为体现其独特的优越感，南街村修起城墙与周边村庄隔开。村民们依赖集体经济生存,享受着安居乐业、丰衣足食、共同富裕的幸福生活。夜不闭户、路不拾遗已是常态。

南街村依靠"傻子"精神艰苦创业几十年,推行外圆内方的管理模式,坚持走集体经济共同富裕道路,免费享受教育、医疗、住房、生活用品、水电气通信费用,实行"工资30%+供给70%"的分配制度,辉煌成就令人瞩目。

南街村所见所闻给人耳目一新的强烈震撼:

一个走共同富裕道路的坚定信念:长期坚持以毛泽东思想育人,学红宝书,背毛主席语录,召开批修斗私会,进行思想作风整顿,目的在于铲除私心杂念,树立一心为公的思想境界。

一套天下为公的大同社会制度:幼有所育,少有所学,壮有所用,老有所养,住有所居,从村干部到村民都同工同酬,按劳分配。外村人必须在南街村集团务工满15年且成绩卓著,才能取得南街村民资格。

一个身体力行的好班长:带头奉行"傻子"精神的核心人物王宏斌身兼党委书记、集团董事长、临颍县委副书记三个头衔,但他与村民一道工作,与20多名村干部一样每月拿250元工资。村里墙上有陶行知先生的一段语录:"傻子种瓜,种出傻瓜,惟有傻瓜,救得中华。"南街村领导班子成员之所以每月领250元工资,就是为了长期发扬"二百五"这种傻子精神,凝聚全村人的向心力。

行色匆匆,但红色南街村却给我们带来了太多的激动与感触,太多的留恋与沉思!南街人用自己的双手创造了一个中国梦的标杆。用王宏斌的话说就是:南街村走的道路是正确的,是共同富裕!是正义就要坚定不移地走下去!目标是:要让南街村人富得一分钱存款都没有。

2018年4月18日

好人杨应芬

朋友写了首赞颂博爱县屠王大骨头店经理杨应芬的歌曲《爱在身边》，并托我采写她的事迹，想做个视频。一个风清气爽的初夏周末，我见到了这位热衷于慈善事业，曾经感动中国、感动焦作的第十届中华慈善奖"慈善楷模"获得者、河南省劳模、河南省扶贫先进人物、焦作市道德模范、"中国好人"杨应芬。

我与杨应芬素昧平生，走近这位平凡的女性，听她娓娓道来的叙述，聆听周边人对她敬老孝老、助残育孤、倾情奉献爱心的夸赞，我的心时时感动着、澎湃着，久久难以平静！

没有惊天动地的壮举，没有叱咤风云的魄力，也没有娇美的容貌时髦的装束，甚至没有高深的学历。但淳朴善良的杨应芬却获得了众口皆碑的赞誉，她的事迹闻名遐迩为人称颂。百余本国家、省、市级荣誉证书、金牌、奖杯与锦旗的背后，蕴藏着杨应芬桩桩件件感人故事，诠释着她扶危济困的善行义举。

特别是她数十年如一日视鳏寡老人如父母，待孤苦少儿如子女，足迹遍布全县数十家敬老院、幼儿园，捐资捐物数百万元。她的大爱情怀，似涓涓细流滋润了人们的心田，感染带动一大批志愿者崇德向善，为慈善事业无私奉献，谱写了一曲曲人间真情大爱！

一、杨应芬和慈爱堂的老人们

杨应芬自费建了一座慈爱堂，坐落在屠王大骨头店旁边，青砖红瓦的两层楼房优雅别致。墙外翠竹青青，石榴吐红，院内洁净整齐，簇簇蔷薇娇艳怒放，花香四溢，苹果树、桂树、棕竹枝繁叶茂郁郁葱葱。屋檐下悬挂一排五六个鸟笼，鸟声啁啾，委婉如歌。门口有"杨应芬慈善博爱园"和"儿童之家"的牌匾，门头三个烫金遒劲大字"慈爱堂"。

慈爱堂既是餐厅，也是老人们平时休息、娱乐消遣的场所。杨应芬说之所以种植苹果、桂树等果木花草，寓意此处为老人们"出入平安"的"富贵之地"，祈愿每一位老人到这里能享受家的温馨与幸福。

宽敞的大厅窗明几净，墙上挂着名人字画，西墙安装了大屏幕液晶电视，屋顶装有中央空调，室内摆放了方桌大椅、沙发、竹躺椅和简易床。正在拖地的员工玲丽告诉我，每天来此就餐的老人有图王村的，也有前、后庄西，九府坟、乔村、石桥、杨庄等附近村的鳏寡孤独、残疾、智障老人。

为服务好这些老人，杨应芬专门开设了爱心厨房，并安排两名员工，精心负责老人们的一日三餐。早餐人少一点，有稀饭、馒头、煎饼和鸡蛋；午餐人多，有面条、炒馍、炒面、包子、大米饭和大烩菜等；晚餐有蒸馍、包子、稀饭，每天变换花样让老人们吃得营养、吃得舒服。饭后有的老人不想走，可以坐在沙发上看电视，或在躺椅上睡觉，也有的掂着鸟笼遛鸟。杨应芬会为老人们切好水果端到跟前！

王玲丽还说：老人们中间有几个精神不正常，还有穿着邋遢的智障者，应芬姐从来不会嫌弃他们。她待每一位老人如同亲人，大家都念应芬姐的好，逢人就说咱闺女让俺过上了幸福晚年，这辈子值了。

应芬感慨地说，慈善堂是去年春上花 3 万元租别人的木材经营场地，光基础建设投资就花了近 40 万元，安装了中央空调和液晶电视，让就餐的老人们在这里更舒服。

图王村 86 岁的王秀兰老人说："应芬这闺女肯花钱，变着法创造好条件，让大家开心享受，给俺做好吃的，顿顿不重样。"她还说，这闺女心细，想得周到，碰上阴雨天有的老人不方便来，就托人用饭盒掂回，前几天还请来红歌团给俺们唱歌演节目。

杨应芬与这些老人们非亲非故，没有任何血缘关系，却给了他们胜似亲人般的体贴呵护，他们的安危冷暖是杨应芬永远的牵挂。慈爱堂的老式雕花方桌大椅，是杨应芬花钱在农村收购的。她说一来能满足老人们的怀旧之情，二来也坐着稳当。那天我们亲眼目睹了开饭时的情景，应芬盛好饭恭恭敬敬端到每位老人面前，亲切地叫着"大伯""大娘","开饭了，慢点吃"，那般亲热那般温柔绝不亚于伺候自己的亲爹娘。当问及为啥不让他们自己盛饭时，应芬饱含深情说，老人们腿脚不灵便，万一地板滑摔着了更麻烦。那种真诚、细心与缜密，让我深深钦佩不已。

杨应芬也回忆了办慈善堂的初衷：2015年她曾投资4万元，在大骨头饭店旁边盖了两间孤寡老人免费餐厅，但由于慕名来的老人越来越多，餐厅空间太小挤不下，才考虑租地修建慈爱堂。她说我可怜这些端碗手颤抖、走路都费劲、年老无依的老人，他们的今天就是我的明天，我把他们当作亲人来孝敬，只要我有一口饭吃，就不会扔下他们不管。

杨应芬的思想境界是一种人间大爱，她时时刻刻把敬老孝老当成义不容辞的社会责任，事事处处为老人着想，急老人所需，帮老人所难，长期坚持不懈用实际行动诠释慈爱善心。为此她想方设法搞好大骨头饭店的经营，她说只有开好饭店赚到更多的钱，捐助慈善事业才出手潇洒，才能为老人们办更多的实事。

二、杨应芬和她的孩子们

杨应芬长期投身慈善事业的感人事迹绽放着大爱风采，如春风化雨滋润着千家万户，在博爱大地广为传诵。带着敬意笔者再次走近杨应芬，淳朴善良的她坦诚地告诉我们：自己最大财富不是饭店，而是那座青色小楼里的十来个可爱的孩子们。

杨应芬说自己多年来一直有两个梦想，一是开一家免费敬老院，让孤寡、残疾、留守老人老有所养；二是办一所孤儿院，让无依无靠的孤儿和事实孤儿幼有所教。通过坚持不懈的努力，这两大愿望基本落地。

小楼下面的"慈爱堂"接纳了附近7个村30多位每天按时来就餐的孤独、残疾老人，二楼则安置了十多位由她抚养的孤儿们。杨应芬清早开车送他们上学，晚上或周末按时接回来。她给这个充满温馨的儿童之家起了个很好听的名字"杨眷"，应芬说喻示着自己深深眷恋这些失去亲人的孤儿们。她是多么希望这个大家庭的孩子们有出息，将来能独立书写自己大写的人生，给家乡和社会带来丰厚的回报！

跟随杨应芬沿慈爱堂右侧楼梯拾级而上，美丽的"杨眷"面貌让人耳目一新。这里目前住着 10 个孤儿，两套清洁整齐的房间，一间住男孩，一间住女孩。每间宿舍放置 3 套带楼梯的豪华双层全木床，安装有空调，配置有衣柜、衣架，还有两间装修一新、宽敞明亮的学习室，桌凳、沙发、书架、图书一应齐全。杨应芬说，这些孩子大的 18 岁，正在上高中，小的 8 岁上一年级，还有几个上初中，多数孩子平时住校，周末回来团聚。

每逢周末往往是应芬最忙碌的时候，一边要应酬饭店的生意，一边还要抽出时间来陪孩子们，听取他们汇报一周学习情况，检查作业，还要想法为孩子们改善生活。她说孩子们正处于长身体动脑筋阶段，营养得跟上。这些孤儿都很可爱，只要应芬在跟前，总是一口一声地喊她妈妈。"跟孩子们在一起时总控制不住自己的感情，听到孩子们喊自己杨妈妈，心里就发酸。"杨应芬提到孤儿们就动情，不时抹泪。

她用一颗爱心绚烂了孩子们的童年，为孩子们交学费、订报刊、洗衣服、清理卫生，拿出培训费让孩子们集体学太极拳、武术、练剑，周末还要请辅导老师来为孩子们补课。应芬说，"没妈的孩子也是宝，功课不能拉下，还得学点才艺。"

再次采访杨应芬适逢六一儿童节下午，也是周末。正好就读于沁阳高中的女孩张某来找杨应芬领生活费，便趁势想多问几句，不料女孩子未曾开口泪先流，呜咽着说："我家穷，是杨姨帮我交学费，每月还给我 600 元生活费。"

在旁边的一位老人告诉我："女孩是石桥村的，她爸在一次意外事故中失去了条腿，她妈智障，家庭贫困，这闺女上学应芬可没少花钱。"女孩接过钱向应芬深深鞠了个躬，而后抽泣着对她说：文理分科后数学跟不上，想找老师补课。应芬拍着她的肩膀地说："别难过，需要多少钱姨给你拿。"杨应芬爽快的话语，笔者也感到了满满的爱。

"六一"杨应芬为孤儿们买的礼物是一辆"合金高铁火车"电

动玩具，孩子们一个个兴高采烈爱不释手。当问起孩子们都是通过啥途径来的孤儿院，应芬不无感叹地说，自己是人大代表，又是县慈善协会主持工作的副会长，经常陪领导去慰问贫困户，听说哪家有孤儿无依无靠，就主动把孩子领回来。也有的是乡镇领导介绍，还有孩子亲戚送来的。只要来这里的，吃喝拉撒睡全包了。听了应芬的介绍，我不禁为她的博大爱心所感动！

在学习室里看到了几十幅图画，应芬说是母亲节孩子们送给自己的宝贵礼物，画虽稚嫩，但表达了孩子们深爱杨妈妈心意。9岁的孤儿吴某画的是飞车，上面写着"妈妈，这是金宝送给你的飞车，你开心吗？"许良镇8岁的孤儿焦某画的是穿一身黑衣服，瘦小俊俏的女人。应芬说："这孩子很可怜，我去领她时穿着黑衣服，回来后她就画了这幅画。"应芬说着说着眼圈红了。她说孩子们很懂得感恩，多次向她表达"长大了一定要做杨妈妈这样有爱心的人"。

母亲节能自己动手为她精心制作特殊礼物，不仅说明孩子们喜欢她，而且也证明他们从小学会了感恩。懂得感恩的人就是富有责任感的人，将来他们会将这份关爱传递给更多需要帮助的人。应芬说每次跟这些孩子们在一起，看到一张张天真烂漫的笑脸，就感到特别高兴、满足。她觉得只要孩子们能无忧无虑健康成长，付出再多也值得。

母爱的缺失，导致多数孩子性格孤僻寡言少语。应芬深知让孩子们适应新的环境需要时间和空间，需要聆听与关爱。为消除孩子们的自卑心理，让他们勇敢地面对生活，她经常与孩子们促膝交谈，走进他们的内心世界，用爱心温暖每一颗幼小的心灵，鼓励他们走出阴影。孩子们都视她为亲人，有时会搂着她撒娇。她会深情地对孩子们说："你们永远是我的孩子，只要屠王大骨头饭店还在，就有你们生活学习的地方。"

应芬告诉我们，关爱这些孤儿的不止她一个人，远在山西晋城的屠王大骨头加盟店的尚经理，每月都要给孩子们送来1000元零花钱，春节还为孩子们发压岁钱；勤奋学校的郭校长将孤儿院六年级以下的7个孩子全部安排在勤奋学校就读，学费食宿全免；县一中的焦校长破例为她安排了两名高中生。杨应芬的女儿在妈妈的爱心感召下，也经常在周末带上孩子们喜欢吃的蛋糕、水果来看望。杨应芬感慨地说："社会上有这么多的好心人在关爱孤儿，我更有信心了！"

付出的是爱心，回报的是感动！杨应芬让我看了她曾经资助8年并且事业有成的一名学生在母亲节发来的短信："感谢您对我无微不至的照顾，你不是我妈，但胜似亲妈！"应芬回话："孩子，我什么都不要，我只要你一生平安幸福，忠于我们的国家，做一个对社会有用的人！"多么简短朴实的话语！多么高尚的情怀！这位青年是杨应芬8年前救助过的学生，当时出了车祸，应芬出钱帮他治疗，资助他考上大学，后来入伍成为一名优秀军人。应芬提到他就按捺不住内心的激动和喜悦："孩子成才就是最大的回报"，类似这样的孩子她近年来资助了近40名，多数是从小学一直供到大学。

每年六一儿童节到来之前，她即使再忙也要抽时间到多家幼儿园和学校进行慰问，不仅购买学习用品还要拿钱。我问她这些年具体资助多少，应芬微笑着说："慈善不能记账，我不会另有所图，也从来没有用心记过。"难怪大家都说应芬有颗金子般的心。

孤儿、准孤儿是社会弱势群体中的特殊群体，他们痛失双亲或双亲无力抚养，家庭温暖缺失，迫切需要社会的支持、同情和关爱。在采访的过程中，杨应芬反复说自己做得很不够，今后还要继续努力。并再三声明不要披露被救助者的家庭和姓名，说这是她做慈善事业的底线，不能让受助者难堪。她说自己的目标是努力资助百名以上孤儿和事实孤儿，即使他们考上大学，也要一如既往继续资助，直到孩子们能自食其力。

杨应芬博大的胸襟，真挚的情怀，无私的厚爱，淳朴善良的高贵品质，一次次感动着我激励着我，每当我想到社会上还有许多不幸的家庭，需要更多像这样以奉献精神去施以关爱与资助的人，就更加觉得宣传弘扬这样的社会正能量责无旁贷。

杨应芬在慈善事业方面的努力是神圣的，她总结了一句话让我备受启迪与欣慰："用温暖关爱孤儿，为社会尽一份责任，是自己义不容辞的责任，只希望这些可怜的孩子们在人生道路上越走越好，留下一抹灿烂的阳光！"

三、杨应芬的大爱情怀

每个人都有着各自不同的人生观和价值观。挣钱干什么？答案也许五花八门：养家、置业、享乐、健身抑或耍帅玩酷！当然，追求财富，光宗耀祖、造福子孙乃最原始、最纯粹、最基本的原生态动力，笔者认为这道理也不偏！

而屠王大骨头饭店经理杨应芬却以乐善好施、扶危济困，诠释自己的人生价值！她把自己辛辛苦苦赚到的钱用于社会慈善事业，十多年如一日帮扶贫穷家庭，资助困难学生，为敬老院的鳏寡孤残老人和社会上痛失双亲的孤儿们奉献爱心。她捐款从不记账，粗略算算也有三四百万元。她说：这是笔良心账，没有人知道最好。

杨应芬的善行义举、大爱情怀已经成为博爱人的骄傲，实际上早已在受益者的心中树起了一座丰碑，而不管这个人是不是理解，是不是记着，是不是懂得回报。她十多年来资助、帮扶过的贫困家庭有多少，自己也说不清楚，具体捐赠出多少钱，她心中无数，她的慈爱堂里有不少智障者，还有年过八旬老人以及 10 名孤儿，这些人更没有能力回报她。她说：这些年凭着大骨头饭店的特色经营，生意一直很好，山西、郑州、新乡、焦作、沁阳、温县、孟州等外地的客人不断光顾。她坦然地说：尽管这些年饭店挣了不少钱，但除了流资外，几乎都捐出去了。当问到做慈善事业的初衷由来，她含泪诉说了自己 20 年前那段往事：

2002 年是她最苦最难的时候。那年春天她生孩子难产住进了医院，医生告知需要做剖腹产手术，偏巧那时她刚刚离异，孑然一身孤立无助，竟拿不出上千元的医疗费。处于逆境中的她一时悲伤无奈，幸亏同在一个病房的许良镇南道村好心的夫妇，为她交付了1300 多元医药费，那位大嫂还在她身边整整守护了五天五夜。这雪中送炭般的大恩大德使她感激不尽，她当场发誓，这辈子一定当好人做善事，一旦有能力，就要努力帮助社会上众多苦难不幸的人和需要帮助的人。

她清楚记得，第一次捐助的对象是许良镇连张村的一位老婆婆。

那时她开大骨头店才3年，生意平平淡淡。那年寒冬腊月天上飘着鹅毛大雪，经常来村里干活的一位70多岁的大娘头戴草帽，身披塑料布坐在冰冷的雪地编竹篓，她便和老人唠家常，老人说我不来干一天挣上3块钱，明天就揭不开锅。杨应芬听后心生怜悯，随即掏出身上仅有的200元送给老人。以后每年应芬都资助上千元接济她的生活。后来杨应芬有了自己的慈爱堂，第一个把她接了过来。

杨应芬说真正影响带动自己走上慈善道路的是本村的杨海江叔叔，他每年都要买来两万斤大米接济全村乡邻，善举成为她学习的榜样，让她下定决心致富不忘乡邻，多为群众做好事办实事。还有一件事对她触动很深，一次她去养老院看望自己的母亲，在拿出蛋糕喂母亲吃的时候，同室的几位老人眼巴巴地看着，她从老人们的眼中读出了心里的渴盼。同情并帮助弱者，成为她义无反顾耗资近40多万元修建"慈爱堂"的初衷。她决心让更多孤独无依的老人老有所养，晚年过上幸福生活！

从那时起她正式开始投身慈善事业，一做就是20年！无论酷暑盛夏还是数九寒冬，只要听说谁家有困难需要帮助，她总是带上钱物赶去嘘寒问暖，竭尽全力排忧解难。她和志愿者们数十次奔赴山区，给贫困家庭送上粮油、肉蛋、衣被和生活急需品；每逢春节、重阳节，她总要带上生活物品去养老院奉献爱心。有年冬天她到一家养老院慰问，发现有的老人没有贴身棉袄，有的没有替换被褥，她便一次性拿出4万多元，为全县9所养老院的老人们购买了365套保暖内衣。

对家庭困难的孤儿和事实孤儿以及留守儿童，她同样施予关爱。除了抚养自己收留的10多名孤儿外，她还资助了26名大、中、小学生，有的从小学一直供到大学。每年六一儿童节，她都要为周边乡村幼儿园送去玩具、书本和食品，捐赠资金，献出自己的无私大爱，一直坚持了十多年。她说：孩子们是祖国的未来和希望，只要他们能健康成长学习成材，我花再多的钱也值得！

她当选了县人大代表、常委，2014年又当选为焦作市人大代表，更加感到自己肩头责任重大。一次次访贫问苦也让她深深体会到雪中送炭带给贫困家庭的温暖，促使她更加坚定信念，不遗余力去帮助需要帮助的人。

后庄西村司某患重症需要做换肝手术，但无法承受高额手术费，她一方面动员社会和朋友们捐款救急，但治疗费用仍有很大缺口，她把家里原准备给自己孩子买房的17.3万元拿出来，解决了燃眉之急，又为司家两个孩子交纳7000多元学费和生活费；寨豁乡一户人家母亲病故，父亲残疾生活不能自理，她闻讯赶去送上捐款，并将其女儿接到自己的孤儿院照顾；寨豁乡白坡村一位姓赵的因车祸高位截瘫，独生子又患上紫癜病，她知道后拿出1万多元领着孩子到郑州看好了病，又把孩子接到自己的孤儿院；吴窑村"两委"成员李小旺为救人英勇献身，她及时前去慰问家属，为两家捐款1.1万元；图王村青年杨某患白血病后她率先拿出1万元，而后又与亲友共同募捐两万多元；一名男孩在上学途中出了车祸，她多次到医院看望，听说其家庭困难不仅拿钱为他看病，还长期资助学费、生活费，那孩子感激涕零说："你比我亲妈还亲。"

扶贫济困忘我奉献，早已成为杨应芬的本能，成为她大义行善的动力与追求。每逢外出办事，她总要多带些钱，碰到需要帮助的人就慷慨解囊。她说她见不得别人有难。一个下雨天她到县城办事，看到一位满头白发的老大娘蹲在雨地卖菜，她毫不犹豫走上前说："老大娘回去吧，你的菜我全要了。"诸如此类的事不胜枚举。她说自己每次关心帮助他人之后，总能在被帮助人的笑容中获得最大快慰，体现到自己的人生价值。

她热心慈善事业20多年，受到无数人尊重，但也有一些人甚至个别亲友不理解，还有人说她"不清头"，给她起外号"傻捐"，说她"脑子进水了"。杨应芬内心也曾有过纠结，哭过、伤心过，但信念不会改变。她说有人更需要帮助，我不会后悔！

十多年来她把自己的爱心无怨无悔献给了希望工程，敬老院、幼儿园、残疾人、下岗职工、贫困户，送温暖走进过千家万户，献爱心献到囊空如洗，这是很多人想不到的。令人震惊的是她居然没有自己的家，至今仍和大骨头店的员工们一起住饭店，睡上下层的小木床。仅有的一辆用于买菜拉货的面包车也早已破旧，开起来咣当咣当作响。但她却把爱心播洒给众多需要帮助的人。她的奉献精

284

神感动了无数人，她的事迹也广为传诵，很多媒体和自媒体称她为"当代好人"。

她为人良善，办事稳健，品德高尚，但从不到处炫耀自己。对一些救助者也轻易不透露姓名，她说这是我做慈善事业的底线，不能让受助者难堪。这种精神多么难能可贵！她没有存款，没有轿车，没有豪宅，不进歌厅也不爱打牌，用她自己的话说就是从不乱花钱，衣能遮体、饭能饱腹就足够了，饭店赚了钱就是要回报社会，帮助更多需要钱的人。

她心灵纯洁，情操高尚，十几年如一日满腔热忱坚持做慈善事业。她认为这是最有意义的生活，最有价值的人生！

她的爱心善举赢得了人们的称颂和尊敬，得到了社会认可，也赢得了各级政府和慈善部门的赞扬和肯定，诸多的荣誉也接踵而来。她荣获的奖杯、奖状、奖章、荣誉证书不计其数，从"感动焦作十大人物"到"中国好人"，从"关心下一代先进个人"到"全国孝亲敬老之星"，从市县劳模到"创业之星"，到诚信经营先进、拥军模范、巾帼标兵等等，还有社会各界与群众送她的几十面锦旗，挂满了大骨头饭店 30 多米一面墙，成为饭店一道靓丽的风景。博爱县慈善协会成立后，鉴于她的影响与榜样作用，会员们一致选举她担任了协会副会长。她还当选了焦作市新联会副会长、博爱县新联会会长。她说自己现在的责任更大，任务更艰巨，党和政府与人民的信任支持，成为她今后矢志不渝继续当好人做善事的更大动力！

她善事做过千万件，荣誉证书一大堆，但从未自满，而是心怀感恩，哪里有需要帮助的人，她总会第一个伸出援助之手。她是员工眼中低调简朴的老板，是餐饮业同仁眼中最懂经营的女强人，是老百姓心中善良真诚的爱心大使，还是孤儿心目中最和蔼可亲的妈妈。她说："做慈善让我发现了自己的价值，感谢社会的信任政府的支持，但我做得还很不够，我要继续努力，继续回馈社会！"

她希望有更多人热心慈善、共享慈善，把慈善事业变成快乐的生活方式，"只要人人都献出一点爱，世界将会变成美好的人间！"

原载《经纬文化》2023 年 3 月 19 日

后 记

家乡是我灵魂皈依深深眷恋的热土。

回首往事,人生蹉跎,转瞬之间,已逾古稀。所有的一切都不再奢望,惟庆幸我与爱人贺淑幸合著的散文诗歌集《情归太行》,终于脱稿付梓。

《情归太行》是我们囿于个人经历触发的感想与体会,也是我们近年来在各级报刊、网络和个人微信公众号发表的部分散文、诗歌、纪实类文章。我谓之"太行",并非今日广义的太行山,而是自己深爱的家乡——商周为"郡城",唐代设"太行县",宋代更名"清化镇",元明又叫"月南城",民国年间从沁阳析出单设"博爱县"。钟灵毓秀的博爱县位于太行山南隅,武阁寨村现存东魏武定七年《武德于府公等义桥石像之碑》云"北通燕赵,堂堂之风相恰;南引巩洛,穆穆之化莫清",即古人对家乡最贴切的写照。

回首往事,感慨颇多。从20世纪80年代中期开始,我和爱人就开始从事文字工作,缘于对文学的热爱,忙碌的工作之余也经常挑灯夜战,勤奋笔耕。二人均有百余篇诗歌、散文、小小说、随笔和杂谈,见诸于各级报刊。遗憾的是,未曾整理存档,又因多次搬家,多数文章已散失无踪。之后因工作与家庭所累,且长年沉湎于机关公文写作,思维和笔触有所僵化,以至于庸庸碌碌,文学创作一度中断。

好在退休后无工作之重负,无案牍之劳形,眷恋文学创作的初心回归,终于可以随心所欲做自己想做的事。我思故我在,我手写我心,另有摄影、集邮、古币与红色收藏、怀商美食文化研究等喜好。于是,白天奔波于县城周边的山乡农村,效仿明代同乡阁老、驸马谢诏之兄谢恩,"角巾野服,悠游于山林"。晚上则伏案灯下,或撰文习作,或整理藏品,或编辑图片。闲暇时,或侍弄花草、杂植果蔬,或约爱人在乒乓案前一决高下,在楚河汉界纵横捭阖……这便是我平淡充实的日常生活。

博爱县山水俱佳，人文历史厚重，曾被乾隆皇帝诗赞"美景赛江南"，有许多传统文化资料需要抢救性挖掘。也许是长期工作中形成的责任感，促使我以笨拙之笔，挖掘怀川的厚重人文，书写家乡的大美山河，记录郏城的点滴发展，探究村落的历史故事，也包括诗歌、散文、游记等文学创作。2017年我们陆续创办了个人微信公众号"郏城漫笔""怀川夜语"，作为展示拙作的平台，先后发表一千多篇原创图文作品，收获了万余名粉丝，也因此结识了真挚的朋友。部分作品曾在其他报刊、网络媒体发表，引来读者共鸣，还有部分诗歌、散文被省市县级朗诵平台发表或诵读，受到更多关注。

爱人贺淑幸的散文文笔细腻，以亲情、闲情、游记居多，着力抒写社会变化、家乡风貌、家庭亲情及心灵感悟。作品多被公开发表，并多次在各级文学大赛中获奖，其中有4篇入选《学习强国》平台。而我本人的文章风格单调，多为勤劳善良的父老乡亲而作，重点挖掘地方传统文化及乡风民俗，书写接触山村生活的体验感受，具有特定意义。前期我所撰写的乡土文稿已有25篇收录于焦作市政协主编的《乡村记忆》博爱卷、新区卷。另有关于家乡历史、文化、美食、游记类文章，准备后期择机结集出版。

近年来，我的足迹遍及太行的山山水水，几乎走遍每个山村，结识朋友无数，体验感悟了民间真情，更习惯于用照相机镜头去复印岁月，记录人文厚重和浓郁乡愁，用朴实的文字书写洋溢在乡村角落的真善美。尽管自己文笔笨拙，所作诗文随心所欲缺乏文采，难为本书增色，但自认为抒发了热爱家乡、研究家乡的真情与执着，可为爱人的作品作个陪衬。

文学创作于我们而言，只是随性地情感宣泄，抑或是瞬间的感悟，没有经过系统培训和名师指导，缺少站位的高度、挖掘的深度，缺乏专业作家的激情和文化学者的严谨，只是记录了生活中亲历亲闻所思所想。一切都源于平凡的社会实践，或许这就是我们追求恬淡平实的生活方式。人生有年而知识无涯，但愿我们闲适的余生在读书、写作、摄影、收藏等兴趣中度过。此次斗胆编书出集，因阅历、水平有限，书中谬误难免，敬请亲朋好友海涵，也恳请方家给予指点。

十分感谢一路陪伴我们前行的朋友们，你们的鼓励、支持、分享、诵读，无形中成为我们继续坚持创作的动力，激励鞭策我们在逐梦的路上奋力前行。你们不仅支持我们的精神园地，也关怀我们的现实生活，你们的无限真情为我们的平淡人生增添了无限温暖。

最后，感谢河南省作协原副主席韩达老师，中共新乡市委党校薄玉平老师为拙作写序，让我们诚惶诚恐不胜荣幸，在此致以真诚的谢意和敬意。

何世国
2023 年夏于博爱